Duel au manoir

W0398683

JULIET LANDON

Duel au manoir

LES HISTORIQUES

éditions Harlequin

Si vous achetez ce livre privé de tout ou partie de sa couverture, nous vous signalons qu'il est en vente irrégulière. Il est considéré comme « invendu » et l'éditeur comme l'auteur n'ont reçu aucun paiement pour ce livre « détérioré ».

Cet ouvrage a été publié en langue anglaise
sous le titre :
DISHONOUR AND DESIRE

Traduction française de
MARIE-FRANCE BALAZS-KNOPP

HARLEQUIN®

est une marque déposée du Groupe Harlequin
et Les Historiques® est une marque déposée d'Harlequin S.A.

Illustration de couverture

Couple : © VITTORIO DANGELICO / THOMAS SCHLUCK

Toute représentation ou reproduction, par quelque procédé que ce soit, constituerait une contrefaçon sanctionnée par les articles 425 et suivants du Code pénal.
© 2007, Juliet Landon. © 2008, Traduction française : Harlequin S.A.
83-85, boulevard Vincent-Auriol, 75013 PARIS — Tél. : 01 42 16 63 63
Service Lectrices — Tél. : 01 45 82 47 47
ISBN 978-2-2808-4204-4 — ISSN 1159-5981

À cette époque...

Le frère de l'héroïne de ce roman situé en 1812 feint de travailler dans le négoce maritime alors qu'il est en réalité impliqué dans le commerce d'esclaves...

A cette époque, en effet, de nombreux navires « camouflés » naviguent sur les mers du globe. Il s'agit souvent de bricks, appelés par les marins les « rois de la mer » tant ils sont sûrs. Jusqu'à la fin du premier Empire, et dès le début de l'interdiction de la traite, les navires négriers sont des navires de commerce ordinaires qui ont juste subi les quelques modifications nécessaires au monstrueux trafic auquel ils vont servir. Ils ne doivent pas dépasser 250 tonnes, et se révéler rapides et maniables, sans pour autant avoir une forme trop élancée qui puisse révéler leur véritable activité. En outre, ils doivent disposer d'une largeur de cale suffisante pour le transport des esclaves, et d'un tirant d'eau réduit afin de passer les barres peu profondes des rivières africaines. La voilure maniable du brick, qui peut se diminuer ou s'augmenter en un minimum en temps, en fait le navire idéal des capitaines négriers.

1.

Richmond, Surrey, 1812

Le visage animé par la promenade, miss Caterina Chester et sa sœur pénétrèrent au petit trot dans la cour de l'écurie sise à l'arrière du 18, Paradise Road. Comme à l'accoutumée, les deux jeunes filles s'attendaient à être accueillies par des lads souriants, accourant pour les aider à mettre pied à terre. Mais il n'en fut rien.

Par cette belle matinée ensoleillée, les garçons d'écurie s'affairaient autour d'un phaéton brun et crème, occupés à nettoyer les roues encroûtées du véhicule. Vêtu d'une livrée verte inconnue, un autre groom tenant par la bride un énorme pur-sang gris attendait dans l'ombre du passage couvert qui reliait l'écurie au corps de bâtiment.

— Tiens, papa a un visiteur ! observa Sara.

Caterina fit halte devant la voiture.

— C'est le phaéton de tante Amélie. Pourquoi est-il ainsi maculé de boue ? Joseph !

Et comme le lad se retournait à son appel :

— Que s'est-il donc passé ?

Joseph posa son balai mouillé et mit sa main en visière sur ses yeux pour les protéger du soleil.

— Désolé, miss Chester. Je ne vous avais pas entendue venir, s'excusa-t-il en s'essuyant les mains à son tablier.

Il s'avança pour prendre les brides des deux cavalières, mais Caterina se laissa glisser à terre sans attendre son aide.

— Occupez-vous de miss Sarah, intima-t-elle. Qui s'est servi du phaéton ?

— M. Harry, mademoiselle. Il a emprunté le véhicule hier soir et...

— *Emprunté* ? répéta Caterina. Sans en informer quiconque ?

Elle jeta à sa sœur un regard contrarié.

— Etiez-vous au courant, Sara ?

— Pas le moins du monde. C'est à vous que tante Amélie a prêté son phaéton, pas à Harry.

— Pourquoi ne m'avez-vous pas signalé le fait ce matin, Joseph ?

Le groom jeta un regard navré au phaéton boueux. Puis il cilla, manifestement embarrassé.

— Je pensais que vous saviez, miss Chester. M. Harry m'a assuré qu'il avait la permission de le prendre. Il m'a demandé de préparer l'attelage sans perdre un instant.

— Dans quelle intention ?

— Voilà ce qu'il ne m'a pas dit, miss. Mais quelle que soit la raison, je ne crois pas que Lady Elyot aurait approuvé la chose. Voyez un peu l'état du véhicule ! Il est couvert de fange et éclaboussé jusqu'aux vitres. Nous sommes en train de le récurer dans tous les recoins.

D'un air renfrogné, il montra les portières ruisselantes d'eau et de savon.

— Cela fait seulement une demi-heure qu'il est revenu à l'écurie.

Tout en parlant, il prêtait l'appui de ses épaules à la jolie Sarah, qui sauta lestement sur les pavés de la cour.

— Revenu d'où ? s'enquit Caterina d'une voix brève.

Joseph se figea, intimidé par la sécheresse du ton.

— Il semblerait que l'attelage ait passé la nuit à Mortlake, miss Chester, dans les écuries de Sir Chase Boston. C'est d'ailleurs le groom de Sir Chase qui attend là-bas. Ils ont ramené le phaéton ce matin. Voulez-vous que je lui demande…

— Inutile, coupa la jeune fille. J'apprendrai le reste par mes propres moyens.

Tournant les talons, elle se dirigea vers l'escalier qui accédait à la maison, la traîne de son amazone gris tourterelle balayant les pavés de la cour. La taille cambrée en arrière, elle leva les mains pour ôter l'épingle qui retenait son chapeau orné d'un voile. Une masse de boucles cuivrées s'écroula sur ses épaules, scintillant dans la lumière du soleil. Puis elle pénétra dans le hall avec cette grâce fluide qui caractérisait tous ses gestes, suivie de Sara.

— C'est donc elle, commenta le groom de Sir Chase, narquois.

— Comme vous le dites, acquiesça Joseph, qui prit les chevaux par la bride pour les conduire dans leurs stalles. Si vous voulez mon avis, ça va barder…

Le sourire de l'homme s'élargit.

— Voilà qui promet d'être intéressant.

Joseph jeta un coup d'œil à l'étalon gris.

— A votre place, je ne me donnerais pas la peine de le desseller. Votre maître va ressortir dans cinq minutes sans demander son reste.

— On parie ? rétorqua le groom avec nonchalance.

Parvenue dans l'élégant vestibule blanc et or, Caterina observa une pause, le temps d'examiner le chapeau de castor, les gants de cuir et le fouet à manche d'argent disposés sur la table par les soins du majordome. Une pile de cartes de visite s'étageait sur le plateau disposé sous un miroir, mais la jeune fille n'y jeta pas même un regard. Des claquements de porte résonnaient au premier étage, ainsi que le son d'une voix féminine qui donnait mollement des ordres, à demi couverte par des hurlements d'enfants et l'écho plus lointain d'une berceuse. Réprimant une grimace, Caterina poussa la porte du bureau et pénétra dans la pièce avec l'impétuosité d'une tornade.

Interrompu net dans ses propos, son père se retourna pour lui faire face.

— Ah, vous voilà, Cat ! Vous avez donc reçu mon message ?

Encore mince et élégant pour son âge, Stephen Chester avait les traits tendus, et le sourire qu'il arbora n'avait rien de naturel, bien qu'il fît visiblement de son mieux.

— Non, père. Il semblerait qu'il y ait eu un problème de communication. Je n'ai pas été informée non plus au sujet du phaéton.

— Ah, vous avez vu le véhicule ? Sir Chase est venu spécialement de Mortlake pour m'expliquer la situation. Je ne crois pas que vous vous soyez déjà rencontrés, du reste.

Et se tournant vers un coin de la pièce :

— Sir Chase, permettez-moi de vous présenter ma fille aînée. Caterina, voici Sir Chase Boston.

La jeune fille perçut un mouvement derrière elle et s'aperçut avec malaise que le visiteur se tenait tapi dans l'ombre de la porte, d'où il l'observait en silence. *Tapi* était sans doute un terme exagéré, mais elle ne put s'empêcher de penser que l'homme s'était volontairement tenu en retrait pour l'épier.

Méfiante, elle l'examina de la tête aux pieds. Grande comme son père, elle n'avait pratiquement jamais besoin de lever les yeux lorsqu'elle s'adressait à un homme. Mais le nouveau venu la dominait non seulement de sa haute taille, mais de sa poitrine large et bien développée, dont la masse musculaire n'était sans doute pas seulement due à la pratique intense de l'équitation.

Bien entendu, elle avait déjà entendu parler de lui. Il n'était pas une seule personne de la bonne société qui n'ait eu vent des liaisons amoureuses du personnage, des paris insensés qu'il semblait toujours gagner, ainsi que de ses stupéfiants exploits de chasseur et de conducteur d'équipages. Il semblait qu'il existât peu de domaines où il n'eût pas exercé ses talents… excepté le mariage.

Avec une réputation pareille, elle s'attendait à rencontrer un homme au teint terreux et au visage marqué par les excès. Mais il n'en était rien. Ce qu'elle découvrit à la place fut un regard noisette à l'expression intense, qui soutenait le sien avec une alarmante arrogance, un visage bien modelé au menton creusé d'une fossette, et une chevelure noire quelque peu indisciplinée, dont les boucles rejetées en arrière dévoilaient un front d'une indéniable noblesse.

Malgré sa tenue vestimentaire irréprochable, tout en lui semblait excessif, songea-t-elle. Et sa façon de la dévisager dénotait bien plus que de la simple politesse. Elle en rougit comme une pensionnaire et baissa les yeux, ce qui lui permit d'apercevoir en un éclair la paire de bottines la mieux lustrée qu'elle ait jamais vue de sa vie. Décidément, le visiteur était l'élégance même.

Inclinant la tête, elle esquissa la plus brève révérence de son répertoire.

— Sir Chase… Puis-je vous demander par quel hasard vous nous avez ramené le phaéton de ma tante en si piètre état ? interrogea-t-elle d'un ton acerbe.

Bien qu'elle foudroyât son interlocuteur de ses yeux brun doré étincelant de fureur, cette entrée en matière n'eut pas sur lui l'effet escompté.

— J'ai gagné l'attelage… chevaux compris, fut la réponse qu'elle obtint, proférée d'une voix aussi profonde qu'elle pouvait s'y attendre chez un homme aussi puissamment bâti. Je les ai gagnés à votre frère.

— Quoi ? Harry a osé emprunter les chevaux pommelés de ma tante ?

— Pourquoi pas ? Le gris est une belle couleur. Elle s'accorde bien avec le brun, observa son interlocuteur avec flegme.

Parlait-il du phaéton ? Rien n'était moins sûr. Mais

Caterina n'était pas d'humeur à approfondir la réponse. Furibonde, elle se tourna vers son père.

— Pouvez-vous me dire ce qu'il se passe ? s'enquit-elle en retirant ses gants. C'est à moi que tante Amélie a prêté son équipage et…

— Je sais, coupa Sir Stephen. Harry est reparti ce matin pour Liverpool sans me toucher mot de ce ridicule pari. D'après ce que j'ai compris, Sir Chase et lui ont disputé une course cette nuit à Richmond Park et Harry a perdu. Mais ne voulez-vous pas vous asseoir, ma chérie ? ajouta-t-il en lui désignant un siège.

Il s'agissait bien de se mettre à l'aise ! Furieuse, Caterina lui fit face.

— Harry a joué ce qui ne lui appartenait pas, voilà tout ce que je vois.

Elle se tourna vers Sir Chase, accusatrice.

— Sachant cela, comment avez-vous pu faire de cet attelage l'enjeu de votre pari ?

Le visiteur décolla enfin son dos du mur et vint se placer à côté de son hôte, d'où il put examiner la jeune fille plus à loisir.

— Je n'en savais rien, rétorqua-t-il. Quand nous avons parié, il m'a laissé croire qu'il s'agissait du sien. Et il se trouve qu'il a perdu. Aussi a-t-il été contraint de laisser le phaéton à Mortlake. J'ai du reste trouvé ceci à l'intérieur du véhicule.

Il plongea la main dans la poche de son gilet et en tira un délicat mouchoir ourlé de dentelle fine, qu'il tendit à Caterina.

— Comme ce morceau d'étoffe porte les initiales « A. M. » brodées dans un coin, j'ai supposé que le phaéton appartenait à Lady Amélie Chester, à présent Lady Elyot. Aussi suis-je venu proposer à votre père de me le racheter, pour le cas où sa belle-sœur y tiendrait particulièrement. A mon avis, il doit valoir dans les deux cents livres.

— Et mon frère ? Est-il revenu à pied de Mortlake, ou lui avez-vous obligeamment offert de le reconduire ? interrompit abruptement la jeune fille.

Le regard de Boston se fit méprisant.

— Votre frère me doit de l'argent, mademoiselle. Je n'ai pas l'habitude de prendre mes débiteurs dans ma voiture. C'est une question de principe.

Gêné, Sir Stephen intervint.

— Le fait est que Sir Chase est en droit de réclamer un prompt paiement, ma chère enfant. C'est déjà très courtois à lui d'avoir bien voulu ramener le phaéton et les chevaux. Mais un pari est un pari, et...

— Ce serait encore plus courtois de la part de Sir Chase de tirer un trait sur cette absurde histoire, l'interrompit sa fille. Il ne doit pas manquer de véhicules ni de chevaux, je suppose. Après tout, Harry a seulement vingt ans. Il ne gagne pas encore sa vie et c'est un fait qu'il a tendance à se montrer parfois irresponsable.

Son cœur battait la chamade, tandis qu'elle dévisageait Boston. Dieu savait pourquoi, elle ressentait à l'égard de cet homme une instinctive hostilité. Qu'est-ce qui l'irritait donc à ce point chez lui ? Etaient-ce ses exigences, son franc-parler sans compromission... ou ce qu'elle avait entendu dire de ses multiples liaisons féminines ?

— Si votre frère manque de fonds, c'est son problème, miss Chester, pas le mien. On ne fait pas de paris quand on est incapable de les honorer sans mettre autrui dans l'embarras. Quant à moi, je n'ai pas l'habitude de tirer un trait sur l'argent qu'on me doit. Je n'ai rien d'une institution charitable et il est grand temps que le jeune Chester apprenne le sens du mot honneur.

— Mon frère a eu tort de parier ce qui ne lui appartenait pas, admit la jeune fille. Mais tout de même, dans ce cas particulier, vous pourriez…

Elle s'arrêta brusquement, consciente de l'expression embarrassée de son père. Apparemment, il y avait quelque chose qu'on ne lui avait pas encore dit…

Stephen Chester n'avait jamais su cacher ses sentiments et son visage s'allongeait visiblement. Consterné, il esquissa une moue et adressa à Chase Boston une œillade qui en disait long. Puis il coula un regard avide aux deux verres de brandy encore pleins qui attendaient sur la table.

— Eh bien… ce n'est pas… Oh, Seigneur, comment le dire ?

Caterina se tourna vers lui, alarmée.

— Père, de quoi s'agit-il ? Il y a autre chose, n'est-ce pas ?

Il acquiesça d'un hochement de tête penaud.

— Harry a aussi perdu de l'argent, marmonna-t-il. Sir Chase m'en parlait justement quand vous êtes entrée. Mais il vaut mieux que vous n'entendiez pas cela, ma chérie. Hem… J'ignorais encore tout de cette histoire quand je vous ai fait prier de venir, et vous devriez peut-être…

— Combien ? demanda la jeune fille d'un ton sec. Allons, père, prenez un siège et dites-moi tout. Vous ne pouvez garder cela pour vous.

— J'ignore encore le montant de la somme, répondit faiblement son père. Sir Chase ?

— Votre fils me doit vingt mille, monsieur.

Stephen Chester laissa sombrer sa tête dans ses mains d'un geste accablé. Caterina, elle, dévisagea Boston, les yeux écarquillés et la bouche entrouverte. L'espace de quelques secondes, elle vit des étoiles danser devant elle.

— Vingt mille… livres ?

— Non, guinées…

Une exclamation horrifiée s'échappa des lèvres de la jeune fille.

— Oh, Seigneur ! Harry a dû perdre la tête. Comment… comment a-t-il pu faire une chose pareille ? Et il attend de vous que vous acquittiez une somme pareille, père ? Ce n'est pas possible…

Sir Chase était demeuré impassible, comme s'il était question de centimes au lieu de guinées.

— Votre frère m'a signé une reconnaissance de dette pour ce montant, mademoiselle. Je lui ai accordé vingt-quatre heures pour honorer sa dette. En fait, il m'avait promis de m'apporter l'argent hier matin, mais quand il est arrivé dans ma maison londonienne, il m'a proposé de disputer une course d'attelages à Richmond Park. S'il gagnait, sa dette serait effacée. Je n'avais pas la moindre envie d'accepter, mais il m'a supplié de lui donner une dernière chance, et j'ai compris qu'il était aux abois. Mais cela ne m'a pas semblé une raison suffisante pour passer l'éponge. Comme je viens de le dire…

— Nous avons parfaitement compris, Sir Chase, inutile de vous répéter. Mon frère vous a-t-il dit comment il comptait se procurer l'argent ? Peut-être pensait-il s'adresser à un usurier ?

— Ce n'était pas mon affaire et je ne lui ai posé aucune question à ce sujet, miss Chester. Mais quelle que soit la façon dont il envisageait de se renflouer, il a dû échouer, sinon je ne serais pas en train de vous parler.

— Vous êtes donc venu ici pour le voir ?

— Très exactement. Et aussi pour ramener le phaéton de Lady Elyot.

M. Chester, dont la main tremblait, chercha à tâtons son brandy sur la table. Caterina poussa le verre vers lui et le regarda siroter quelques gorgées. Elle se sentait partagée entre la colère que suscitait en elle le manque de principes de son frère, et la compassion que lui inspirait Sir Stephen. Son père n'avait pas mérité cela, après tout. Vingt mille guinées représentaient une somme énorme. Pour l'acquitter, sans doute allait-il être contraint de vendre cette maison, ainsi que sa propriété de Buxton. Comment faire autrement ? Le revenu qu'il avait hérité de feu son frère suffisait à peine à entretenir son foyer, et les conditions particulières du legs lui interdisaient de toucher au capital, qui devait revenir plus tard à Harry.

Pour ne rien arranger, Sir Stephen devait assumer la charge d'une famille nombreuse. Sa seconde épouse, Hannah, lui avait donné deux paires de jumeaux en six ans, et l'élégante maison de Paradise Road, qui avait autrefois appartenu à Lady Elyot, était devenue presque trop petite pour abriter sa nichée. C'était du reste la raison pour laquelle Harry avait passé à Londres la majeure partie de son mois de congé. Quant à Sir Chase, il était venu de toute évidence pour se faire rembourser, non pour négocier.

— Je suppose que vous vivez de vos gains au jeu, Sir Chase ? lança-t-elle avec insolence, décidée à faire sortir le visiteur de ses gonds.

— Caterina ! protesta son père. Il ne faut pas poser de pareilles questions, voyons ! Allons, il est grand temps que vous nous laissiez. Sir Chase et moi allons discuter de l'affaire et tâcher de trouver un arrangement. La dette sera payée, de toute façon. Allez donc voir Hannah, voulez-vous ? Elle a demandé après vous.

Sir Chase avait déjà obligeamment posé la main sur le loquet pour lui ouvrir la porte, mais elle l'arrêta d'un geste ferme.

— Un instant, s'il vous plaît, fit-elle en le regardant droit dans les yeux. Je comprends le sens de l'honneur aussi bien que n'importe quel homme, Sir Chase. Aussi me ferez-vous peut-être la grâce de me dire si vous trouvez *honorable* d'avoir fait ce stupide pari avec mon frère, alors qu'il vous devait déjà de l'argent qu'il était incapable de vous payer. Vous saviez fort bien qu'il ne pouvait pas gagner cette course. Alors pourquoi l'avoir encouragé dans cette folie ? Vous vous doutiez bien que tout cela allait retomber sur mon père !

Ainsi exposée en pleine lumière, elle offrait à son interlocuteur le charmant spectacle de son petit visage en forme de cœur, au nez droit et à la bouche sensuelle, auréolé par la masse luxuriante d'une longue chevelure aux reflets de cuivre.

Frangés d'abondants cils noirs, ses yeux d'un étonnant brun doré abritaient une telle flamme de passion que

Sir Chase ne put s'empêcher de douter de sa docilité filiale. De toute évidence, la jeune personne était du genre à n'en faire qu'à sa tête. Si elle avait accepté de se retirer, c'était sans doute parce qu'elle en avait elle-même décidé ainsi, et non pour obéir à son père. Peut-être souhaitait-elle donner le change en jouant les filles soumises, mais tout dans son attitude contredisait cette prétendue docilité.

Malicieux, il acheva de l'excéder en laissant son regard voyager dans l'échancrure de son corsage, puis s'attarder sur le galbe de sa poitrine, superbement moulée par le velours de son amazone.

— Je crois vous avoir déjà précisé que c'était votre frère qui m'avait mis au défi, et non le contraire, déclara-t-il sans sourire. Si vous comprenez l'honneur aussi bien que vous le dites, cela devrait vous suffire, n'est-ce pas ?

Ce n'était pas qu'elle n'eût plus rien à dire sur le sujet, mais il y avait des limites à sa capacité d'endurer la compagnie de cet homme arrogant. D'un geste, elle lui indiqua sa volonté de sortir. Mais à son grand dam, il lui ouvrit la porte avec une lenteur qui ne lui permit pas de faire la sortie en trombe qu'elle espérait.

« Le diable l'emporte ! » songea-t-elle avec fureur, lorsqu'elle se retrouva enfin dans le vestibule. Emportée par la colère, elle faillit balayer de la main les accessoires de l'odieux personnage, qui semblaient la narguer sur la table. Mais des pleurs d'enfant colérique retentirent au premier, l'arrêtant net dans son geste. Avec un soupir, elle tourna les talons et s'engagea dans l'escalier.

Les vagissements rageurs atteignirent les oreilles de Sir Stephen juste avant que la porte ne se referme sur sa fille et il leva un regard excédé vers le plafond.

— Vraiment navré, murmura-t-il.

Supposant qu'il s'excusait pour le vacarme, Sir Chase s'assit en face de son hôte et prit une gorgée de brandy. D'un regard appréciateur, il examina la pièce tendue de bleu qui donnait sur le vaste jardin situé à l'arrière de la maison. Suspendu derrière le bureau du maître de maison, un tableau bien exécuté montrait un vaisseau en train de mettre à la voile, dont les contours se détachaient sur un fond de port lointain.

Par les fenêtres qui ouvraient sur des arbres couverts de jeunes feuilles, on apercevait les eaux étincelantes de la Tamise, avec ses embarcations chargées de passagers. Rien dans ce cadre ne respirait la gêne, mais Chase était tout de même intrigué par la notable différence d'âge qui séparait les membres de la famille. Avec des enfants si jeunes, Sir Stephen devait sans doute faire face à de nombreuses dépenses, supputa-t-il. Certes, il n'était pas venu là dans l'intention de négocier, mais tout de même… D'autant plus qu'un nouveau facteur venait inopinément d'entrer en jeu, bouleversant les données de l'équation : miss Caterina Chester !

— Vous avez une famille intéressante, monsieur Chester, déclara-t-il en reposant son verre sur la table.

Il croisa négligemment les jambes avant d'ajouter :

— L'actuelle Mme Chester est votre seconde épouse, à ce que j'ai entendu dire ?

Sir Stephen passa une main dans sa chevelure auburn, qui commençait à se dégarnir au-dessus des tempes.

— Ma femme est une Elwick de Mortlake, acquiesça-t-il. Il y a près de six ans que nous sommes mariés. Vous connaissez sa famille, je suppose ?

Sir Chase haussa ses sourcils bruns.

— Certes. Ce sont de proches voisins de mes parents. Le fils aîné est décédé il y a deux ans, si je ne me trompe ?

— Chad était le frère de Hannah, expliqua Sir Stephen. Quant à moi, j'ai perdu ma première épouse il y a dix ans. J'avais trois enfants déjà adolescents et ne m'attendais guère à devenir si promptement le père de quatre bambins. Si j'avais su cela, je serais resté à Buxton. Ma maison du Derbyshire est beaucoup plus vaste que celle-ci. Mais que voulez-vous ? Hannah est une femme du Surrey, et Caterina et sa sœur souhaitaient demeurer à proximité de Londres.

Il s'adoucit à ces mots et un sourire de fierté paternelle détendit enfin ses traits.

— Avant mon second mariage, Caterina habitait ici avec sa tante, Lady Elyot, qui était encore Lady Chester à cette époque. L'endroit était idéal pour elles deux.

— Ah, votre aînée ! Puis-je vous demander son âge ?

— Cat a vingt-trois ans, Sir Chase.

Il assena à la table un coup violent qui fit trembler le reste du brandy dans son verre et se leva d'un mouvement brusque.

— Vingt-trois ans déjà, et pas encore mariée, le diable l'emporte ! Et le pire, c'est qu'elle n'a aucune chance de pêcher un mari, si elle continue à se comporter ainsi.

Il marcha jusqu'à la fenêtre et resta un instant à contempler le paysage qui s'étendait sous ses yeux.

— J'espère que vous voudrez bien excuser son incorrection, monsieur, reprit-il enfin, un peu calmé. Caterina n'est pas toujours facile, mais nous sommes un peu tous à bout de nerfs. Et puis elle a toujours eu son caractère à elle. Tout le contraire de ma seconde fille, Sara… Ah, Sara, c'est tout autre chose !

— Parlez-moi plutôt de miss Chester, voulez-vous ? coupa brusquement son interlocuteur.

Sir Stephen se retourna pour le gratifier d'un regard étonné.

— Que voulez-vous savoir ? Je pensais que vous aviez déjà entendu les commérages…

Sir Chase sourit sans répondre. Perplexe, Chester revint vers la table, et étudia un instant le reste de son brandy, avant de vider le verre en trois gorgées. Puis il se mit à déambuler dans la pièce, cherchant ses mots.

— Que vous dire ? Après la mort de sa mère, j'ai autorisé ma fille à quitter le Derbyshire pour s'installer ici, chez la veuve de mon frère. Caterina et sa tante ont toujours été très proches. Puis Amélie s'est remariée avec Lord Nicholas Elyot et a transporté ses pénates à Sheen Court.

— Je sais. Je connais bien Lord et Lady Elyot, ainsi que Lord Rayne, le frère de Nick…

— Oui, bien sûr, commenta Sir Stephen, qui reprit son récit. Caterina a fait ses débuts dans le monde à l'âge de dix-sept ans, et elle n'est pas passée inaperçue, vous pouvez m'en croire. Elle a tout de suite drainé après elle une nuée de soupirants, la mâtine.

— Voilà qui ne m'étonne pas. A-t-elle reçu des offres de mariage ?

— Grands dieux, oui, des quantités ! Elle a d'abord accordé sa main au comte de Loddon.

— Et que s'est-il passé ?

— Elle lui a repris sa parole à la dernière minute, cette petite peste ! Vous imaginez le scandale.

Sir Stephen se passa de nouveau la main dans les cheveux.

— Après cela, c'est le vicomte Hadstoke qui a brigué sa main. Elle aurait dû s'estimer heureuse de recevoir une nouvelle demande en mariage après ce qui s'était passé, d'autant plus que le vicomte avait tout pour lui : titre, fortune, et tout ce qui s'ensuit. Eh bien, vous n'allez pas le croire, mais elle a éconduit celui-là aussi sans crier gare. Après ce nouvel esclandre, ses chances de convoler se sont singulièrement amenuisées. Elle est considérée comme une jeune fille à risque, vous comprenez ? Une personne vouée à l'échec… Elle ne semble guère s'en soucier, mais je ne saurais en dire autant. Sans parler de sa sœur, qui se fait un sang d'encre…

— Pourquoi donc ?

Négligeant de répondre à la question, Sir Stephen cessa d'arpenter la pièce pour écarter les mains dans un geste d'impuissance.

— A quoi cela ressemble-t-il, je vous le demande ? La conduite de Caterina a suscité une tempête de ragots. Plus la moindre demande en mariage après cela ! Oh, bien des hommes se sont mis sur les rangs, mais pas de façon honorable, si vous voyez ce que je veux dire. Enfin, ce n'est pas tout à fait exact. Le comte de Saint-

Helen a demandé sa main pas plus tard que la semaine dernière, mais elle ne veut même pas en entendre parler. C'est pourtant sa dernière chance, et je ne me suis pas gêné pour le lui dire. Mais elle ne veut rien entendre. Songez donc, *un comte* ! s'exclama-t-il en levant les yeux au ciel.

— Je vois. Et elle ne vous a pas confié les raisons de son refus ?

Sir Stephen eut une moue de dérision.

— Oh, toutes les sottises auxquelles on peut s'attendre… Mademoiselle rêve du grand amour, et autres sornettes du même genre. Avouez qu'on ne refuse pas un parti pareil ! Sa sœur a l'âge de se marier à présent, mais elle ne pourra le faire tant que j'aurai Caterina sur les bras. Un père ayant le moindre respect des convenances ne marie pas sa cadette avant son aînée.

— Cela arrive parfois, assura Sir Chase.

— Pas dans ma famille ! rétorqua Sir Stephen avec superbe.

— Je suppose que vous faites tous pression sur miss Chester pour qu'elle se marie ?

— Certes… Pour être tout à fait honnête, je reconnais que la situation familiale n'est guère faite pour l'aider. Les choses ne sont pas toujours faciles, avec quatre bambins braillards dans la maison. Oh, j'aime ma famille, ne vous méprenez pas. Mais Caterina n'est pas du genre à materner des bébés, et elle aimerait pouvoir étudier en paix son piano et son chant. Savez-vous qu'elle a une voix superbe ?

Il ne remarqua pas la lueur d'intérêt qui s'était éveillée dans le regard de son interlocuteur.

— On l'invite à chanter dans les meilleures maisons, vous savez. Je n'exagère pas !

— Et votre fils Harry ? Vous m'avez bien dit qu'il était reparti pour Liverpool ?

— Il a pris la première diligence ce matin même pour retourner chez son oncle, où il apprend le métier de banquier. C'était la profession de mon défunt frère, le premier époux de Lady Elyot.

— Hum..., fit Sir Chase. Ce n'est pas tout à fait ce que m'a raconté votre fils, quand je l'ai rencontré à Londres.

Sir Stephen, qui s'était resservi un verre de brandy, faillit s'étrangler en avalant une gorgée d'alcool.

— Que vous a-t-il dit ? s'informa-t-il avec méfiance.

— Qu'il possédait deux banques à Liverpool, et que l'argent n'était pas un problème pour lui.

Chester reposa violemment son verre sur la table.

— Attendez un peu que je mette la main sur lui ! grommela-t-il. Ce gamin a l'air décidé à me ruiner. Comme si je n'avais pas déjà assez de difficultés...

Il y eut un silence gêné, pendant lequel les deux hommes envisagèrent le problème chacun à sa façon. Sir Chase, pour sa part, songeait davantage à Caterina qu'à ses frères et sœurs. Si la jeune fille rejetait inexorablement les offres de mariage qui ne lui convenaient pas, elle avait cependant grand besoin de retrouver une atmosphère paisible où elle pût développer ses talents. Cette maison ne convenait pas à une femme comme elle.

Ce qu'il ignorait encore, c'était que Sir Stephen, dans son aveuglement, avait sous-estimé les capacités artistiques de sa fille. Pendant des années, la jeune fille avait été l'élève du meilleur professeur de chant de tout le pays, l'Italien Rauzzini, qui était malheureusement décédé quelques mois plus tôt. Sa mort avait été un terrible coup pour Caterina, car il avait su lui éduquer remarquablement la voix, proclamant à qui voulait l'entendre qu'elle était la meilleure mezzo-soprano qu'il eût rencontrée de sa vie chez une fille de cet âge.

La jeune fille n'en continuait pas moins à prendre des leçons de chant et donnait des récitals un peu partout, étant très demandée. Mais la pression à laquelle la soumettaient ses parents et sa sœur pour qu'elle déniche un mari commençait à exercer sur elle un effet pernicieux. Si tante Amélie lui avait généreusement offert de lui prêter son phaéton, c'était pour lui permettre d'échapper plus souvent au pandémonium familial.

Quant au jeune Harry Chester, Sir Chase doutait fort qu'il parvînt à ruiner son père. Mais pour sa part, il n'avait pas l'intention de laisser Chester s'en tirer à si bon compte, surtout quand il s'agissait d'une somme aussi substantielle. Après tout, il était venu pour se faire payer, non pour exprimer sa sympathie au maître du lieu. Le père n'avait qu'à s'expliquer avec son fils au moment qu'il jugerait opportun. Peut-être ce coup de semonce leur mettrait-il à tous deux un peu de plomb dans la cervelle ?

Quant à lui, il commençait à penser qu'il y avait peut-être mieux à tirer des déboires de Chester que vingt mille guinées plus le prix d'un phaéton et de deux chevaux.

— Hum…, fit-il après avoir jeté un regard dédaigneux à son brandy, visiblement de qualité inférieure. Peut-être pourrions-nous à présent nous livrer à un peu d'arithmétique ? L'attelage doit valoir autour de...

Stephen Chester l'interrompit d'un geste de la main.

— Ne croyez-vous pas que nous pourrions... euh...

Sir Chase se garda de compléter la phrase à sa place. En joueur expérimenté, il était accoutumé à ne pas abattre ses cartes trop tôt.

— Euh... Nous pourrions peut-être trouver une alternative ? suggéra Sir Stephen. Franchement, cette histoire me met dans une situation impossible. Même si je vends ma maison de Buxton, je n'en obtiendrai jamais un tel prix. Pour être franc, je ne m'attendais vraiment pas à une somme pareille.

Il regarda autour de lui, tout en mordillant nerveusement son annulaire.

— Je ne sais vraiment que faire. Laissez-moi réfléchir... Ah oui, il y a la dot de Caterina. Il semblerait qu'elle n'en aura jamais besoin en fin de compte. Mais d'un autre côté, si elle n'a plus de dot, elle sera encore moins mariable, n'est-ce pas ?

— Sa dot est-elle substantielle ?

— Certes non. Sa beauté et l'honorabilité de sa famille ont toujours été ses meilleurs atouts. Mais mademoiselle a ses propres exigences, hélas..., ajouta-t-il d'un ton sarcastique.

— Pourquoi ne vous résoudriez-vous pas à marier votre cadette en premier ? Ce serait déjà un fardeau de moins pour vous, admettez-le.

Sir Stephen se redressa avec dignité.

— Non, Sir Chase, je ne puis faire cela. Ce ne serait pas convenable. En outre, ce serait une façon de reconnaître ouvertement que j'ai renoncé à tout espoir de marier l'aînée. Elle serait alors bel et bien condamnée au célibat.

— Vous exagérez. Elle n'a que vingt-trois ans après tout.

— A son âge, ma première épouse était déjà mère de trois enfants. Non, tout ce qu'il me reste à faire, c'est de persuader Caterina d'épouser Saint-Helen. Ce n'est pas le plus mauvais choix qu'elle pourrait faire, si du moins il est encore intéressé. Mais Dieu sait comment il réagira, s'il n'y a plus la moindre perspective de dot à l'horizon. Enfin... Le problème est que cela ne me donnera pas vint mille guinées pour autant, c'est une telle somme !

Il exhala un soupir rageur avant de poursuivre :

— Si je tenais Harry, il passerait un mauvais quart d'heure, je vous le dis ! Il devrait savoir qu'un homme digne de ce nom doit toujours honorer une dette de jeu.

— Et la famille de votre épouse ne pourrait-elle pas au besoin...

— Aider ? se récria Chester. Grands dieux, non, vous n'y pensez pas ! Je ne veux même pas que ma femme entende parler de cette histoire. Je n'aurais pas fini de subir ses jérémiades. Du reste, elle a déjà assez à faire avec les quatre gamins.

— Miss Chester pourrait peut-être lui en toucher un mot...

Sir Stephen le regarda comme s'il avait perdu l'esprit.

— Pour lui dire que mon fils m'a réduit aux abois et s'est sauvé à Liverpool ? Jamais de la vie ! Hannah n'a déjà guère bonne opinion de Harry, alors vous pensez… Je ne saurais l'en blâmer, remarquez.

— Toutes les familles ont leurs problèmes, monsieur.

— Heureux de l'entendre. Mais il se trouve que ce problème-là me concerne et qu'il va bien me falloir le résoudre de mon mieux. Si vous n'y voyez pas d'inconvénient, Sir Chase, je vais réfléchir à la question et vous rendrai visite demain. Résidez-vous à Mortlake en ce moment ?

Au lieu de répondre, l'interpellé jeta un regard pensif par la fenêtre.

— Je me demande…

— Oui ?

— Eh bien, j'aurais une suggestion à vous faire. Accepterez-vous de l'entendre ?

— Si c'est pour me conseiller d'emprunter la somme à un usurier, vous pouvez vous en dispenser. Je n'emprunte jamais rien à personne, c'est une question de principe.

— Il ne s'agit pas de cela.

Sir Chase se leva et écarta les bras, emplissant toute la pièce de sa remarquable présence physique.

— Vous voulez marier votre fille, mais vous pensez que les chances ne sont plus de son côté, n'est-ce pas ? Sur ce point, je peux vous venir en aide.

— Connaîtriez-vous quelqu'un ? interrogea Chester, qui n'y croyait visiblement pas.

Quel pessimiste, vraiment ! songea Boston. Dans son esprit, le cas de miss Chester était moins désespéré que son père ne voulait bien le croire. Il était vrai qu'à vingt-trois ans, beaucoup de débutantes étaient déjà mariées, mais celle-ci sortait du lot et cherchait quelque chose que son père ne comprenait visiblement pas. Quant à penser un seul instant qu'elle fût déjà une vieille fille, c'était pure absurdité. A son humble avis, Caterina Chester était même la jeune personne la plus fraîche qu'il lui eût été donné de rencontrer. Mais de toute évidence, son père et sa belle-mère la traitaient en gamine, et non comme la femme indépendante qu'elle aspirait à être.

— Oui, répondit-il enfin, je connais quelqu'un. Et cette personne, c'est moi.

— Hein ?

Chester se renfrogna visiblement et une expression de méfiance se peignit sur son visage. Dans son esprit, les viveurs comme Sir Chase Boston ne se mariaient pas, ils prenaient des maîtresses.

— Non, Sir Chase, je ne saurais consentir à une chose pareille. Beaucoup d'hommes lui ont déjà fait des propositions de cet ordre, voyez-vous. Pas plus tard que le mois dernier, le duc de…

— Qu'allez-vous penser ? Je n'ai pas l'intention d'en faire ma maîtresse, voyons. Je vous parle d'un mariage en bonne et due forme. Si j'arrive à la persuader de m'épouser, je vous rendrai la reconnaissance de dette ainsi que le phaéton et les chevaux, sans contrepartie. Vous serez tiré d'affaire.

— Et si vous n'y parvenez pas ? Elle n'a aucun désir de se marier, et vous avez pu constater par vous-même qu'elle vous épouserait encore moins qu'un autre. Je doute même qu'elle accepte d'entretenir avec vous ne serait-ce qu'une simple relation d'amitié, ajouta-t-il, enfonçant le clou sans pitié.

Sir Chase se redressa.

— En ce cas… C'était simplement une proposition, n'y voyez aucune offense. Je vous attends demain matin à Mortlake, monsieur.

Chester l'arrêta d'un geste.

— Non, ne partez pas encore. Si je vous ai bien compris, vous venez de demander la main de ma fille aînée. Est-ce exact ?

— Parfaitement exact.

— Et en échange, vous effacerez la dette de Harry ?

— Je m'y engage.

— Il doit y avoir une autre clause, non ? Que suis-je censé vous donner en compensation ?

— Rien du tout, monsieur. Sauf, bien entendu, si je ne parviens pas à conquérir votre fille. S'il en est ainsi, nous nous retrouverons à la case départ.

— En ce cas, il faudra que je lui fasse bien comprendre l'enjeu. Je suis tenté, je l'avoue. Mais le problème est que je ne sais presque rien de vous, Sir Chase, et aussi reconnaissant que je vous sois de votre proposition, je voudrais être sûr que Caterina sera… mon Dieu, comment dire cela ?

— Bien traitée ?

— Exactement ! Voyez-vous, d'autres pères à ma place pourraient se montrer réticents, étant donné votre réputation en la matière…

Un euphémisme ! songea-t-il à part lui. En fait, il connaissait bien des pères qui n'auraient jamais voulu entendre parler de Sir Chase comme gendre, même si leurs filles étaient parfaitement capables de s'en amouracher à première vue. Mais en ce qui le concernait, la tentation était forte de passer outre, afin de résoudre d'un coup deux problèmes majeurs.

Néanmoins, il doutait encore.

— Et si vous échouez à la persuader ?

— Alors vous devrez honorer la dette de votre fils, je le crains. Mais pourquoi douter du succès de ma démarche ?

— Oh, il ne s'agit pas seulement de vous. Dans l'état d'esprit où se trouve Cat actuellement, je doute que quiconque puisse réussir à la convaincre de se marier. Vous avez pu voir vous-même à l'instant de quoi elle est capable. Cela dit, en tant que père respectable, je ferai mon possible pour lui montrer où est son devoir. Je puis user de mon autorité parentale, même si je ne l'ai jamais fait jusqu'à présent. Peut-être aurais-je dû, d'ailleurs...

— Je préfère agir moi-même, même si cela doit prendre un peu plus de temps. Une jeune personne du tempérament de votre fille n'apprécie guère qu'on lui force la main.

— Il est vrai que vous ne devez pas manquer d'expérience...

— J'ai trente-deux ans, monsieur. Quel homme n'en a pas à cet âge ?

« Moi ! » faillit avouer Sir Stephen, qui n'avait jamais été à la hauteur de son frère aîné en matière de conquêtes féminines. Mais il préféra éluder la question.

— Hum... Et vos parents, vivent-ils à Mortlake ? s'informa-t-il.

— A Boston Lodge, précisa Sir Chase. Ma mère a épousé en secondes noces Sir Reginald Fitzsimmon. Mais ma propre demeure est située à Londres, Halfmoon

Street. C'est là que j'habite, quand je ne réside pas dans les autres domaines que je possède au nord du pays.

Chester s'abstint de s'enquérir des occupations du prétendant. Sa situation parlait d'elle-même : des parents fortunés, des maisons un peu partout, et pour couronner le tout, l'amitié avérée du prince-régent… Un homme aussi visiblement béni des dieux n'avait pas grand-chose à faire pour assurer son quotidien. D'après Sir Elyot, Chase Boston était également un membre éminent du *Four Horse Club*, ce que Harry aurait dû prendre en considération avant de lui proposer cette stupide course d'attelages dans Richmond Park !

— Votre nom de *Chase* m'intrigue, reprit Sir Stephen après un instant de silence. Est-ce une abréviation ?

— C'est un sobriquet qui me suit depuis l'enfance, en raison de mes exploits précoces à la chasse. Mon véritable prénom est Charles.

— Et… pas de liaison en cours ? questionna Chester, épiant le moindre signe de trouble sur le visage de son interlocuteur.

— Rien qui ait de l'importance, affirma Sir Chase non sans cynisme.

— Aucun enfant naturel ?

— Pas le moindre, monsieur, assura Boston sans le moindre embarras.

— Et où avez-vous l'intention de faire vivre ma fille, si vous réussissez le miracle de la convaincre ?

Le plus loin possible de sa famille, fut la réponse spontanée qui vint à l'esprit de Chase. Mais il était trop diplomate pour exprimer le fond de sa pensée.

— Voilà qui ne posera pas le moindre problème,

monsieur. Si miss Chester n'aime aucune de mes résidences, je puis en acheter une autre qui lui convienne.

— Voilà un point important. Les femmes sont très sensibles à leur environnement, mais peu de maris se soucient de leurs préférences en la matière. Vous n'êtes pas bâti sur le modèle conventionnel, semblerait-il.

— Votre fille non plus, à ce que j'ai cru comprendre. Elle m'a fait l'effet d'une jeune personne plutôt originale, et elle a certainement besoin d'un époux qui lui ressemble. Cela dit, ne craignez pas que je l'entraîne dans des actions répréhensibles, comme se livrer au jeu ou Dieu sait quoi, précisa-t-il, prévenant ainsi les objections paternelles.

Il observa une courte pause avant d'aborder un nouveau point :

— Quant à mon âge, je ne crois pas que ce soit un obstacle. Les hommes qui se sont mis sur les rangs avant moi ne brillaient pas par leur jeunesse. A près de quarante ans, Loddon vit encore dans les jupes de sa mère au fin fond de la Cornouaille. Hadstoke est un veuf chargé de famille. Quant à Saint-Helen… Pardonnez-moi, mais il faudrait vraiment qu'une femme soit aux abois pour accepter ce vieux débris.

— Mais ce sont tous trois des hommes riches et titrés. C'est important pour une femme.

— C'est surtout important pour un père, si je puis me permettre. Quant à moi, je suis baronet, titre dont héritera mon fils aîné le moment venu, en même temps que de mes terres. J'ai également pour moi la jeunesse et la vigueur. Si miss Chester se plaît à conduire ce phaéton, qui est un véhicule de casse-cou, je crois que mon genre de vie lui conviendra certainement.

— Oh, je regrette que Lady Elyot lui ait prêté cet attelage. C'est beaucoup trop dangereux.

— Pour votre goût, peut-être. Mais revenons-en à l'essentiel. Vous ai-je rassuré, monsieur Chester ?

Sir Stephen ne l'était qu'à demi, mais il était décidé à ne pas laisser ses craintes influer sur sa décision. L'interrogatoire auquel il venait de soumettre le prétendant n'était que pure formalité dans son esprit. Caterina devait coûte que coûte trouver chaussure à son pied.

— Vous n'avez jamais été marié, je suppose ?

— C'est la première fois que je demande la main d'une femme, répliqua Sir Chase.

— C'est un grand risque que vous prenez là. Mais après tout, vous n'avez pas grand-chose à perdre, n'est-ce pas ?

Décidément, la grossièreté de cet homme dépassait les bornes, songea Boston.

— C'est un risque, j'en conviens. Mais je suis prêt à l'assumer, Sir Stephen. Bien entendu, j'aurai besoin de votre entière coopération, à Mme Chester et à vous.

— Oh, elle vous est tout acquise. La belle-mère de Caterina usera de tous les moyens de persuasion pour…

— Il n'en est pas question, coupa Chase. Je préfère me charger moi-même de ce rôle. J'aurai besoin de votre approbation, bien entendu, mais je vous serais reconnaissant de me laisser agir à ma façon. Miss Chester est fort capable de se braquer, si l'on exerce trop de pression sur elle.

Se braquer ? Mais miss Chester ne faisait rien d'autre ces derniers temps ! songea ironiquement Sir Stephen. Quant à Hannah, il allait être difficile de réfréner la joie débordante qu'elle n'allait pas manquer d'éprouver en apprenant que contre toute attente, un nouveau prétendant s'était présenté pour Cat.

— Vous pouvez compter sur nous, Sir Chase, déclara-t-il cependant.

— Si vous permettez, je vais vous laisser à présent. Je voudrais informer miss Chester que je viens de demander sa main. Il n'y a rien de mal à cela, je suppose.

— Non, certes, mais…

Sir Stephen se frappa le front.

— J'oubliais ! Caterina doit passer le week-end dans le Wiltshire, chez Lord et Lady Ensdale. Ne vaudrait-il pas mieux que vous attendiez son retour pour lui annoncer la nouvelle ? Elle doit donner un récital, voyez-vous, et si elle est trop bouleversée par cette histoire, sa voix risque d'en pâtir. Vous comprenez cela, n'est-ce pas ?

— Parfaitement, assura Chase.

En fait, il n'était pas certain du bien-fondé de cette crainte. Mais laisser passer un peu de temps pour juger plus sainement de la situation n'était pas forcément une mauvaise idée, après tout. Il lui restait pourtant un détail à évoquer avec son hôte. Chester l'exaspérait, et il n'était pas dans son intention de le laisser s'en tirer à si bon compte.

— Encore une chose, Sir Stephen. Vous avez abordé tout à l'heure le sujet de la dot de miss Chester. Maintenant que je suis officiellement sur les rangs, puis-je vous demander en quoi elle consiste ?

L'interpellé émit un bruyant soupir et crispa les mâchoires. Allons, encore un mauvais moment à passer ! songea-t-il. S'il détestait emprunter, il n'aimait pas davantage avoir à donner de l'argent. Mais le moyen de faire autrement en l'occurrence ?

— Rasseyons-nous, Sir Chase, proposa-t-il avec résignation.

La conversation qui suivit s'acheva inévitablement sur la question de la date butoir. Combien de temps Sir Chase désirait-il s'octroyer pour mener à bien la conquête de la rétive Caterina ? M. Chester penchait pour un délai de six mois. Mais le principal intéressé, plus expéditif, préférait réduire la période à six semaines. Coupant la poire en deux, Sir Stephen lui accorda tout l'été.

— Nous ferons le point de la situation en septembre, déclara-t-il.

Cet accord conclu, les deux hommes se rendirent dans la cour de l'écurie pour jeter un coup d'œil au phaéton. Laissant le visiteur avec Joseph, Sir Chester retourna ensuite à la maison, où sa femme devait attendre sa visite avec impatience. Faisant halte dans le bureau, il vida d'un trait le verre de brandy dédaigné par Boston, avant de glisser la carte de visite du visiteur dans la poche de son gilet. Puis il monta rejoindre Hannah au premier, affichant sur son visage un enjouement qu'il était bien loin de ressentir.

Voyant son père pointer le nez dans l'entrebâillement de la porte, Caterina en profita pour s'éclipser de la nursery. Après avoir descendu l'escalier, elle sortit par la porte de derrière pour se rendre aux écuries, où elle désirait examiner l'attelage de tante Amélie. « Si Harry a abîmé les chevaux, il va sentir passer la semonce ! » songea-t-elle avec irritation.

Nerveuse comme elle l'était déjà, elle ne put réprimer un mouvement d'humeur en constatant que le grand étalon gris de Chase Boston était encore là, tenu par le même groom en livrée verte. Mais pire que cela, elle vit au même instant Sir Chase en personne sortir de la remise en bavardant avec Joseph. Sa première impulsion fut de battre en retraite vers la maison. Mais le visiteur l'avait déjà aperçue et se dirigeait tout droit vers le perron. Impossible de lui tourner le dos sans commettre une grave inconvenance !

— Je suis venue voir les chevaux de ma tante, commença-t-elle sèchement, lorsqu'il eut atteint le pied des degrés. Ils sont sous ma responsabilité, après tout.

Sir Chase eut un sourire amusé, qui illumina ses yeux noisette.

— C'est précisément ce que me disait votre groom.

— Il va falloir les laver à grande eau, si vous les avez ramenés dans le même état que le phaéton.

— Absolument pas.

Il lui offrit le bras pour descendre les marches, et elle fut bien obligée d'accepter la politesse. Sentant les muscles du visiteur se contracter sous sa main, elle put constater combien l'homme était robuste. De toute évidence, sa réputation de sportif et de cavalier émérite n'était pas usurpée. Comment s'étonner après cela qu'il l'eût emporté sur Harry ? S'il fallait en croire les rumeurs qui circulaient sur lui, Chase Boston était décidément un dangereux personnage.

Après avoir descendu la dernière marche, elle lui lâcha le bras sans le remercier.

— Vous les avez déjà fait bouchonner ? s'informa-t-elle.

Il ne parut pas s'offusquer de la rudesse du ton. Bien au contraire, il semblait trouver ses façons plutôt amusantes.

— C'est une chose que de renvoyer un véhicule crotté, miss Chester. Mais laisser des chevaux dans cet état serait absolument impardonnable. Mes grooms ont passé plus d'une heure à les brosser hier soir. A votre place, je les mettrais sous clé la prochaine fois que votre frère vous rendra visite. Sinon, il pourrait bien leur briser une patte, ou pis encore.

— Je vous remercie du conseil, rétorqua-t-elle d'un ton glacial. Mais la prochaine fois que mon frère jugera bon de se montrer ici, c'est lui que nous mettrons sous clé ! Cela lui évitera de se laisser prendre au piège par des individus capables de relever ses défis puérils.

— Apprenez-lui donc aussi à dire la vérité, tant que vous y êtes. Mieux vaut qu'il évite de raconter des sornettes sur sa situation.

— Ce que vous ne faites jamais, bien entendu, ironisa-t-elle.

— Je n'en ai jamais eu besoin. Si nous allions voir les chevaux ensemble ? proposa-t-il, comme ils atteignaient le seuil du bâtiment.

Le moyen de refuser ? Décidément, Sir Chase avait l'art

de mettre les gens dans des situations qu'ils n'auraient certainement pas choisies d'eux-mêmes.

Eclairées par de hautes fenêtres, les stalles de chêne luisaient dans le soleil, et une agréable odeur de foin et de cuir emplit les narines des visiteurs. Debout dans le box du fond, les deux chevaux pommelés de Lady Elyot reluisaient de propreté, depuis leurs crinières noires bien peignées jusqu'à leurs sabots soigneusement huilés. De toute évidence, aucun effort n'avait été épargné pour effacer les traces de la téméraire équipée de la veille. Caterina s'abstint cependant de remercier Boston, jugeant la politesse superflue.

Sans faire de commentaires, elle s'avança vers l'un des chevaux, qu'elle examina sur toutes les coutures avant de lui flatter l'encolure. La robe de l'animal brillait comme du satin.

— Parfait, énonça-t-elle enfin.

— C'était le moins que je puisse faire.

— Je ne dirai pas cela, Sir Chase. Le moins que vous auriez pu faire était d'épargner à mon père le cuisant souci de devoir trouver de l'argent pour honorer la dette de mon frère. Vingt mille guinées sont peut-être une bagatelle pour vous, mais je peux vous assurer que la situation de mon père n'est pas aussi florissante qu'il y paraît. Sans doute est-il trop fier pour vous avoir confié les difficultés financières dans lesquelles il se débat actuellement. Croyez-moi, il ne peut se permettre de débourser une pareille somme.

— Je n'ai jamais pensé que vingt mille guinées étaient une bagatelle, miss Chester, sans quoi je n'aurais pas pris la peine de venir les réclamer. En outre, votre écervelé de frère a grand besoin d'une leçon. Il doit apprendre à ses dépens qu'un homme n'esquive pas une dette d'honneur sans de sérieuses conséquences.

— Pour l'instant, c'est mon père qui subit les conséquences. Comme je vais devoir les subir moi-même…, déclara amèrement Caterina.

Elle regretta aussitôt d'avoir proféré ces paroles imprudentes. La dernière chose qu'elle souhaitât était de devoir s'expliquer sur ce dernier point.

— Je ne comprends pas. En quoi cette dette vous affecte-t-elle, miss Chester ?

— Oh, de façon indirecte, assura-t-elle. Rien qui vaille la peine qu'on en parle. Je n'aurais pas dû dire cela, en fait. Oubliez mes propos, voulez-vous ?

Elle tenta de s'éloigner sur ces mots, mais Boston lui barra le passage en se plaçant devant elle, un bras posé sur la porte du box. Cette fois, elle était bel et bien acculée, admit-elle en fronçant les sourcils.

— Je suis intrigué, miss Chester, fit-il en la dévisageant, les yeux mi-clos. En quoi cette histoire vous affecte-t-elle personnellement ? Est-ce une question de dot ?

Elle se raidit visiblement, contrariée d'être ainsi poussée dans ses derniers retranchements.

— Il s'agit de quelque chose que je ne puis discuter avec vous. Je dirai même que c'est un sujet que nous n'aurons *jamais* à aborder ensemble, Dieu merci.

— Donc, c'est bien une histoire de dot, en fin de compte. La vôtre risque d'être considérablement diminuée, si votre père me paie ce qu'il me doit. C'est grand dommage, j'en conviens. Il faudrait qu'il choisisse un autre moyen de…

— Comme s'il avait le choix ! rétorqua-t-elle d'un ton cinglant. Et maintenant, laissez-moi passer, s'il vous plaît. Cette conversation est tout simplement déplacée.

— Déplacée ? railla-t-il. Allons donc ! Ne venez pas me dire que vos petites délicatesses personnelles passent avant la prétendue détresse de votre père... Après ce que j'ai vu, je ne peux croire un seul instant que vous soyez aussi collet monté. Exposez-moi le problème, bon sang !

Caterina pinça les lèvres.

— C'est impossible, Sir Chase. Vous êtes un étranger pour moi.

— Peut-être, mais je suis aussi le créancier, lui rappela-t-il en penchant la tête vers elle. Alors à qui parlerez-vous de cela, si ce n'est à moi ?

Il observa une pause avant de demander :

— Serait-ce que vous allez avoir besoin de votre dot dans un proche avenir ?

— A vrai dire, non, murmura-t-elle. Il est même possible que je n'en aie jamais besoin du tout. Vous avez votre réponse à présent, alors écartez-vous !

Il la considéra un instant en silence sans faire mine de bouger.

— Pourquoi n'en auriez-vous jamais besoin ? interrogea-t-il enfin d'un ton très calme.

La jeune fille dut prendre sur elle pour garder son self-contrôle.

— Si mon père et ma belle-mère ont déjà le plus grand mal à saisir mes raisons, je ne vois pas comment vous pourriez les comprendre, Sir Chase.

— Les comprenez-vous vous-même ? fut l'étrange réponse qu'elle obtint.

La respiration de Caterina marqua un temps d'arrêt, et il sut qu'il l'avait touchée au défaut de la cuirasse.

— Oh..., exhala-t-elle avec un visible dépit.

Ecartant le bras de Chase, elle se précipita vers la porte et traversa la cour en courant avant de gravir quatre à quatre les degrés du perron. Demeuré seul dans l'écurie, Boston entendit la porte de la maison se refermer derrière elle avec un claquement sonore. Pensif, il flatta l'encolure du cheval gris pommelé qui mâchait tranquillement du foin à côté de lui.

— Qu'en dis-tu, mon joli ? Voilà qui change agréablement de la routine, n'est-ce pas ? Quel délai avons-nous obtenu, déjà ? Ah, oui, trois mois...

Le dos appuyé à la porte, Caterina demeura un instant immobile, à attendre que s'apaisent les furieux battements de son cœur. Comment avait-elle pu se laisser désarçonner aussi vite par cet individu, bonté divine ? Le souffle court, elle prêta l'oreille aux bruits qui s'élevaient de l'écurie, le son d'une voix profonde, le claquement des sabots, et le petit sifflement de Joseph occupé à polir des harnais. Force lui était d'admettre que Sir Chase disposait d'une étonnante capacité à percer à jour les sentiments d'autrui. En ce qui la concernait, il avait indéniablement mis dans le mille. Comment aurait-elle pu comprendre ses propres motivations, quand elles lui semblaient si totalement contradictoires et chaotiques ?

Elle n'était pas pessimiste de nature, comme son père

avait tendance à le devenir. Mais elle n'avait pas non plus l'insouciance de son frère et de sa sœur, toujours persuadés que les choses s'arrangeraient d'elles-mêmes, pour peu qu'ils évitent de trop y penser. L'avenir, Dieu savait qu'elle y pensait. En fait, le dilemme qui l'agitait tournait autour d'une question essentielle : devait-elle considérer ses propres besoins comme primordiaux, ou les faire passer au second plan pour complaire à ses parents ? Ces dernières années, leurs points de vue étaient devenus de plus en plus incompatibles et une véritable barrière commençait à s'élever entre eux. Dieu savait qu'elle ne s'attendait pas à cela quand son père avait épousé Hannah Elwick !

Hannah et elle entretenaient des relations d'amitié bien avant que Sir Stephen n'eût quitté le Derbyshire pour venir s'installer à Richmond. La faible différence d'âge qui les séparait et la proximité de leurs lieux de résidence avaient contribué à les rapprocher. Aussi Caterina avait-elle été ravie de voir la douce Hannah accorder sa main à Sir Stephen, persuadée que Sara et elle entretiendraient les meilleures relations du monde avec leur belle-mère.

Mais aucune d'elles, pas même Hannah elle-même, n'avait prévu que la fécondité explosive de la nouvelle mariée ne tarderait pas à transformer le 18, Paradise Road en une vaste nursery. Les pièces avaient été réquisitionnées l'une après l'autre pour les enfants, y compris la bibliothèque, la chambre d'amis et la salle de musique. En fait, Caterina n'avait même plus de chambre à elle et devait partager celle de Sara.

Ce n'était pas qu'elle éprouvât la moindre aversion

pour les enfants, bien au contraire. D'un certain côté, elle se réjouissait que l'instinct maternel de Hannah ait trouvé si tôt à s'employer et se sentait sincèrement heureuse pour son père, qui avait enfin trouvé une compagne après des années de solitude. Mais ce qu'il lui était difficile de supporter, c'était l'envahissement croissant de leur espace. Quant à leur emploi du temps, il était désormais subordonné aux occupations domestiques de la maîtresse des lieux. Des nurses avaient été embauchées pour accomplir les tâches mineures. Mais Hannah n'était pas du genre à déléguer à d'autres ses responsabilités maternelles, et leur vie à tous tournait désormais autour des horaires d'allaitement et autres considérations du même ordre.

Sara regrettait fort de ne plus pouvoir recevoir ses amis ni prendre des leçons de danse. Quant à Caterina, elle n'avait désormais plus de lieu pour étudier le chant et en était réduite à utiliser la salle de musique de tante Amélie, où son maître et elle pouvaient travailler dans une atmosphère plus sereine. Tante Amélie était elle-même mère de trois délicieux bambins. Mais Sheen Court était beaucoup plus vaste que le 18, Paradise Road, et Cat pouvait au moins y respirer un peu, loin du climat étouffant de la maison familiale.

Dans ces conditions, elle aurait pu être tentée de se jeter dans les bras du premier venu pour fuir le domicile familial. Mais elle n'en avait rien fait, au plus grand dam de son père et de Hannah, qui lui reprochaient de leur compliquer la vie par ses refus réitérés.

Mais comment aurait-elle pu se résigner à épouser le comte de Loddon ou le vicomte Hadstock ?

Le premier avait perfidement attendu que leurs fiançailles soient officiellement proclamées pour lui signifier qu'elle aurait à vivre au fin fond de la Cornouaille avec sa vieille mère, pendant qu'il jouirait des plaisirs de la capitale. Quant au vicomte Hadstock, il n'avait pas résisté à l'épreuve du premier baiser. Après qu'il eut essayé de l'embrasser, elle avait réalisé avec horreur qu'elle ne pourrait jamais passer toutes ses nuits dans le lit d'un pareil individu. Ç'aurait été encore pire que ce qu'elle endurait à présent dans la maison paternelle !

Elle avait bien tenté d'expliquer à ses parents ce qu'elle attendait du mariage, mais en pure perte. Hannah et Sir Stephen étaient persuadés que l'amour naissait après la cérémonie et non avant, comme elle avait la faiblesse de le croire. Caterina était convaincue du contraire, mais les exemples qu'elle mettait en avant n'étaient pour eux que les exceptions qui confirmaient la règle.

Pourtant, Cat savait de quoi elle parlait. Six ans plus tôt, elle s'était follement éprise de Seton Rayne, le frère cadet de Lord Elyot. Elle en était revenue depuis, mais n'avait pas oublié ses émois d'alors, dont le souvenir continuait à alimenter ses rêves. Grâce à Seton, elle avait découvert les réserves de passion qui sommeillaient en elle, et elle voulait éprouver de nouveau les enivrantes sensations de l'amour. Mieux valait pas de mariage du tout qu'une simple union de convenance !

Le cœur battant, elle revit les yeux malicieux de Chase Boston, son épaisse chevelure couleur de jais et ses épaules à la largeur impressionnante. Quelle ironie que ce fût précisément un homme de si piètre réputation qui se soit inquiété de savoir pourquoi elle ne désirait pas se marier !

« Qu'est-ce que cela peut lui faire, au nom du ciel ? Il me connaît à peine ! »

Malgré ce que pouvait laisser croire l'arrangement qu'il avait souscrit avec Chase Boston, Sir Stephen n'était pas un homme totalement dépourvu de conscience. Dieu savait que l'avenir de sa fille le préoccupait... Mais il y avait tant d'années qu'elle représentait pour lui un épineux problème ! Il ne fallait pas s'étonner, après cela, qu'il se fût précipité sur une solution qui semblait tomber tout droit du ciel.

Au début, il avait visé haut, peut-être trop, convint-il à part lui. Il était vrai que ducs, comtes et vicomtes avaient paru se laisser prendre aux charmes de Cat, pour le plus grand étonnement de la principale intéressée, qui s'était montrée aussi peu coopérative que possible. Mais l'un après l'autre, tous ces prétendants avaient renoncé, et il avait fini par se demander si c'était la beauté de sa fille ou le montant de sa dot qui les avait appâtés, en fin de compte.

Mais ce Chase Boston n'était pas comme les autres. Il semblait moins intéressé par la dot que par le plaisir de relever un défi. Apparemment, il se souciait peu de perdre vingt mille guinées dans ce marché. Une attitude bien étrange aux yeux de Stephen Chester !

Certes, il se sentait taraudé par sa conscience, mais la voix de son égoïsme lui susurrait de ne pas trop s'en faire. Chase Boston était peut-être un roué, un séducteur et un cerveau brûlé. Mais il était aussi en possession d'un titre et d'une confortable fortune. Il avait en outre promis de prendre soin de Cat. Et pouvait-on lui donner tort, quand il affirmait qu'un mari conventionnel ne conviendrait pas du tout à Caterina ?

Quant à savoir ce qui *convenait* vraiment à la jeune fille, c'était une autre histoire. Mais qui sait ? Si elle n'avait pu se résoudre à épouser un duc conformiste, peut-être accepterait-elle de convoler avec un baronet extraverti ? « Sachant l'importance de l'enjeu, elle saura bien où est son devoir », tenta-t-il de se rassurer, tout en soulevant la fiole de brandy disposée sur sa table.

Si seulement Hannah, pour une fois, n'avait pas mélangé de l'eau à son alcool favori ! Pas étonnant que Sir Chase eût dédaigné la mixture…

Moins exigeant que le visiteur, il se versa une généreuse rasade et transporta le verre sur son nouveau bureau de noyer, qui lui avait coûté les yeux de la tête.

2.

Après avoir manœuvré le phaéton entre les vantaux du portail en fer forgé, Caterina engagea l'attelage au grand trot dans l'allée bordée d'ormes qui conduisait à Sheen Court. Du coin de l'œil, elle vit Sara agripper des deux mains les brides de sa capote.

— Enlevez-la donc, conseilla-t-elle à sa sœur avec un petit rire. Laissez le vent souffler dans vos boucles comme je fais. Qui s'en soucie ?

Sara lui sourit en retour.

— Je le ferais volontiers, si cela m'allait aussi bien qu'à vous. Mais j'aurais seulement l'air échevelée…

— Allons donc ! Tout le monde sait combien vous êtes ravissante, ébouriffée ou pas.

A dix-neuf ans, Sara était en effet la joliesse même et faisait de son mieux pour paraître à son avantage. Mais elle se désolait de ne pouvoir rivaliser avec sa sœur. A son grand chagrin, sa beauté blonde était du genre fragile et s'accommodait mal des hardiesses vestimentaires destinées à mettre en valeur des formes plantureuses. Les siennes ne l'étaient guère à son goût, et elle avait souvent recours à des mouchoirs pour remplumer le haut de son corsage.

Ces menus défauts n'empêchaient pas nombre de jeunes gens de préférer la mignardise de Sara aux charmes plus épicés de sa sœur. Avec elle, au moins, ils trouvaient plus souvent l'occasion de dispenser les petites attentions que les hommes réservent à ce genre de femme. Les prodiguer à miss Caterina Chester ne leur procurait pas la même satisfaction, tant elle semblait trouver leurs politesses importunes.

Une différence fondamentale distinguait en effet les deux sœurs. Pour la blonde et aérienne Sara, les approches amoureuses étaient un gracieux menuet, où chacun connaissait d'avance le type de figure qu'il devait exécuter. Pour Caterina, c'était un véritable rite initiatique, et elle ne souhaitait qu'une chose : éprouver de nouveau les émotions débridées qu'elle avait ressenties autrefois, mais cette fois, avec un homme qui saurait les partager !

Après un dernier virage, les deux passagères du phaéton virent se dresser devant elles la façade néoclassique de Sheen Court, avec ses multiples fenêtres étincelant dans le soleil et son portique central soutenu par des colonnes corinthiennes.

Avec une maestria parfaite, Caterina immobilisa l'attelage devant les larges marches de l'entrée, bordées de gigantesques urnes de pierre. Aussitôt, des grooms en livrée grise se précipitèrent pour lui prendre les rênes, tandis qu'une haute silhouette s'avançait vers elle d'une démarche plus flegmatique, deux lévriers sur les talons.

— Voici Lord Elyot, chuchota Sara. Oh, mon Dieu, je ne sais jamais quoi lui dire…

Mais Caterina secoua la tête.

— Ce n'est pas Nick, mais son frère Sete. Lord Seton Rayne…

Elle avait livré cette information d'une voix légèrement oppressée et Sarah écarquilla ses prunelles bleues.

— Seton ? Celui que vous…

— Chuut ! intima Cat. Tout cela est du passé à présent. Je ne savais pas qu'il était revenu à la maison.

— Où était-il donc pendant toutes ces années ?

— A l'armée, murmura la jeune fille, qui se tourna vers Seton.

Il se dirigea vers elle, la main levée dans un geste de bienvenue.

— Lord Rayne ! Que faites-vous donc ici ?

Un sourire découvrit les dents éblouissantes de l'interpellé.

— Cette maison était autrefois mon foyer, vous ne vous souvenez pas ?

— Figurez-vous que j'avais presque oublié !

Bien entendu, ni l'un ni l'autre n'en croyait rien. Seton lui tendit les bras pour l'aider à descendre.

— Venez donc par là, que nous refaisions un peu connaissance. Et présentez-moi à votre charmante compagne, voulez-vous ? A moins que vous n'ayez oublié aussi vos bonnes manières ?

Il la déposa sur le sol et lui donna une chaleureuse accolade, comme à une sœur bien-aimée. Dieu savait qu'elle avait imaginé plus d'une fois ces retrouvailles… En quoi avaient-ils changé tous deux ces dernières années ? Lorsqu'il était parti à l'armée, dans le même régiment où avait servi son aîné quelques années plus tôt, elle lui avait fait ses adieux avec une froideur de commande, en se jurant de ne plus jamais verser de larmes pour un homme. Et elle avait tenu parole, dans les affres de l'amour rejeté comme dans la guérison…

Oh, tout s'était passé de façon très civilisée ! Du haut de ses vingt-cinq ans, le beau Seton avait, en trois phrases raisonnables, piétiné les rêves de la jouvencelle de dix-sept printemps qu'elle était alors.

— Vous êtes trop jeune pour moi, Cat. Et puis le devoir m'appelle, je vais être absent de nombreuses années. Non, voyez-vous, je ne suis pas l'homme que vous méritez…

Pour elle, l'amour n'avait rien à voir avec le mérite, mais elle avait accepté l'explication néanmoins. Avait-elle le choix, de toute façon ?

Lord Rayne, comme son frère, avait eu des maîtresses, et il était évident qu'elle n'était pas son genre. Trop gauche et trop innocente pour lui, sans aucun doute… Il n'y avait jamais eu entre eux la moindre intimité et en toute objectivité, elle ne pouvait lui reprocher son absence de désir pour elle. Après tout, il s'était toujours montré correct à son égard, même si son attitude jetait parfois le trouble en elle. La situation clarifiée, tous deux s'étaient comportés comme frère et sœur jusqu'au départ de Seton, se cantonnant dans un badinage de commande.

Mais pour Caterina, cela avait été la plus rude leçon de sa vie, et elle aurait eu du mal à supporter son chagrin sans l'aide de tante Amélie, qui s'était comportée comme une véritable mère en l'occurrence. Dieu merci, c'était à ce moment-là que son talent de chanteuse s'était révélé, détournant son énergie vers d'autres préoccupations. Lancée dans la bonne société, elle avait surmonté sa détresse avec une dignité qui lui avait valu l'admiration de sa tante.

Et à présent ? Etonnée de se sentir si calme en face de celui qui avait eu autrefois le pouvoir de lui faire battre follement le cœur, elle présenta Seton à Sara selon toutes les règles de l'art. Puis elle l'observa, tandis qu'il tendait la main à sa sœur pour l'aider à descendre de voiture. Toujours aussi élégant, nota-t-elle, avec sa chevelure sombre qui tranchait sur sa cravate neigeuse, négligemment nouée sous son menton.

Grand et mince, Lord Rayne n'avait rien perdu de sa prestance d'antan. Il fallait un regard avisé pour remarquer les légères altérations que le temps et la vie militaire avaient apportées à son physique : les petites rides autour des yeux, la peau hâlée et les pommettes légèrement plus saillantes qu'autrefois... S'il avait moins changé qu'elle, il était resté aussi séduisant que par le passé. Sans conteste, les deux frères Elyot comptaient parmi les plus beaux spécimens de beauté masculine dont pût s'enorgueillir le beau monde londonien.

Une sœur à chaque bras, Seton entreprit de monter le grand escalier avec les deux visiteuses, sous le feu roulant des questions de Caterina :

— Depuis combien de temps êtes-vous rentré ? En avez-vous terminé avec l'armée ? Et que comptez-vous faire ensuite ?

Il lui pressa le bras contre le sien, non sans jeter un regard admiratif sur la luxuriante chevelure cuivrée, la peau parfaite et les sourcils gracieusement arqués de la jolie curieuse. Dieu, qu'elle avait changé ! Chacun de ses mouvements était à présent empreint de grâce, et elle avait visiblement gagné en assurance.

Il lui sourit, les yeux dans les siens.

— Je suis rentré il y a deux jours seulement. Mais par pitié, parlons plutôt de vous. Il paraît que vous avez refusé plusieurs propositions de mariage ? Et moi qui croyais vous retrouver avec une portée de marmots dans les bras !

— Ne soyez pas vulgaire et cessez de me taquiner, voulez-vous ? Je suis bien certaine que vous ne m'avez jamais accordé une pensée pendant toutes ces années.

— Oh, que si ! J'ai songé à vous au moins une ou deux fois. Mais du diable si je pouvais imaginer que…

— Imaginer quoi ?

— Que vous vous étiez épanouie à ce point. Nous avons du retard à rattraper. Et mademoiselle votre sœur, chante-t-elle aussi ? questionna-t-il en baissant les yeux vers la capote de Sara.

— Oh, un tout petit peu, milord. Mais mon talent consiste surtout à accompagner Cat à la harpe. C'est beaucoup plus facile !

Lord Rayne eut un sourire indulgent. Sara était visiblement trop modeste. Vu le caractère exigeant de Caterina, il ne devait pas être aussi aisé d'être son accompagnatrice.

— Votre maître de chant, le Signor Cantoni, est déjà arrivé. Accepterez-vous d'avoir un auditeur pendant votre répétition ?

— Seulement si vous ne nous dérangez pas avec vos ronflements, répondit plaisamment Caterina.

Toujours chaleureuse, Lady Elyot accueillit ses nièces comme de véritables sœurs et les étreignit avec une débordante affection. Ce qui ne l'empêcha pas de remarquer l'expression ravie de son beau-frère, qui souriait aux anges.

— Vous vous êtes enfin retrouvés, commenta-t-elle.

— Eh bien, Seton, comment trouvez-vous Cat ? Elle a changé, n'est-ce pas ?

— Oh, oui, fit l'interpellé avec un regard espiègle. J'ajouterai qu'il était grand temps !

— Toujours aussi galant, observa Caterina. Il est bien le même, décidément. N'attendez pas de compliments de lui, Sara. Lord Rayne avait même oublié votre aînée, comme vous pouvez voir.

Moins prompte à la repartie que sa sœur, Sara se contenta de glousser.

— Nous vous avons ramené le phaéton, tante, dit-elle à Amélie. Cat a pensé que ce serait mieux, car nous partons demain pour le Wiltshire et n'en aurons pas l'usage pendant quelques jours. Hannah ne viendra pas avec nous, en fin de compte. Il semblerait que les deux derniers jumeaux couvent quelque chose.

— Oh, mon Dieu, j'en suis désolée. A-t-elle fait venir le Dr Beale ? s'informa Amélie avec sollicitude.

Légèrement moins grande que Caterina, elle était jolie à croquer dans sa trentaine épanouie. Tout à fait le genre à rendre un homme fou, avec ses boucles brunes entrelacées de rubans qui cascadaient dans son cou… Malgré ses trois maternités, elle avait encore un corps mince et bien galbé, que mettait en valeur sa robe en mousseline blanche ornée d'un liséré bleu. Un châle de cachemire était négligemment jeté sur l'une de ses épaules, originalité vestimentaire que Sara aurait été bien en peine d'inventer. Unie à Caterina par un lien très spécial, Amélie avait grandement contribué à l'épanouissement de sa nièce.

— Le Dr Beale est arrivé juste quand nous partions,

répondit Sara. Hannah va demander à tante Dorna de nous servir de chaperon à sa place.

Lady Elyot arqua ses fins sourcils.

— Dorna, vous chaperonner ? Oh, elle acceptera sûrement, du moins dans le principe…

Lady Adorna Elwick était non seulement la veuve de Chad, le défunt frère de Hannah, mais aussi la sœur de Lord Elyot et de Lord Rayne. A vrai dire, le décès de son mari n'avait pas représenté un grand drame dans sa vie, à part le fait qu'elle s'était trouvée contrainte de porter du noir, ce qu'elle n'aurait jamais fait sans ce regrettable événement.

— Ma sœur n'y verra sans doute pas d'inconvénient, aussi longtemps que ce rôle ne nuit pas à ses plaisirs, commenta Lord Rayne. Dieu merci, je suis censé lui servir de cavalier pendant son séjour dans le Wiltshire. Comme elle aimera autant ne pas avoir son frère dans les jambes, je serai libre de passer mon temps avec deux innocentes demoiselles de ma connaissance, ajouta-t-il en adressant un clin d'œil aux sœurs Chester. Je ne perdrai pas au change !

Caterina prit son rouleau à musique, que lui tendait un valet de pied.

— Merci, mais je crains que nous ne soyons pas assez *innocentes* pour vous. Du reste, je ne savais pas que vous étiez aussi invité.

— A Sevrington Hall ? Mais voyons, les Ensdale ne donneraient jamais une réception sans moi ! Je suis l'un des célibataires les plus recherchés de leur société.

— Fort bien. Vous aurez vos propres occupations, en

ce cas. Sara et moi avons été conviées pour donner une petite représentation.

— Oh, ciel ! s'exclama Lord Rayne, feignant le désespoir.

— Mais ne faisons pas attendre plus longtemps le Signor Cantoni. Tante Amélie, merci mille fois de nous avoir prêté votre phaéton. Nous en avons bien profité.

— Il sera à votre disposition chaque fois que vous en aurez besoin, ma chérie. Allez donc dans la galerie à présent. Pourrons-nous vous rendre une petite visite dans quelques instants ?

— Bien sûr. Nous allons répéter nos morceaux pour le week-end.

Un corridor vitré les conduisit dans l'aile droite du premier étage, où un précédent Lord Elyot avait fait construire une longue galerie destinée à exposer sa collection d'objets d'art et les portraits de ses ancêtres. Eclairée sur les deux côtés par d'immenses fenêtres, la pièce était souvent utilisée pour les bals et les concerts.

Les deux jeunes filles y trouvèrent le Signor Cantoni occupé à égrener des notes sur le piano-forte, les yeux levés vers le plafond chargé d'ornements en stuc.

— Allez-vous bien, Cat ? s'informa Sara dans un chuchotement. Cela a dû vous faire un choc de *le* revoir.

Mais Caterina se sentait le mieux du monde. Pendant longtemps, elle avait redouté la seule perspective de telles retrouvailles, craignant de croiser un jour Lord Rayne avec quelque belle femme sophistiquée à son bras. Elle imaginait déjà la scène, elle-même dans tous ses états et lui la gratifiant d'un regard compatissant de l'autre bout d'une salle de bal. Mais il n'en avait rien été, après tout.

Au lieu de cela, il avait tout de suite retrouvé avec elle ce ton de grand frère taquin qu'elle préférait mille fois à toute affectation de courtoisie formelle.

Qui sait, peut-être avait-il été plus clairvoyant autrefois qu'elle ne le pensait ? Sans doute avait-il deviné que ses besoins de femme iraient un jour bien au-delà des rêveries de la petite fille de dix-sept ans qu'elle était alors…

Elle entoura d'un bras les épaules de Sara et la conduisit vers le piano.

— Je vais parfaitement bien, lui assura-t-elle avec un petit rire de soulagement. Cette histoire appartient au passé. Je me sens totalement libre à présent, et je suis sûre que nous allons très bien nous entendre, tous les trois.

Après avoir embrassé affectueusement son professeur de chant sur les deux joues, elle aida Sara à sortir la harpe de sa housse et se mit en devoir de sélectionner des partitions. La musique lui avait été d'un grand secours ces dernières années. Dès le début, elle avait été sollicitée par nombre de personnes en vue, désireuses de s'assurer le concours de son talent pour agrémenter leurs soirées et leurs fêtes de charité. Parfois elle se produisait avec Sara, parfois avec son maître de chant, et le plus souvent accompagnée par un orchestre.

— Votre fille a une voix trop magnifique pour ne pas en faire profiter le public, disait-on à Sir Stephen.

La répétition venait à peine de commencer, quand les membres de la famille Elyot se glissèrent l'un après l'autre dans la galerie, en marchant sur la pointe des pieds. Certains prirent place sur l'appui d'une fenêtre, tandis que d'autres s'installaient sur les chaises disposées le long des murs lambrissés. Captivés par le riche mezzo-soprano de Cat, ils l'écoutèrent exécuter divers morceaux de Mozart, Gluck et Haendel, complètement sous le charme de sa voix.

Debout face à la harpe et au piano, Caterina était à peine consciente de la présence d'un auditoire. Mais Sara n'était pas aussi détachée qu'elle de ces contingences.

— Lord Elyot est ici, lui chuchota-t-elle pendant une pause.

— Ne regardez pas, si cela vous gêne, conseilla Cat.

Et se tournant vers Cantoni :

— Si nous recommencions à partir de la quatorzième mesure, signor ? Le trille a besoin d'être travaillé, ne trouvez-vous pas ?

S'emparant d'un crayon, elle traça un signe sur sa partition, tout en coulant un regard furtif vers l'assistance. Nicholas Elyot était bien là, avec son épouse et son frère Seton. Mais quelle ne fut pas sa surprise, lorsqu'elle découvrit parmi eux la silhouette imposante de l'homme qu'elle avait rencontré le matin même au 18, Paradise Road, dans des circonstances ô combien différentes !

Elle qui n'avait jamais éprouvé le moindre trac en public sentit aussitôt sa respiration s'accélérer, et sa voix n'était pas prête lorsque le piano reprit à l'endroit indiqué.

— Désolée, Signor Cantoni. Recommençons, voulez-vous ?

Le regard fixé sur l'accompagnateur, elle partit cette fois en mesure, impatiente de montrer à l'auditeur intempestif qu'elle était en pleine possession de ses moyens. Dieu savait qu'elle aurait préféré éviter une nouvelle rencontre avec le personnage ! Mais comment faire, quand Lord et Lady Elyot avaient jugé bon de l'inviter ?

Faisant contre mauvaise fortune bon cœur, elle accueillit les félicitations de Chase Boston avec une politesse glacée. Puis elle prit par la main le petit Adrien Elyot, âgé de cinq ans, qu'elle installa sur le tabouret du piano avant d'exécuter avec lui un duo à deux doigts. Surtout ne pas faire étalage de mauvaise humeur, se promit-elle. C'eût été le meilleur moyen de susciter des questions. Mais elle ne se sentait pas la moindre envie non plus d'engager des relations cordiales avec un homme qui s'apprêtait à dépouiller son père de vingt mille guinées…

— Que se passe-t-il, Cat ? demanda Lady Elyot, comme la compagnie regagnait le salon. Cela vous dérange-t-il que nous ayons invité Sir Chase ? Il avait tellement envie de vous entendre…

Ainsi, tante Amélie avait remarqué ! Caterina haussa les épaules.

— Oh, ce n'est pas cela. Qu'il m'écoute, s'il en a envie. Je n'aime pas l'homme, voilà tout.

— Mais vous ne vous connaissez que depuis ce matin, si j'en crois ce qu'il nous a dit. Qu'est-ce qui vous déplaît en lui ?

— Sa réputation, je suppose. A vrai dire, il me met les nerfs en pelote. Je sais qu'il est très à la mode, mais c'est tout de même un débauché.

— Voyons, ma chérie, vous exagérez. Nick ne l'aurait pas invité s'il était aussi mauvais que cela.

— C'est Lord Elyot qui l'a convié ?

— Mais oui. Sir Chase a été capitaine dans le même régiment que Nick et Seton, et il y a des années qu'ils sont amis. Vous ne l'avez pas vu ici jusqu'à présent, parce qu'il passe la majeure partie de son temps à Londres ou dans ses autres résidences, quand il n'est pas à Mortlake. Bien entendu, ils ont dû faire les quatre cents coups au régiment, mais j'aime mieux ne pas savoir. Cela fait partie du domaine réservé de Nick.

— C'est une attitude très sage. Il n'en reste pas moins que je n'aime guère rencontrer ce Boston.

Lady Elyot, qui avait observé Chase pendant qu'il écoutait la cantatrice, était à peu près certaine qu'il ne partageait pas l'aversion de Cat à son égard. Combien de temps mettrait-il à amadouer la rétive ? se demanda-t-elle avec amusement. De toute évidence, Chase Boston n'était pas homme à capituler devant les obstacles. « Il doit avoir des vues sur Cat, songea-t-elle. Sinon, pourquoi serait-il allé voir Stephen ce matin ? »

Quelques instants plus tard, le Signor Cantoni leur fit ses adieux avant d'aller visiter une autre élève, et Caterina voulut prendre congé à son tour avec sa sœur. Mais Sara, peu pressée de rentrer à la maison, quémanda un délai.

— Je voudrais répéter quelques morceaux à la harpe, allégua-t-elle.

— Oh, très bien, acquiesça Caterina, qui prit Sir Rayne par le bras. Accepterez-vous de me ramener à la maison ? lui demanda-t-elle avec un sourire.

— Pourquoi ne rentrez-vous pas à pied ?

— Seton ! intervint Amélie, réprobatrice. Quelle discourtoisie, vraiment…

— Il plaisante, tante, assura la jeune fille.

— Mais pas le moins du monde ! rétorqua l'intéressé en toute innocence.

Ce que voyant, Chase Boston profita aussitôt de l'opportunité.

— Si je puis me permettre…, fit-il en s'avançant vers elle. Mon curricle attend dans la cour. Ce sera un plaisir pour moi de reconduire miss Chester Paradise Road.

Caterina resserra son étreinte autour du bras de Rayne.

— Euh… C'est très aimable à vous, mais ce n'est pas la peine, je vous remercie.

— Pourquoi donc ? intervint Rayne. Voilà le problème résolu ! C'est un bon conducteur, vous savez, et vous serez en sécurité avec lui. Pensez donc, un vieil ami de la famille…

Furieuse de la tournure que prenaient les événements, Caterina lui lâcha le bras sans piper mot. Comment protester davantage sans causer un petit scandale ? Pour une raison qu'elle ne chercha pas à approfondir, la seule idée d'être assise à côté de Sir Chase dans l'espace réduit d'un curricle avait quelque chose de profondément dérangeant pour elle. Du coup, elle aurait effectivement préféré rentrer à pied que d'accepter l'offre de Boston, après leur rencontre du matin !

Malheureusement, elle n'avait pas le choix et dut accepter l'offre en silence, non sans gratifier Rayne d'un regard de reproche. Après avoir tendrement pris congé du couple Elyot et des enfants, elle se dirigea vers la porte sans adresser un mot à Seton.

Celui-ci la rattrapa sur le seuil.

— Eh bien, on me snobe déjà, Cat ?

La jeune fille s'enveloppa dans son châle avant de daigner lui répondre.

— De toute façon, je n'ai jamais aimé votre façon de conduire, lui lança-t-elle, dédaigneuse. Vous tenez les rênes en amateur, mon cher.

Lord Elyot salua la repartie d'un éclat de rire.

— Bravo, Cat ! Ce goujat n'en mérite pas davantage.

Mais déjà, Sir Chase la conduisait vers un curricle étincelant, dont la caisse minuscule était perchée à la même hauteur que le sommet des roues. Comme dans le véhicule de sa tante, le siège capitonné était situé plus haut que le dos des chevaux. Mais le phaéton avait quatre roues, alors que le curricle n'en comptait que deux. Chase avait aussi remplacé les deux chevaux habituels par quatre superbes pur-sang à la robe parfaitement assortie. Cat eut beau jouer l'indifférence, elle ne put s'empêcher d'ouvrir de grands yeux devant la merveille.

Aidée par Sir Chase, qui la souleva d'une poigne ferme, elle se hissa sur le siège en un clin d'œil. Mais un souvenir lui revint tout à coup et elle fouilla hâtivement dans son réticule.

— Lord Rayne, voudriez-vous rendre cela à tante Amélie de ma part ? Je l'ai trouvé dans le phaéton.

Elle lui tendit le mouchoir bordé de dentelle, qu'il prit avec un sourire.

— Décidément, Cat, vous soufflez le froid et le chaud, plaisanta-t-il. Après m'avoir snobé, voilà que vous me jetez le mouchoir. Après cela, comment un pauvre homme comme moi saurait-il où il en est ?

Sir Chase, qui s'était installé à côté de sa passagère, adressa une mimique expressive à son ami.

— Croyez ce que vous jugerez bon, mais si vous voulez mon avis, vous avez raté votre chance, mon vieux.

Il se tourna vers Caterina, qui se tenait agrippée à l'extrême bord du véhicule dans une attitude rigide, visiblement désireuse de mettre le plus d'espace possible entre elle et lui.

— Prête ? interrogea-t-il avec un demi-sourire.

Répondre par la négative n'eût rien changé, de toute façon, quand il s'était déjà emparé du fouet et adressait au groom un signe de tête. Le départ se fit sans la moindre secousse, et la manière dont Boston négocia la courbe de l'allée avant d'engager l'attelage sur la route de Paradise Road lui en révéla long sur ses talents de conducteur. Elle ne put s'empêcher d'être impressionnée par sa dextérité, bien qu'elle se fût coupé la langue plutôt que de lui adresser le moindre compliment.

Ce fut pourtant elle qui rompit le silence, impatiente de marquer un point.

— Qu'est-il arrivé à vos fameux principes, monsieur Boston ?

— Lesquels, miss Chester ? J'en ai plusieurs.

— Celui qui consiste à ne jamais prendre vos débiteurs dans votre voiture ?

— Mais vous n'êtes pas ma débitrice. Votre père et moi avons réglé le problème à l'amiable. De toute façon, ce n'était pas vous qui me deviez de l'argent, que je sache.

— Réglé le problème ? Déjà ?

— Mais oui. N'était-ce pas ce que vous vouliez ?

— Certes, mais… Lui avez-vous accordé un délai, ou vous aurait-il vendu quelque chose ?

— Ni l'un ni l'autre. Nous avons abouti à un accord, voilà tout.

— Cela ne peut pas être tout, insista-t-elle. Il n'a pas

pu trouver cet argent immédiatement, j'en suis certaine. Que vous a-t-il cédé en compensation ? La maison ?

— Demandez-lui donc, répliqua nonchalamment Chase, sûr que Chester ne vendrait pas la mèche.

— C'est ce que je vais faire.

— Parfait. Si nous abordions des sujets plus agréables à présent ?

— Plus agréables pour vous que le cliquetis des espèces sonnantes et trébuchantes ? Allons donc, il n'y a rien de plus plaisant, rétorqua-t-elle, acide.

— Il y a pourtant des sons que je préfère, miss Chester. Celui de votre voix, par exemple. J'adore votre façon de chanter.

Elle ne pouvait décemment le remettre à sa place, alors qu'elle avait accepté de voyager sous sa protection. Aussi se mordit-elle les lèvres.

La distance qui séparait Sheen Court de Paradise Road n'était pas très importante, et lorsqu'ils atteignirent l'orée de Richmond Park, Sir Chase tira sur les rênes pour arrêter l'attelage sous un vieux chêne au feuillage naissant. Puis il se tourna sur le siège et affronta le regard irrité de sa passagère.

Elle hésita, mais ne lui demanda pas les raisons de cette halte. Il n'attendait sans doute que cela et elle ne se sentait pas le moins du monde encline à lui donner satisfaction. Pendant quelques secondes, leurs yeux se défièrent. Chase semblait lire en expert le langage de son silence. Gênée par l'insistance de son examen, ce fut elle qui se détourna la première. Dans cet espace réduit, elle n'était que trop consciente de la déconcertante puissance physique qui émanait de son voisin. Le souffle court, elle déglutit convulsivement.

— Et maintenant, expliquez-moi la nature de votre relation avec Rayne, commença-t-il avec douceur. Est-ce que ses taquineries dissimulent quelque chose de plus profond entre vous, ou est-ce un simple badinage de frère et sœur ?

Même de la part d'une amie, elle aurait trouvé la question impertinente. Mais venant de Boston, c'était de l'ingérence pure et simple.

— Mettons-nous d'accord, Sir Chase, fit-elle aussi calmement que le lui permettait la colère qui bouillonnait en elle. Etre le créancier de mon père ne vous donne en aucun cas le droit de vous mêler de mes affaires. Si je me mettais à vous questionner sur les multiples liaisons que vous avez eues l'année passée, vous auriez quelque raison de vous enquérir en retour de ma vie privée. Mais ce n'est pas le cas. Compris ?

La bouche de Chase, ferme et bien modelée, s'ouvrit dans un large sourire, tandis qu'il saluait d'un regard admiratif la repartie.

Puis il éclata de rire, la tête rejetée en arrière.

— J'adore quand vous vous faites mordante ! C'est donc là que le bât vous blesse... Vous voulez vraiment savoir combien j'ai eu de maîtresses ?

— Certainement pas ! riposta-t-elle d'un ton sec.

— Et utilisez-vous souvent ce genre de langage plutôt... euh... direct, si je puis me permettre ?

— Non, pour la bonne raison que j'ai rarement l'occasion de parler à des individus de votre acabit.

— Et de quel acabit suis-je, à votre avis ?

Le ton était maintenant taquin, mais insinuant. Rien à voir avec les petites piques fraternelles de Seton Rayne...

— Cette conversation est ridicule, protesta-t-elle. S'il vous plaît, continuons notre route.

Il pencha la tête pour la regarder droit dans les yeux, et elle éprouva l'embarras de se sentir rougir jusqu'aux oreilles.

— Puisque vous avez soulevé ce lièvre, sachez que j'exclus d'emblée de mes conquêtes les oies blanches, les prostituées et les vieilles filles. Voilà qui devrait vous tranquilliser. Y a-t-il autre chose que vous désiriez savoir ?

— S'il vous plaît..., murmura-t-elle en détournant désespérément le regard. Ramenez-moi à la maison.

— Avez-vous déjà conduit un attelage de quatre chevaux, miss Chester ?

Elle secoua la tête en silence.

— Aimeriez-vous essayer ?

Elle en grillait d'envie, bien entendu. Mais c'eût été permettre à ce goujat de jouer les professeurs, ce qu'elle ne souhaitait à aucun prix. Dieu savait pourtant quel plaisir ce devait être de diriger ce bel équipage dans les rues de Richmond... Miss Chester conduisant un curricle attelé de quatre trotteurs ! Les passants n'en reviendraient pas... Pourquoi fallait-il que ce fût précisément cet homme-là qui lui fît cette offre ?

Son hésitation dura quelques secondes de trop et fut interprétée comme un acquiescement. Sans ajouter un mot, Chase s'empara de sa main gauche, dont il se mit en devoir de guider les gestes.

— Prenez les rênes. Celle-ci est pour les timoniers. Très bien. Maintenant, faites exactement comme si vous aviez affaire à deux chevaux. Nous allons commencer au pas, puis nous les ferons tourner. Utilisez votre main droite pour relever les rênes quand vous amorcez la courbe, comme d'habitude. Faites démarrer les chevaux de derrière en premier, sinon le couple de tête risque de les déséquilibrer. Et ne vous inquiétez pas, je prendrai la relève dès que vous vous sentirez fatiguée.

Il continua à lui prodiguer instructions et encouragements, tandis que les chevaux se mettaient en route, obéissant aux plus légères incitations de la conductrice. Dociles, ils épousèrent la courbe de la route, prirent un virage et continuèrent au pas.

— Vous vous en tirez très bien, commenta Chase. Etes-vous fatiguée ?

— Non, pas encore.

— Allez toujours en ce cas. Il y a un autre virage à droite un peu plus loin. Tenez bien votre gauche. Parfait !

D'un accord tacite, ils passèrent devant le 18, Paradise Road, sans même jeter un regard vers la maison et continuèrent leur route vers le centre-ville. Concentrée sur ses gestes, Cat négocia parfaitement une série de virages, et ce fut seulement lorsqu'ils eurent atteint l'esplanade bordée de maisons qu'elle admit enfin que son bras se fatiguait. Arrêtant l'attelage, elle rendit les rênes à Sir Chase non sans regret. Mais lorsqu'elle le vit s'engager dans Hill Street au lieu de prendre la direction de la maison, elle comprit qu'elle n'en avait pas tout à fait fini avec les joies d'une promenade en curricle. De toute évidence, son compagnon tenait à lui faire une plus ample démonstration.

— Où allons-nous ? s'informa-t-elle calmement.

Il lança les chevaux au grand trot dans la montée.

— Ils ont besoin d'exercice, expliqua-t-il. Nous pourrions peut-être les amener au parc ? Je suis sûr que vous adorez sentir le vent souffler dans vos cheveux !

— Ai-je donc une tête à aimer cela ?

Il tourna un instant les yeux vers elle avant de concentrer de nouveau son attention sur les chevaux. Elle ne lui rendit pas son sourire, mais son regard en lui-même était assez éloquent. De toute évidence, elle était prête à partager avec lui cette aventure !

Admirative, la jeune fille dut convenir à part elle que Chase Boston était vraiment un conducteur d'élite. Se laisser emporter dans ce véhicule à la fois puissant et léger, avec un postillon aussi expérimenté, c'était comme s'envoler sur l'aile de la brise !

Arrivé près de la grille du parc, Sir Chase fit halte devant le portail.

— A vous, maintenant. D'abord au trot, puis nous essaierons autre chose.

Elle prit les rênes, tout en se composant une attitude. Difficile de trouver un compromis entre l'enthousiasme qu'elle éprouvait à présent, et l'attitude réprobatrice qu'elle affichait en quittant Sheen Court ! La grande allée du parc s'ouvrait devant eux, les chevaux ne demandaient qu'à s'élancer, et elle leur aurait volontiers lâché la bride. Mais Sir Chase la modéra.

— Laissez-les au trot, conseilla-t-il. C'est vous la conductrice, pas eux.

Cat acquiesça. Son bras était de nouveau douloureux, mais qu'importait ? C'était si reposant et excitant à la fois de se livrer toute au plaisir du sport, en oubliant les désagréables événements qui avaient abouti à cet instant !

Lorsqu'elle eut parcouru près d'une lieue, Sir Chase lui reprit les rênes et lança l'attelage au galop dans le parc, sous le regard admiratif des autres conducteurs et des promeneurs, qui faisaient halte pour les regarder passer. Le souffle court et les cheveux au vent, Cat se cramponnait à la portière, grisée par un indicible bonheur. Vitesse, soleil et vent l'entraînaient dans un tourbillon si intense qu'elle en perdait littéralement la respiration. Dieu, que c'était bon ! La liberté, l'évasion enfin... C'était encore meilleur que les applaudissements de l'assistance après un récital.

Dans l'ivresse de la course, elle ne s'aperçut même pas que son genou pressait la cuisse de Chase, ni même qu'elle s'appuyait sur lui, tandis que le curricle prenait à toute allure les virages avec l'aisance d'un char antique dans l'arène. Pas un seul instant elle ne frémit de peur, rassurée par l'évidente virtuosité de son compagnon.

Chase, qui connaissait tous les tours et détours du parc, décrivit un large cercle pour regagner Richmond Hill, où il remit les chevaux au pas avant de faire halte sur la Terrasse. Devant eux s'étendait une vue magnifique, avec la ville au premier plan et le ruban argenté de la Tamise qui serpentait à leurs pieds, entre ses rives d'un vert printanier. Encore essoufflés par leur course, les deux jeunes gens restèrent quelques instants assis en silence. Sir Chase n'eut même pas besoin de demander à Cat si elle avait apprécié la promenade. Le regard brillant de sa passagère, ses joues rosies et ses cheveux sauvagement ébouriffés par le vent parlaient d'eux-mêmes.

— Repartons, déclara-t-il enfin à regret. Les chevaux ont transpiré et ils risquent de prendre froid.

— Vous avez raison, murmura-t-elle.

Il se tourna vers elle, le visage sérieux.

— Voulez-vous relever vos cheveux avant que je ne vous ramène chez vous ?

Il y avait une indéniable nuance de complicité dans sa voix, et elle ne put s'empêcher de se demander si c'était là le genre de propos qu'il tenait à ses maîtresses. D'un geste hâtif, elle s'enveloppa la tête dans son châle et reprit une attitude compassée, les genoux serrés et le dos bien droit.

Chase ôta l'un de ses gants en chevreau et avança la main vers elle pour ôter le grain de poussière qui ornait le bout de son nez.

— Merci, murmura-t-elle, troublée par la délicatesse de son toucher.

Il remit son gant et brandit de nouveau le fouet, avant de lancer l'attelage dans la descente.

— C'est la route que nous avons empruntée hier avec votre frère. Mais elle était beaucoup plus boueuse.

Caterina fronça les sourcils.

— Un attelage à quatre chevaux contre les deux du phaéton ?

— Non, bien sûr ! Nous avions l'un et l'autre deux chevaux, mais nous les conduisions en tandem.

— Harry n'avait jamais conduit ainsi, fit-elle observer d'un ton acerbe. Et comment aurait-il pu vous dépasser ? Le chemin est beaucoup trop étroit.

— Il y serait parvenu s'il avait été un meilleur conducteur, et si son attelage avait été aussi bon que le mien. Mais il n'en était rien, et il a perdu.

— Je continue à penser que vous n'auriez jamais dû relever le défi.

— Et qu'aurait-on pensé, dites-moi ?

— Quelle importance cela peut-il bien avoir ?

— Beaucoup pour moi. Songez un peu à tout ce que j'aurais manqué si j'avais refusé !

Mais Cat préféra ne pas approfondir la remarque. Elle aurait à la rigueur accepté les excuses de Sir Chase pour leur avoir mis le couteau sous la gorge. Mais elle ne se faisait pas d'illusions à ce sujet, persuadée qu'il ne renoncerait jamais à exiger le paiement de la dette.

Quoi qu'il en soit, la promenade lui avait été bénéfique. Elle lui avait non seulement permis d'oublier momentanément ses soucis, mais elle lui avait aussi donné un aperçu des talents de Sir Chase. Après l'avoir vu conduire, elle ne s'étonnait plus que ses exploits lui aient acquis une réputation digne d'un héros. Mais ce qu'elle avait senti en lui, c'était bien plus que du courage aveugle ou de l'audace. Cela dépassait même le désir typiquement masculin d'impressionner une femme.

A son côté, elle s'était sentie totalement en sécurité. A certains moments, l'aversion et la rancune qu'elle éprouvait à son encontre avaient même laissé place à une tacite complicité. Chase Boston n'était pas un homme comme les autres. Elle ne pourrait jamais éprouver une réelle affection pour lui, bien entendu. Mais quel dommage qu'ils ne puissent pas devenir amis ! Après ce qui s'était passé, il n'était pas question qu'il devînt pour elle autre chose qu'une simple connaissance… Elle s'entendait déjà répondre aux curieux qui ne manqueraient pas de la questionner après avoir croisé leur curricle dans le parc :

— Sir Chase Boston ? Oh, je le connais à peine. C'est juste un ami de mon père…

— Quoi ? Chase Boston vous a promenée en curricle ? Au vu et au su de tout Richmond ?

La nouvelle de cet exploit laissa Stephen Chester littéralement bouche bée. Ce diable d'homme allait vite en besogne, c'était le moins qu'on puisse dire ! Evidemment, il ne s'attendait pas à voir revenir sa fille tout sourires, cela ne lui aurait pas ressemblé. A la vérité, elle refusa même d'épiloguer sur l'épisode, que ce fût en bien ou en mal. Ce qui l'intéressait, c'était de connaître les termes de l'arrangement que Sir Stephen avait conclu avec leur créancier.

Après avoir tranquillement refermé la porte du bureau derrière elle, elle prit son père par la main et l'obligea à s'asseoir près d'elle sur le siège de la fenêtre, d'où l'on avait vue sur le jardin.

— En réponse à ma question, Sir Chase m'a conseillé de m'adresser directement à vous, commença-t-elle. Bien entendu, il pensait que vous refuseriez de me répondre. Mais vous ne pouvez pas me cacher cela, père. Le montant de la dette est énorme, et son paiement aura des incidences sur nous tous, pas seulement sur vous. Nous devrons tous affronter l'épreuve, quelle qu'elle soit. Aussi feriez-vous mieux de tout me dire. Serait-ce que vous avez décidé de vendre cette maison ? Et peut-être aussi celle de Buxton ?

Sir Stephen exhala un soupir.

— Je prendrais bien un peu de brandy, ma chérie, si vous n'y voyez pas d'inconvénient.

— Mais vous en avez déjà bu un, père. Hannah ne sera pas contente.

En réalité, Sir Stephen avait déjà ingurgité trois rasades de son breuvage favori. Quant à Hannah, elle pouvait difficilement s'affliger de ce qu'elle ne savait pas.

— Je sais, ma chérie. Mais un tout petit verre ne me fera pas de mal.

Caterina le laissa se servir, dans l'espoir que l'excès d'alcool aurait au moins le mérite de lui délier la langue. Elle s'inquiétait au sujet du 18, Paradise Road. Elle avait fini par aimer cette maison, de même que leur plus vaste demeure de Buxton, dans le Derbyshire. Si Sir Stephen les vendait, elle aurait l'impression de perdre deux amies très chères.

Lorsque son père eut avalé son brandy, elle lui prit doucement le verre des mains et le reposa sur la table.

— Allons, dites-moi la vérité à présent. Je peux la supporter, vous savez. Nous sommes tous embarqués dans cette galère et chacun de nous va devoir faire son possible pour aider. Harry devra revenir de Liverpool pour commencer à gagner sa vie. Quant à moi, j'irai voir le directeur de Covent Garden. Il m'a assuré plus d'une fois qu'il y aurait une place pour moi dans la compagnie le jour où…

— Arrêtez, Cat ! Il ne s'agit pas de cela. Je ne vais pas vendre la maison.

La jeune fille cilla.

— Si ce n'est pas la maison, de quoi s'agit-il ?

— Eh bien… euh… Sir Chase et moi avons décidé d'un

commun accord de garder la chose secrète jusqu'à votre retour de Sevrington Hall. C'est bien là que vous devez passer le week-end ?

— Certes, mais quel rapport ? Oh, père, qu'avez-vous accepté de faire, et pourquoi ne voulez-vous pas m'en parler tout de suite ?

Il lui reprit la main et la caressa maladroitement. Ce genre de manifestation lui était si peu familier qu'elle ne se sentit pas réconfortée le moins du monde par ce geste, au contraire. Elle se dégagea, saisie d'un brusque pressentiment. Se pouvait-il que l'arrangement conclu par son père la concernât plus personnellement que les autres membres de la famille ? Elle se rappela tout à coup l'expression de Sir Chase, lorsqu'il lui avait conseillé de s'adresser à son père. Elle revit son air de satisfaction, lorsqu'il avait affirmé que les choses s'étaient arrangées « à l'amiable ». Et que dire des questions qu'il avait jugé bon de lui poser sur sa dot, et sur les raisons de son aversion pour le mariage ? Oui, tout cela avait un rapport avec elle, et elle seule.

— Qu'avez-vous fait, père, pour l'amour du ciel ? le pressa-t-elle, le souffle coupé par l'appréhension. Cela me concerne, n'est-ce pas ? Parlez, je vous en conjure !

— La somme était si énorme, Cat…, murmura-t-il. Je n'aurais jamais pu débourser cela. Mais la suggestion ne vient pas de moi, vous savez. C'est lui qui…

— Parlez, père ! interrompit-elle. En quoi consiste cet engagement ?

Sir Stephen capitula, vaincu par son insistance.

— Eh bien, puisque vous tenez à le savoir, c'est… c'est vous qu'il veut. Il m'a demandé votre main.

La colère s'empara d'elle à ces mots, aussi soudaine et violente qu'une tempête.

— Dites-moi la vérité à présent ! Ce n'était pas une demande en mariage ordinaire. C'était un marchandage, n'est-ce pas ? Il a accepté de vous remettre la dette de Harry, à condition d'obtenir la main de sa sœur en échange, c'est cela ? Ce n'est pas une proposition ordinaire, c'est un pari, ni plus ni moins. Je ne suis plus une oie blanche, père, il ne faut pas m'en conter. Mais ce que vous n'avez pas l'air de comprendre, vous, c'est que je ne veux épouser personne, et encore moins un pareil lascar.

Elle s'arrêta, haletante de fureur. La trahison de son père lui était aussi douloureuse qu'une blessure physique. Elle se leva et se campa devant lui.

— Comment avez-vous pu, père ? Ne comprendrez-vous jamais que je suis une femme, et non un objet que l'on marchande ? Je peux quitter la maison et gagner ma vie, si tel est mon choix. En fait, je compte procéder à des démarches en ce sens la semaine prochaine, dès que je serai revenue du Wiltshire. Un père capable de se débarrasser aussi aisément de sa fille ne mérite pas d'en avoir une !

— Mais vous avez dit que vous feriez votre possible pour m'aider, Caterina, plaida-t-il.

— C'est exact. Mais je ne n'avais pas l'intention de mettre ma personne sur le plateau de la balance. « Faire mon possible » ne signifiait pas que je renoncerais à tout bonheur en ce monde, pour que Harry puisse continuer à jouer l'argent qu'il ne possède pas. Vous êtes capable de comprendre cela, tout de même ?

— Vous exagérez, Cat. C'est parce que Sir Chase m'a

semblé être un homme honorable que j'ai accepté sa généreuse proposition.

— Et aucun de vous deux n'a songé à me consulter sur une affaire qui me concerne de si près ? Désolée, père, mais puisqu'il en est ainsi, vous allez avoir le désagrément de devoir signifier à Sir Chase que votre fille préfère devenir chanteuse d'opéra plutôt que de l'épouser.

— C'est impossible. Vous ne pouvez pas faire cela !

— Oh, mais si, je peux parfaitement. De cette façon, j'aurai au moins le droit de choisir moi-même l'homme avec qui je partagerai mon lit.

Une exclamation choquée accueillit sa repartie, mais le flot de paroles qui suivit fut interrompu par le bruit de la porte qu'elle claqua violemment derrière elle en quittant la pièce. Dévissée par le choc, la poignée de cuivre se détacha du pêne et alla rebondir sur le parquet ciré. Cat ramassa l'objet et le rapporta dans le bureau.

— J'ai une idée, fit-elle d'une voix suave. Pourquoi ne vendriez-vous pas Harry au plus offrant ? Après tout, c'est lui qui est à l'origine du problème, pas moi.

Elle déposa la poignée sur la table et tourna promptement les talons, avant que son père ne vît ses yeux s'emplir de larmes.

— Vous feriez mieux de faire réparer cela avant de vendre la maison, conseilla-t-elle dans un murmure.

Le trajet de Richmond à Sevrington Hall s'effectua dans deux berlines, l'une appartenant à Lady Dorna Elwick, la belle-sœur de Hannah, et l'autre à Nick Elyot, frère aîné de Lord Rayne. Lady Dorna, Caterina, Sara et Seton avaient pris place dans le second véhicule, plus vaste et confortable, tandis que deux soubrettes et un valet occupaient le premier avec les deux lévriers de Rayne et le surplus de bagages.

Il ne fallut pas longtemps à Seton et à sa sœur pour s'apercevoir que Caterina ne répondait que par des monosyllabes à leurs questions. Quant à Sara, elle couvait sa sœur d'un regard apitoyé, comme si elle compatissait à quelque chagrin secret.

Caterina n'allait pas bien, c'était un fait. Elle n'avait pas encore digéré la façon dont son père avait réglé le problème de la dette, et pendant toute la nuit, le ressentiment l'avait empêchée de dormir. Elle n'avait pas la moindre intention de souscrire à cet arrangement insensé, mais s'attendait à devoir vivre des semaines houleuses, avant que son père et Sir Chase ne se résignent à la défaite.

Depuis leur conversation de la veille, elle n'avait pas adressé la parole à Sir Stephen et avait pris tous ses repas dans la chambre qu'elle partageait avec Sara. De façon surprenante, Hannah n'avait pas essayé de la voir, bien que son mari l'eût certainement informée de la proposition de Sir Chase.

Inquiète, Lady Dorna posa sur le genou de la jeune fille sa petite main gantée de cuir crème.

— Auriez-vous la migraine, ma chérie ? s'enquit-elle avec sollicitude. Je croyais que vous attendiez ce week-end avec impatience. Est-ce que ce séjour chez les Ensdale ne vous fait plus envie ?

— Oh, si, plus que jamais ! Mais je n'ai pas mal à la tête, tante, c'est autre chose. Vous savez quelle atmosphère règne à la maison ces derniers temps. Même Sara est heureuse de pouvoir s'éloigner un peu.

Sara approuva d'un sourire, bien que ses raisons ne soient pas tout à fait celles que sa sœur venait de laisser entendre. La vérité, c'était que Lord et Lady Ensdale, leurs hôtes, étaient aussi les heureux parents de deux fils à marier, aussi séduisants l'un que l'autre.

— J'espère que ce n'est pas l'incident d'hier soir qui vous assombrit ainsi ? s'enquit Lord Rayne. J'ai bien vu que vous n'aviez guère envie de rentrer avec Boston, mais lorsque je m'en suis aperçu, il était trop tard pour que je puisse y remédier. Amélie m'a confié que vous aviez pris Chase en grippe. Si j'avais su…

— Il est vrai que je n'aime guère ce que l'on raconte sur lui, répondit la jeune fille, qui gratifia l'affable Dorna d'un sourire.

Le moyen de ne pas se dérider devant un aussi ravissant minois ? Aussi remarquablement beaux l'un que l'autre, le frère et la sœur ne se ressemblaient pourtant en rien. Chevelure sombre et traits éminemment virils pour Seton, blondeur et extrême féminité pour Adorna… Vêtue à la dernière mode, Lady Dorna exhibait ses charmes avec une candeur décomplexée qui faisait froncer les sourcils aux douairières du *ton*.

— Vu sa réputation, je ne me soucie guère d'être vue en compagnie de ce monsieur, continua la jeune fille. Surtout à Richmond… Vous savez comment sont les gens ! Ils ont vite fait de parler.

Elle était parfaitement consciente de sa propre hypocrisie en proférant ces mots. En réalité, être vue dans le curricle de Sir Chase n'avait pas été le moindre piment de l'expédition…

— A qui le dites-vous ! s'exclama Dorna, qui lui pressa la main en signe de sympathie. Sir Chase a affirmé à Seton qu'il était allé voir votre père et qu'on vous avait déjà présentés l'un à l'autre. M. Chester approuve donc ses assiduités ?

— Je suppose. Mais vous-même, tante, que savez-vous de Chase Boston ? Ses parents et vous êtes voisins, si je ne me trompe ?

— Ce que je sais de lui ?

Une lueur pétilla dans les grands yeux bleus de Dorna, auxquels la pénombre de la berline donnait une nuance presque améthyste.

La vérité, c'était qu'elle aurait aimé connaître d'un peu plus près l'homme pour qui ses deux frères professaient tant d'admiration. Malheureusement, l'occasion ne s'était jamais présentée. Elle soupira, la bouche plissée dans une moue adorable :

— Tout ce que je sais, c'est qu'une bonne moitié des femmes d'Angleterre auraient donné cher pour qu'il les reconduise chez elles en curricle, même pour un trajet d'une demi-lieue !

— Et l'autre moitié a déjà joui de ce privilège… et de ce qui s'ensuit, ricana Lord Rayne. Boston est un vrai jusqu'au-boutiste. Lui et moi nous sommes retrouvés ensemble un certain temps chez les Dragons, où tout le monde béait d'admiration devant lui.

— Avait-il le grade de capitaine, comme Nick et vous ? s'enquit Dorna.

— Oui, et l'autorité lui allait comme un gant. Elle

rayonnait littéralement de lui. Saviez-vous qu'il faisait partie du *Four Horse Club*, Cat ?

— Cela ne me surprend pas. Il est très doué pour conduire un attelage. Mais vous êtes sans doute bien placé pour connaître l'autre aspect du personnage : le jeu, les aventures… les liaisons.

Lord Rayne accueillit la remarque d'un haussement d'épaules indulgent.

— Voyons, Cat, il fait ce que font tous les hommes, mais à sa manière excessive. Il est ainsi, que voulez-vous. C'est quelqu'un qui brûle la vie par les deux bouts. Mais il est aussi rempli de contrastes. Il conduit comme le diable en personne, mais prend remarquablement bien soin de ses chevaux. Il gagne toujours ses paris et ne fait pas de cadeaux aux perdants. Pourtant, il est la générosité même.

— Envers les femmes aussi ? interrogea-t-elle avec un brin d'acrimonie.

Rayne lui jeta un regard inquisiteur.

— Ah, c'est là que le bât vous blesse !

— Il ne me blesse en rien, rétorqua-t-elle. Je suggérais seulement un apport à sa longue liste de qualités… ou devrais-je plutôt dire d'*activités* ?

— Ainsi, voilà le fin mot de l'histoire ! Il a jeté son dévolu sur vous, n'est-ce pas ? Et vous ne voulez pas vous faire rouler dans la farine…

— Seton, ne soyez pas si vulgaire ! protesta sa sœur. Cat a dû faire face à toutes sortes de propositions depuis que vous êtes parti, vous savez. Il est compréhensible qu'elle en ait assez. Vous ne pouvez espérer qu'elle accueille favorablement les avances de Sir Chase, après tout cela.

— Chase vous a-t-il vraiment fait des avances, Cat ? insista Rayne.

— Peu importe qui me fait ou non des avances. Cela ne m'intéresse pas, de toute façon. Tout ce que j'aimerais savoir, c'est si la réputation de ce monsieur est justifiée ou non. Je ne vois pas pourquoi je lui accorderais mon estime, pour la seule raison que tout le monde en fait autant !

— Vous faites allusion à votre père ?

— Lui ou n'importe qui d'autre.

— Eh bien, si vous tenez à le savoir, Chase a probablement eu plus de femmes que je n'ai eu de soupers fins dans ma vie. Mais je n'en dirai pas davantage, car je vois que je vous fais rougir, miss Chester.

— De toute façon, j'en sais assez, merci bien. Pouvons-nous changer de sujet à présent ? Dites-nous plutôt si vous connaissez bien Lord et Lady Ensdale.

— Suffisamment pour savoir que leurs réceptions ne sont jamais ennuyeuses. Ils tiennent maison ouverte, en fait. Cela dit…

Il se pencha vers elle pour ajouter à mi-voix :

— Ecoutez, Cat, si Boston vous ennuie avec ses avances, faites appel à moi, entendu ? J'ai l'intention de rester à la maison un certain temps, et je peux toujours vous emmener faire une promenade à cheval ou en voiture au moment opportun. Si vous avez besoin d'une escorte, je serai toujours là pour vous. En bref, je serai ravi de vous servir de prétexte chaque fois que vous en aurez besoin.

— Merci de votre sollicitude. Je ferai volontiers appel à vous. Mais ce ne sera que temporaire, j'ose l'espérer.

Lady Dorna intervint.

— Pourquoi ne pas détourner l'attention de Sir Chase

sur moi ? proposa-t-elle avec désinvolture. Je ferai de mon mieux pour qu'il vous oublie, ma chérie.

Lord Rayne se retint de dire qu'à son avis, elle n'avait aucune chance d'y parvenir. Personne ne pouvait faire renoncer Chase, quand il avait une idée en tête.

Cette double proposition eut du moins le mérite d'apaiser Cat, pour la première fois depuis vingt-quatre heures. Pourquoi gâcher par sa mauvaise humeur un week-end qu'elle attendait avec tant d'impatience ? Cinq jours à River Court lui suffiraient sans doute à écarter Sir Chase Boston de ses pensées.

En fin de compte, elle se réjouissait que sa belle-mère fût restée à la maison pour soigner les jumeaux. Hannah était un chaperon très strict qui prenait son devoir terriblement au sérieux. Rien de commun avec Lady Dorna ! Surnommée « la veuve joyeuse » par ses amis, la sœur de Seton se faisait une idée toute différente de ce rôle et l'on était en droit de se demander qui de Caterina ou d'elle aurait eu réellement besoin d'une duègne !

Le voyage à travers la campagne vallonnée du Hampshire et du Wiltshire fut une occasion pour Seton d'égrener ses souvenirs sur Sir Chase, dont l'ombre ne cessa de planer sur les voyageurs. Aussi Caterina fut-elle heureuse d'atteindre enfin le but de leur périple. Elle était déjà venue en visite à Sevrington Hall avec Sara deux ans plus tôt, mais c'était alors l'hiver, et la neige les avait obligées à prolonger leur séjour. Aujourd'hui, on était au début du mois de mai, et des pétales blancs jonchaient les allées. Après avoir relayé deux fois pour changer de chevaux, il était presque l'heure du dîner lorsque les voyageurs atteignirent le château, qui brillait comme un joyau posé à flanc de colline.

De pur style élisabéthain, la vaste maison alignait devant eux ses innombrables fenêtres, dont les vitres étincelaient dans le soleil couchant. D'autres invités les avaient précédés, mais l'accueil de leur bouillonnante hôtesse n'en fut pas moins aussi chaleureux que s'ils avaient été les premières personnes à lui rendre visite depuis un an.

Lady Ensdale était l'une de ces rares aristocrates dont tout le monde ne trouvait que du bien à dire, excepté peut-être lorsqu'il était question de sa voix, aussi puissante que celle d'un capitaine de régiment. Agée d'une quarantaine d'années, elle débordait de vitalité, et ses toilettes témoignaient d'un goût un peu excessif pour les fanfreluches. Son placide mari l'adorait visiblement, aussi bien que ses deux fils, aussi charmants l'un que l'autre.

— Bienvenue à Sevrington Hall, claironna-t-elle en les accueillant dans le vestibule.

Elle les guida sans attendre vers le grand escalier George II, qui contrastait étrangement avec la galerie Tudor. Mais ce mélange de styles était le symbole même du caractère éclectique de la maison.

— Je crois que vous connaissez quasiment tout le monde, lança la maîtresse de maison par-dessus son épaule. Ce n'est qu'une petite assemblée cette fois. J'ai réuni les dames dans l'aile ouest. Quant à vous, cher Seton, vous serez dans l'aile opposée avec ces messieurs. Ne vous renfrognez pas ainsi, vilain garçon. Ce que vous ferez pendant la nuit n'est pas mon affaire. Prenez garde seulement à ne pas faire aboyer vos chiens, pour qu'ils n'aillent pas réveiller toute la maisonnée !

Elle éclata d'un rire contagieux, qu'ils entendirent encore résonner dans le couloir après qu'ils furent entrés dans leurs chambres respectives.

Millie, la soubrette des deux sœurs, ouvrit aussitôt la croisée, et les jeunes filles vinrent contempler les évolutions des cygnes sur le lac qui s'étendait en contrebas.

— Seulement une « petite réunion » cette fois, plaisanta Sara, mimant leur hôtesse.

Millie, qui avait été quelques années plus tôt l'apprentie d'une couturière de renom, se mit en devoir de les aider à s'habiller. En femme de chambre experte, elle n'ignorait rien des dernières modes, ni de l'art de les porter avec panache. Lorsqu'elle eut terminé son office, Sara alla se camper devant la psyché, où elle enveloppa d'un regard critique sa robe bleu ciel brodée de fils d'or. Ses bas de soie étaient également embellis de fines guirlandes dorées, et elle espérait bien avoir l'occasion d'exhiber discrètement ses chevilles pendant la soirée.

— Quelles boucles d'oreilles dois-je mettre, Millie ? Celles en saphir ?

— Les petites perles, miss Sara, répliqua la servante sans une seconde d'hésitation.

Longtemps, Cat avait eu elle aussi recours aux conseils de Millie pour s'habiller. Mais elle avait acquis depuis une certaine expérience et n'avait plus guère besoin que de l'approbation finale de la soubrette. Sa robe de soie argentée, décolletée sur la poitrine et dans le dos, et dont les minuscules manches en forme de pétales couvraient à peine ses épaules, mettait admirablement en valeur sa peau couleur de pêche et la riche teinte de sa chevelure cuivrée. Entrelacées de minces rubans d'argent, ses boucles étaient empilées en chignon sur sa tête et des frisons cascadaient dans son long cou de cygne, dévoilant les diamants qu'elle portait aux oreilles comme deux gouttes de rosée.

— Merci de votre aide, Millie, dit-elle en drapant un châle de soie blanc sur ses bras. Etes-vous prête, Sara ? Vous êtes ravissante, ma chérie. Qui avez-vous projeté de séduire ce soir ? Constantin ou Titus ?

Sara pouffa de rire à ces mots.

— Ils feront aussi bien l'affaire l'un que l'autre, assura-t-elle.

Quelques instants plus tard, les deux sœurs traversaient la galerie qui surplombait le grand hall en compagnie de Lady Dorna. Jetant un regard furtif par-dessus la balustrade en marbre blanc, elles purent constater qu'une fois de plus, leur hôtesse avait usé d'un euphémisme en parlant de « petite assemblée ».

La vaste pièce était en effet remplie d'invités qu'elles connaissaient déjà pour la plupart. Le regard perçant de Cat eut tôt fait de localiser Lord Rayne en frac noir parmi les autres hommes. Mais ses yeux ne cessèrent pour autant de survoler l'assistance, comme attirés par un invisible aimant.

Chase Boston ! Une légère exclamation lui échappa lorsqu'elle découvrit dans la foule le visage qui n'avait cessé de hanter ses pensées. Mais au lieu de ressentir la surprise ou l'irritation qu'elle s'attendait à éprouver, ce fut un étrange sentiment de fatalité qui s'empara d'elle à cette vue.

Quelqu'un s'adressa à elle depuis le rez-de-chaussée, et des appels fusèrent de l'assistance à son adresse :

— Caterina, quel plaisir de vous revoir !

— Nous grillons d'impatience de vous entendre, savez-vous ?

Mais elle n'entendait rien que les coups sourds de son propre cœur, qui battait follement dans sa poitrine. Tous les yeux se tournèrent vers elle, tandis qu'elle descendait lentement l'escalier pour rejoindre les autres invités.

Mais Caterina n'y prit même pas garde. Le seul regard dont elle était consciente était précisément celui de l'homme qu'elle aurait voulu éviter entre tous !

3.

Devançant Seton Rayne, Chase se fraya un chemin dans la cohue et vint saluer les trois dames.

— Lady Adorna, miss Chester, miss Sara…, fit-il en s'inclinant avec une grâce parfaite. Vous attendiez-vous vous aussi à « une petite réunion », selon les propos de notre chère hôtesse ?

Impatiente de tenir sa promesse à Caterina, Lady Dorna se hâta de faire participer Sara à la conversation. Puis elle se mit elle-même en avant, ponctuant son bavardage mondain de battements de cils aguicheurs à faire chavirer le cœur de n'importe quel homme.

Pour une raison inconnue, cette attitude agaça Caterina, bien que la stratégie eût été convenue entre elles. Il n'en restait pas moins que Sir Chase attendait un salut de sa part, même si leurs regards s'étaient déjà rencontrés à distance.

— Sir Chase…, fit-elle avec une inclination de tête parfaitement formelle.

Elle se rappela l'avoir vu échanger quelques mots avec l'une des invitées et ajouta d'un ton froidement poli :

— Vous avez amené votre cavalière, à ce que je vois ?

Chase lui jeta un regard éloquent. « Vous savez bien que non », dirent ses yeux.

— Pas le moins du monde. J'échangeais seulement quelques mots avec cette dame.

Et se tournant vers Seton, qui les avait enfin rejoints :

— Ah, Rayne ! Heureux homme, d'être le chevalier servant de trois ravissantes personnes.

Seton répliqua par une plaisanterie proférée d'un ton enjoué, mais Caterina écoutait à peine. Sachant à présent que Boston avait demandé sa main, elle s'interrogeait sur ce qui allait suivre. Oh, il ne manquerait pas de répondre aux tentatives de flirt de Dorna, elle n'en doutait pas une seconde. Mais elle n'échapperait pas elle non plus à ses assiduités de prétendant officiel. « Ne te laisse pas prendre au piège, s'admonesta-t-elle. Il ne fait tout cela que pour gagner son pari ! »

Consciente de l'accueil plutôt sec que Caterina avait réservé à Sir Chase, Sara jeta à sa sœur un regard de sympathie. Comment aurait-elle pu comprendre les doutes qui agitaient son aînée ? Dans son esprit à elle, on voulait d'un homme ou on n'en voulait pas.

Mais pour Caterina, les choses n'étaient pas aussi simples. Enveloppant du regard Lord Rayne et Chase Boston, qui se tenaient côte à côte devant elle, elle se prit à les comparer. Même carrure et même force physique, avec, chez Seton, une touche d'aristocratique nonchalance qui avait eu autrefois le pouvoir de la subjuguer à première vue. Mais la puissance contrôlée et le magnétisme qui émanaient de Boston faisaient paraître son compagnon presque fade à côté. Six ans plus tôt, son cœur avait été troublé par Seton. Mais l'attrait qu'exerçait sur elle Chase Boston prenait ses racines bien plus profondément en elle, éveillant les passions qui sommeillaient au plus secret de son être.

Avec son teint hâlé de boucanier, sa chevelure négligemment rejetée en arrière et sa bouche bien dessinée, il ne ressemblait en rien aux pâles soupirants qui avaient autrefois brigué sa main. L'impression qui se dégageait de lui était celle d'une indomptable énergie, et d'une audace qui ne reculait devant rien.

Il s'aperçut qu'elle l'étudiait avant qu'elle n'ait eu le temps de détourner les yeux et son regard noisette se posa insolemment sur ses lèvres. Cat rougit, confuse d'avoir été prise en flagrant délit d'indiscrétion. Heureusement, Seton parut se rappeler tout à coup son rôle de sigisbée. Comme on annonçait que le dîner était servi, il lui offrit le bras avec un sourire entendu.

— Miss Chester, vous me ferez bien l'honneur d'être *ma* cavalière, n'est-ce pas ?

— Bien volontiers, accepta-t-elle avec empressement.

Constantin Ensdale, le fils aîné de leurs hôtes, vint rendre le même service à Sara, et il ne resta plus à Chase Boston qu'à fermer la marche au bras de Lady Dorna, qui s'accrochait à lui comme un joli crampon. Si Caterina se réjouissait de la galanterie de Seton à son égard, elle aurait aimé que tante Dorna ne prenne pas son propre rôle tant au sérieux.

Comme ils pénétraient dans la salle à manger un peu avant les autres, Cat se pencha à l'oreille de son cavalier.

— Saviez-vous qu'*il* avait été invité ?

— Il ne m'en a rien dit hier, mais il est vrai que je ne le lui ai pas demandé. Votre père lui aurait-il dit que vous veniez ici ?

— Sans doute. Ce n'est pas moi qui l'en ai informé !

— Vous le détestez donc à ce point ?

Cat confirma d'un hochement de tête.

— Ne me demandez pas pourquoi, ajouta-t-elle dans un chuchotement.

— En ce cas, ne vous éloignez pas de moi. Il comprendra parfaitement le message. De toute façon, Dorna l'a pris en mains et il va être très occupé.

Avec sa candeur accoutumée, Lady Dorna exhibait ses désirs aussi naturellement que sa poitrine, dont le galbe plantureux, visible sous sa robe transparente, était le point de mire de toute la tablée. Avec de pareils atouts, elle avait tout ce qu'il fallait pour captiver l'attention de Sir Chase pendant toute la soirée, et peut-être au-delà, songea Caterina avec une pointe d'acrimonie.

Pendant ce temps, Lady Ensdale plaçait gaiement les convives, à qui elle prodiguait ses instructions de sa voix de stentor.

— Asseyez-vous donc ! fit-elle en agitant les bras. Loughborough, mettez-vous près de Perdita... ou plutôt Barbara, où avais-je la tête ? Quant à vous, Chase... Oh, vous êtes avec Dorna ? Avec qui vais-je placer notre petit rossignol, en ce cas ? Ah, Seton, vous êtes juste l'homme qu'il lui faut. Allons, prenez place, je meurs de faim.

Et se tournant vers le majordome :

— Faites servir, Sanderson.

Caterina, qui connaissait les us et coutumes du lieu,

savait que le repas allait s'étirer en longueur, mettant son endurance à rude épreuve. Comment supporterait-elle l'épreuve, quand elle avait presque en face d'elle Sir Chase et Lady Dorna, dont elle apercevait les têtes entre les deux gigantesques installations florales qui ornaient la table ?

Dieu merci, Seton et elle avaient beaucoup à se dire après six années d'absence, et leur échange ne tarit pas un seul instant. Lord Rayne fit preuve à son égard d'attentions assidues et elle répondit à ses prévenances par des sourires et de petites plaisanteries inspirées de leurs rapports d'autrefois.

Malgré cela, il y eut des moments où la conversation devint générale, et elle fut obligée à plusieurs reprises d'adresser quelques mots à Sir Chase. Malgré ses préventions, elle dut admettre qu'il se montrait plus discret qu'elle ne s'y attendait. Contrairement à d'autres dandys ou notoires jolis cœurs de sa connaissance, il ne passait pas son temps à entretenir la compagnie de ses exploits et ne parlait que fort peu de lui-même. Lorsqu'il lui arrivait de le faire, c'était avec un humour indéniable qui amusa grandement les convives, dévoilant à Caterina un aspect inattendu de sa personnalité.

Mais l'attitude de Sir Chase fut moins au goût de Dorna, qui ne parvenait pas à attirer son attention autant qu'elle l'aurait souhaité. Ses tentatives de flirt tournaient décidément au fiasco. Elle n'était pas si écervelée qu'elle ne remarquât les regards appuyés que coulait Chase vers Cat et Seton, apparemment absorbés dans leur conversation intime. Quant à Caterina, il était évident qu'elle était moins indifférente à l'égard de Boston qu'elle ne voulait bien le paraître. « Pourvu qu'elle n'aille pas se brûler à la chandelle ! » songea Dorna, déçue de voir ses avances si mal payées de retour.

Lorsqu'on apporta les rince-doigts, Caterina avait en partie retrouvé sa bonne humeur et se réjouissait que Seton fût rentré juste à temps à la maison pour lui apporter son aide dans cet épineux épisode de sa vie.

Après avoir trempé le bout de ses mains dans le bol d'eau claire, elle s'essuya avec une petite serviette avant de relever les yeux. Lord Rayne l'observait, un tendre sourire aux lèvres.

— Qu'y a-t-il, milord ?

— Vous êtes devenue très belle, Cat, fit-il d'une voix suave. Et je ne suis pas le seul à ne pouvoir détacher les yeux de vous, à ce qu'il semble.

— Merci du compliment. Si vous pouviez faire encore un peu semblant, cela m'arrangerait.

— Mais je ne fais pas semblant ! Vous savez bien que je ne suis pas doué pour cela.

— Dommage, commenta-t-elle d'un air mutin. Je veillerai à ce que vous ne soyez pas dans mon équipe, quand nous jouerons aux charades.

— Laissons ces bagatelles. Dites-moi plutôt pourquoi Boston a si brusquement décidé de demander votre main.

— Baissez la voix, je vous en prie. Je ne vous ai jamais dit qu'il m'avait offert de m'épouser.

— Vous ne me l'avez pas dit, mais c'est ce qu'il a fait, n'est-ce pas ?

— A sa manière. Mais il ne va pas tarder à s'apercevoir que je n'ai aucune intention de me conformer au choix de mon père.

Embarrassée, elle tenta de faire diversion.

— Pouvez-vous me passer ce petit ravier d'olives, s'il vous plaît ? Merci.

Mais Lord Rayne ne se laissa pas détourner aussi facilement du sujet. Son beau visage affichait une expression sceptique.

— Je n'arrive pas à croire que c'est seulement la réputation de Chase qui a suscité chez vous une telle aversion pour sa personne. Qu'y a-t-il d'autre ?

Elle grignota une olive avant de répondre :

— Vous connaissez mon opinion sur le sujet. Si je dois me marier un jour, ce sera à un homme que j'aurai choisi moi-même, pas à quelqu'un qui se présente un beau jour à la porte de mon père pour demander ma main. J'ai trop vu de femmes malheureuses après s'être laissé prendre à ce piège. Dieu sait à quoi il leur faut ensuite recourir pour se rendre la vie supportable ! Regardez votre sœur, par exemple.

— Dorna, malheureuse ? Quelle absurdité ! Sa conduite n'a rien à voir avec son mariage, je peux vous l'assurer. Quel que soit l'époux auquel elle aurait été liée, elle aurait toujours fini par n'en faire qu'à sa tête. C'est la digne fille de sa mère ! fit-il en riant. Ainsi, la fière miss Caterina Chester rejette tous ses soupirants, s'ils n'ont pas le bonheur d'être choisis par elle en personne ? reprit-il d'un ton badin. Qu'en est-il de moi, en ce cas ? Ai-je la moindre chance d'être distingué de vous ?

Elle eut un sourire contrit.

— Non, milord. Votre heure est passée.

— Je vois. Et Boston ?

— Certainement pas ! se récria-t-elle. On ne peut jamais être sûre d'un homme pareil.

— Ma chère petite, vous ne savez pas ce que vous dites. Boston est l'homme le plus fiable que je connaisse. Je ne sais à qui vous ferez confiance, si ce n'est pas à lui. Mais voilà que je me mets à chanter ses louanges, alors que j'étais censé lui faire obstacle.

Et jetant un regard autour de lui :

— Finissez donc votre verre, conseilla-t-il. Les dames ne vont pas tarder à quitter la salle à manger.

Caterina porta sa coupe à ses lèvres, et à travers la fine paroi de cristal, elle jeta un coup d'œil à celui qu'elle s'interdisait de regarder depuis deux heures. Une tranquille détermination se lisait dans chaque trait de son visage. Au moment où leurs yeux se croisèrent, il leva son verre dans un toast silencieux, et tous deux burent en silence, comme s'ils relevaient un mutuel défi.

La compagnie se leva quelques instants plus tard et les dames se dirigèrent vers le salon. Entraînée malgré elle sur la pente d'une dangereuse rêverie, Caterina s'imagina un instant dans les bras puissants de Sir Chase Boston. Qu'est-ce qu'une femme pouvait bien ressentir, quand ses lèvres chaudes s'emparaient des siennes ? « Oh, mon Dieu, cesse de délirer ! » se reprit-elle avec effroi. Troublée, elle saisit la main de sa sœur comme pour se raccrocher à la réalité.

— Une tasse de thé, ma chérie ? lui proposa-t-elle. Nous pouvons aller causer un instant avec Lady Caroline Lamb, si vous voulez.

— Mais nous ne la connaissons pas.

— Non, mais on ne va pas manquer de nous la présenter.

Frissonnante, elle s'enveloppa plus étroitement dans son châle. « Voilà bien le danger des songeries romantiques ! » se morigéna-t-elle.

En fait de *songeries*, les deux sœurs n'allaient pas tarder à découvrir que Lady Caroline Lamb était plus douée en la matière que toutes les autres femmes de leur connaissance. Cette belle personne, par ailleurs talentueuse et intelligente, avait espéré retrouver son bien-aimé Lord Byron chez les Ensdale. Ne le voyant pas venir, elle laissait libre cours à toutes les craintes d'une imagination débridée. Qu'avait-il pu lui arriver, au nom du ciel ? Peut-être un tremblement de terre l'avait-il empêché d'être là à temps ? Et si le pauvre chéri avait eu un accident ?

Sara, gênée par ce discours hystérique, entraîna sa sœur à l'écart.

— Ce n'est pas moi qui dévoilerais mon cœur de cette façon, murmura-t-elle, lorsqu'elles furent hors de portée d'être entendues. Si l'homme de mes pensées manquait un rendez-vous, je ferais comme Lady Dorna, et j'en prendrais un autre. Que d'histoires, vraiment ! Qui est ce Byron ? Je ne le connais même pas.

— Voyons, Sara, vous ne pouvez pas ne pas en avoir entendu parler. Il fait fureur partout, vous savez. C'est lui qui est l'auteur de ce recueil de poèmes intitulé *Heures de Loisir*, que vous lisiez lorsque vous aviez quatorze ans. Tout le monde s'intéresse à lui à présent.

— Oh, c'est donc lui ? Je croyais qu'il s'agissait d'un vieil homme.

— Pas le moins du monde. Il est jeune, séduisant, et hautement immoral. Toutes les femmes sont amoureuses de lui… excepté nous.

— J'espère qu'il ne va pas tarder à apparaître, sans quoi je me demande ce que nous allons faire de Caroline Lamb. Elle sera bonne pour l'asile d'ici vingt-quatre heures ! Peut-être que le poète a demandé à Sir Chase de le remplacer au pied levé.

— Que voulez-vous dire ?

— Constantin Ensdale m'a confié que Sir Chase était arrivé à l'improviste, comme il fait souvent. Etant donné que c'est un vieil ami de la famille, il peut se permettre de venir sans être invité. Il y a toujours céans une chambre pour lui.

— Voilà qui est bien commode, ironisa Cat.

Elles ne mirent pas longtemps à s'apercevoir que le principal sujet de conversation parmi ces dames n'était pas Lord Byron, mais bel et bien Chase Boston. Son apparence, son caractère, rien de lui n'avait échappé à l'attention de ses admiratrices. Il n'y en avait pas une qui ne souhaitât attirer le regard hardi de ses yeux noisette, et elles avaient bien remarqué ses apartés avec Lady Adorna.

— Il semble si sévère, observa Mme Bannerman, une toute nouvelle mariée. Il y a de quoi tomber en pâmoison lorsqu'il vous regarde ainsi…

Lady Dorna ne put réprimer un accès de gaieté un peu déplacé.

— Sans aucun doute. Mais je crois que Sir Chase attend autre chose d'une femme qu'un évanouissement opportun. Ce n'est pas le genre d'homme qu'il vous faut, madame Bannerman.

— Oh..., exhala la jeune personne, déconcertée.

Caterina vola à son secours.

— On peut en dire autant de nous toutes. Si j'en crois la rumeur, Sir Chase n'est pas homme à s'intéresser à des femmes comme nous, sinon pour une diversion passagère. Sa réputation dépasse de loin nos modestes capacités.

— Ne vous fiez pas aux réputations, intervint une voix posée, qui s'éleva inopinément d'un sofa à rayures.

Tous les yeux se tournèrent vers Lady Inchall, la doyenne du salon. Son frêle corps vêtu de dentelles noires abritait un esprit aussi tranchant qu'un rasoir.

— Faites-vous des gens votre propre opinion, au lieu de vous fier aux commérages, continua-t-elle. Les réputations sont souvent erronées, vous savez.

— Pardonnez-moi, milady. Je reconnais mon erreur.

— Vous êtes jeune, fit la douairière avec un sourire indulgent. Il n'y a rien d'autre à vous pardonner.

— Connaissez-vous bien Sir Chase ?

— Depuis qu'il est enfant, miss Chester. C'était déjà un garçon intelligent et hardi. Il s'est discipliné au fil des ans, mais son énergie est bien toujours la même.

— Discipliné ? Ce n'est pas ce que j'ai entendu dire de lui...

— Vous faites encore allusion aux commérages ? Mais nous avons toutes une réputation, ma chère enfant, y compris moi-même, Lady Dorna et vous.

— Moi ? s'étonna Caterina.

— Mais oui. Après deux fiançailles rompues, qui n'en aurait pas ?

— Grands dieux ! Je ne me doutais pas...

— Que cela pouvait intéresser qui que ce soit en dehors

des personnes concernées ? Cela ne devrait pas en effet. Nous n'agissons pas pour la galerie, mais en fonction de nos besoins profonds. Ne trouvez-vous pas ?

— C'est sans doute vrai, milady. Mais peut-on dire cela d'un homme qui accumule les aventures ? Il risque fort de ne jamais trouver ce qu'il cherche...

Un sourire éclaira le visage ridé de la vieille dame.

— Un peu d'expérience ne gâte rien, si vous voulez mon avis. Un homme qui a « vécu » un peu plus que la moyenne de ses congénères commet moins d'erreurs qu'un novice.

Elle désigna du menton la porte close de la salle à manger, où les messieurs étaient occupés à savourer des liqueurs.

— Tenez, je suis sûre qu'ils parlent de nous en ce moment, comme ils discuteraient des qualités de leurs chevaux. L'ennui, c'est que la plupart d'entre eux en savent davantage sur les pur-sang que sur les femmes. Sir Chase est différent en cela, et c'est pour cette raison que les dames se sentent tout de suite attirées par lui.

— Même vous, milady ? interrogea Adorna, qui maniait son éventail de plus en plus lentement, tant la conversation la passionnait.

— Mais oui ! répliqua Lady Inchall avec malice. Attendez un peu d'être percluse et ridée comme moi ! Vous verrez si vous ne regretterez pas le temps où vous aviez un bel homme vigoureux dans votre lit...

Lady Dorna se renversa sur ses coussins, pâmée de rire, tandis que ses compagnes saluaient la boutade d'un sourire. Caterina se contenta de hocher la tête. Lady Inchall était décidément irrésistible et elle aimerait bien, à son âge, dispenser ainsi des perles de sagesse à un auditoire de jeunes femmes un peu trop nombrilistes.

— Il se fait déjà tard, déplora Caroline Lamb. Pourquoi ces messieurs tardent-ils tant à nous rejoindre ?

Loin de partager ses regrets, les deux sœurs Chester appréciaient de se retrouver entre femmes, dans ce charmant salon égayé par la collection de broderies de Lady Ensdale. Sur une petite table, elles remarquèrent une boîte en acajou ouverte, qui contenait un cadran de verre serti dans une monture de cuivre.

— C'est le dernier jouet de Lord Ensdale, les renseigna la maîtresse de maison, qui s'activait à servir le thé. Une sorte de « trucmètre »... Chase s'y connaît en instruments de marine. Vous devriez lui demander de quoi il s'agit.

Caterina crut avoir mal entendu. A sa connaissance, Sir Chase avait fait partie de l'armée terrestre, non de la Navy. Elle feuilletait un album tout en bavardant avec ses compagnes, lorsqu'elles furent enfin interrompues par un brouhaha en provenance de la salle à manger. Quelques instants plus tard, ces messieurs pénétrèrent dans le salon, mêlant la note sombre de leur frac ou les éclatantes couleurs de leurs uniformes rouge et bleu aux robes du soir et aux bijoux étincelants de ces dames. Ces dernières, qui bâillaient quelques secondes plus tôt, se redressèrent aussitôt avec un sourire d'anticipation aux lèvres, non sans surveiller du coin de l'œil Sir Chase et Lord Rayne, qui s'entretenaient ensemble à l'autre bout de la pièce.

Privée de son chaperon, Caterina sourit aux deux frères Ensdale, qui vinrent engager la conversation avec Sara et elle. D'un propos enjoué à l'autre, le temps passa si bien que lorsqu'elle chercha Lord Rayne des yeux, elle le trouva en compagnie d'une grande brune, dont le chignon orné d'immenses plumes époussetait quasiment les stucs du plafond.

Mais elle n'eut pas besoin de se retourner pour deviner qui se tenait à présent derrière elle. Avant qu'elle n'ait eu le temps de parer la manœuvre, Sir Chase s'était habilement immiscé dans leur groupe. Il y demeura jusqu'à ce que les Ensdale s'emparent de Sara, à qui ils souhaitaient montrer une maison de poupée datant de l'époque de la reine Anne, joyau de la collection de leur mère.

Caterina les regarda s'éloigner et s'éclaircit la gorge.

— Vous ne rejoignez pas les joueurs de cartes ? interrogea-t-elle.

— Non, miss Chester. Je préfère rester près de vous. Si nous nous asseyions ?

— Mais Lady Dorna ? Je crois qu'elle s'attend à ce que vous lui teniez compagnie.

— En fait de compagnie, c'est la vôtre qui m'intéresse. Venez par ici, voulez-vous ?

Bien que le vaste salon fût pourvu en sièges de toutes sortes, Sir Chase la conduisit sur un sofa garni de coussins dorés, à l'autre bout de la pièce.

— Au moins, nous nous entendrons parler, déclara-t-il, un bras négligemment posé sur le dossier du canapé.

Irritée de s'être si aisément laissé prendre au piège, Cat se rencogna aussi loin que possible de son interlocuteur. La question à présent était de savoir comment aborder le sujet de la duplicité de son père sans se montrer trop agressive.

— Parler ? C'est à vous de le faire, Sir Chase. Je crois que vous me devez des explications.

Tout en arrangeant les plis de sa robe, elle jeta un regard oblique aux culottes de soie de son compagnon, dont l'étoffe moulante épousait le galbe de deux longues jambes musclées. Vêtu d'un gilet de brocart et cravaté de blanc, Sir Chase dégageait une indéniable présence physique, et elle rougit au souvenir de la promiscuité qui les avait rapprochés l'un de l'autre, lors de leur mémorable promenade en curricle.

— J'aimerais savoir pourquoi vous avez jugé bon de faire à mon père cette offre ridicule, sans avoir daigné m'en parler au préalable. Oh, j'ai bien compris qu'il s'agissait d'un marché, destiné à lui permettre de s'acquitter de sa dette aux moindres frais. Mais il ne vous est pas venu à l'esprit que je devais être consultée d'abord ?

— Si vous l'aviez été, auriez-vous accepté ?

— Non, bien sûr !

— Votre père et moi ne l'ignorions ni l'un ni l'autre, c'est pourquoi nous n'avons pas sollicité votre avis. Comme vous le dites très justement, il s'agit d'un pari, et c'est à moi de le gagner. Nous étions convenus de vous en informer après le week-end. Mais pour Dieu sait quelles raisons, votre père a changé d'avis.

— C'est moi qui lui ai tiré les vers du nez, Sir Chase. Il n'est pas difficile pour moi de deviner quand quelque chose ne va pas chez lui. Mais j'avoue que même dans mes pires cauchemars, je n'aurais pas imaginé qu'il puisse me jouer un tour pareil. Vous comprendrez que je ne puisse adhérer un seul instant à cet absurde plan.

— Ainsi, vous avez réussi à lui extorquer la vérité !

Dommage… J'aurais préféré que vous l'appreniez de moi. J'y aurais certainement mis un peu plus de tact.

— J'aurais préféré ne jamais en entendre parler du tout, monsieur. Vous connaissez déjà mon opinion sur le mariage, et je peux vous assurer que le moment venu, je ne laisserai personne choisir un époux à ma place. Mon père a dû vous laisser penser que je désespérais de trouver un parti.

— Bien au contraire, miss Chester. J'ai plutôt eu l'impression que c'était votre belle-mère et lui qui désespéraient !

— Avec une dette de vingt mille guinées, qui n'en ferait autant ?

— Votre père a donc mis son épouse au courant ?

— Hannah ? Certainement pas. Mieux vaut qu'elle n'en entende jamais parler.

— Et vous n'avez aucun désir de les aider ?

Elle lui lança un regard incrédule.

— Les aider ? Bonté divine, accepteriez-vous d'être l'objet d'un pari et d'épouser quelqu'un par ordre, pour éponger une dette qui n'est pas la vôtre ?

— S'il s'agissait de vous, je sauterais immédiatement sur l'opportunité.

— Sottises ! N'essayez pas de m'amadouer par la flatterie. Je ne suis pas aussi naïve que vous semblez le penser. Je suis une fille obéissante et je m'en flatte. Mais seule une idiote pourrait se laisser prendre à une telle chausse-trappe. J'ai ma fierté et mes aspirations, et il se trouve qu'elles ne me poussent pas vers un homme comme vous.

— Ah, oui, je crois me souvenir que vous m'avez tenu hier un discours de ce genre. Un homme *comme moi*, dites-vous ? Pouvez-vous m'expliquer exactement ce que vous voulez dire ? Hier, vous vous êtes montrée plutôt vague sur ce point.

Elle en était bien incapable. Les hommes du genre de Sir Chase parlaient peut-être à l'imagination des femmes, mais ils restaient insaisissables. Elle prit une profonde inspiration, cherchant ses mots.

— Eh bien, mon éducation m'a appris à éviter les excès en tout genre, et la vie que vous menez…

— Oh, s'il vous plaît, pas d'hypocrisie !

— Je vous demande pardon ?

Il fit la grimace et secoua la tête.

— Vous avez reçu l'éducation qui convient, miss Chester, je n'en doute pas. Mais cessez de me servir ce genre de discours moralisateur, quand vous savez fort bien qu'à ma place, vous auriez fait exactement la même chose. C'est d'ailleurs là que le bât vous blesse, n'est-ce pas ? En fait, vous ne me désapprouvez pas du tout. Non, ne me fusillez pas du regard ! ajouta-t-il. La vraie raison pour laquelle vous en voulez à votre père, c'est parce qu'il ne vous a pas laissée agir à votre guise.

— C'est absolument faux, monsieur !

— Et vous avez trouvé que c'était une fois de trop, continua imperturbablement Chase, ignorant la protestation. Je sais parfaitement ce que vous désirez, ne vous en déplaise. C'est quelque chose de très profond qui sommeille en vous et dont jamais personne ne vous a permis de faire usage jusqu'ici. Cela s'appelle la passion, mademoiselle. Mais pour votre père, ce ne sont que balivernes, évidemment.

— C'est lui qui vous a parlé de cela ?

— Non pas. Je l'ai entendu dans votre voix quand vous chantiez, et je le lis à présent dans vos yeux. Je l'ai senti aussi lorsque nous avons conduit ensemble le curricle à tombeau ouvert. Vous étiez farouchement heureuse, et vous culpabilisiez en même temps. Vous en voulez aux hommes, à votre père, à votre frère, ainsi qu'aux pauvres types qui ont demandé votre main. Vous m'en voulez aussi, parce que je suscite en vous un certain intérêt, pour une fois, et que vous êtes blessée par le caractère d'urgence que revêt la situation. Mais cela, c'est la faute de votre frère. C'est lui que vous devez blâmer, pas moi.

Il marqua une légère pause avant d'ajouter :

— Allez vous coucher et laissez la nuit vous porter conseil. Nous avons quelques jours devant nous. D'ici notre retour à Richmond, je suis sûr que j'obtiendrai de vous une tout autre réponse.

— Ma réponse est déjà prête, rétorqua-t-elle, d'une voix haletante d'indignation. Je suis parfaitement capable de gagner de l'argent, et je vous paierai ce qui vous est dû. Laissez-moi seulement un peu de temps et je vous rembourserai jusqu'au dernier penny.

— Ce n'est pas là ce que j'appellerais une réponse. Quant à vous laisser du temps, c'est hors de question.

— Pardon ? fit-elle, abasourdie.

— Chut, ma chère. Je sais combien il vous en coûte de devoir supplier, aussi ne vous donnez pas cette peine. Vous allez m'épouser, voilà tout. Autant vous faire tout de suite à cette idée.

— Il n'en est pas question, monsieur. Nous vivons dans des mondes très différents.

— Ce n'est pas ce que vous pensiez hier, quand nous

étions assis côte à côte et que mes chevaux faisaient feu des quatre fers.

— A un ou deux moments, j'avoue que…

— Allons donc, c'était bien plus que cela, et nous le savons tous deux.

— Mais nous n'avons rien d'autre en commun ! objecta-t-elle. Il ne nous faudra pas plus d'un jour ou deux pour nous en rendre compte.

— Vous vous trompez, chuchota-t-il.

D'un geste à peine perceptible, il effleura du bout du doigt la peau nue de son bras, juste à l'endroit où s'achevait sa manche en forme de corolle. Ce simple contact déchaîna en elle un raz-de-marée de sensations qui balaya instantanément toutes ses résolutions de froideur.

— Bien sûr que oui, nous avons des choses en commun, reprit-il d'une voix sourde. Et si j'en sais déjà autant sur la vraie miss Chester, imaginez ce que ce sera plus tard. Des mondes différents, vous avez dit ?

D'une certaine façon, elle n'avait pas tort, convint-il à part lui. Jamais il n'aurait pu vivre dans cette pétaudière du 18, Paradise Road, par exemple. Comment s'étonner que le père ne sache plus à quel saint se vouer et que les filles ne songent qu'à prendre leur envol ?

— On vous a invitée ici pour chanter, je crois ? interrogea-t-il, changeant subtilement de sujet.

Elle hocha la tête.

— Je dois donner un petit récital demain ou dimanche.

— Allez-vous interpréter cette aria de Mozart que je vous ai entendue répéter ?

— Vous connaissez ? questionna-t-elle, surprise.

— J'ai vu l'opéra à Naples, l'année dernière.

Si elle n'avait pas été aussi troublée par sa présence, elle lui aurait demandé des détails sur son voyage en Europe. Pendant le dîner, elle l'avait entendu évoquer un récent périple en France, et à la façon dont il prononçait les noms étrangers, il était facile de deviner qu'il connaissait parfaitement la langue des pays qu'il avait visités. Son silence pouvait passer pour discourtois, mais Sir Chase parut en saisir la raison.

— Je comprends votre mauvaise humeur, miss Chester. Vous espériez être débarrassée de moi pour quelques jours, et voilà que vous me retrouvez chez les Ensdale. Mais ce n'est peut-être pas une si mauvaise chose. Vous aurez ainsi l'occasion de vous habituer à moi.

Caterina fit son possible pour se composer une attitude.

— Vous vous trompez, monsieur. Je n'ai aucunement l'intention de *m'habituer à vous*, comme vous dites. Après tout, cette maison est si vaste qu'il ne doit pas être difficile de s'éviter. Dieu sait que vous trouverez d'autres dames plus intéressées par votre personne que je ne le suis. Lady Dorna Elwick, pour commencer…

— Merci de m'en informer, je ne l'oublierai pas.

Et jetant un regard par-dessus son épaule :

— Ces dames se retirent déjà, à ce que je vois. Je vais vous escorter jusqu'à l'escalier.

— Merci, mais c'est inutile.

Feignant de n'avoir pas entendu, il s'empara de la main de la jeune fille et la plaça d'autorité sur son bras. Troublée, elle sentit ses muscles d'acier se contracter sous ses doigts et la fragrance épicée de son eau de toilette vint chatouiller ses narines, tel un parfum de pins après la pluie.

Alarmée, elle s'enquit dans un chuchotement :

— J'espère que vous n'avez parlé à personne de... de tout cela ?

Il ne fit pas semblant de ne pas avoir compris, et elle mit cette franchise à son actif.

— De toute façon, ils finiront tous par remarquer mon empressement auprès de vous. Mais je doute qu'ils prennent cela très au sérieux, si cela peut vous rassurer.

— Pourquoi donc ?

Une lueur de gaieté pétilla dans les yeux de Chase.

— Songez donc, *un homme comme moi* et une jeune fille aussi bien élevée que vous ! Ils seront curieux de voir si je suis capable d'évincer Rayne, voilà tout.

Caterina fronça les sourcils à cette allusion.

— Qu'est-ce que Lady Dorna vous a donc raconté ?

— Que Seton et vous aviez été autrefois... euh...

— Eh bien, dites-le !

— *Amis*... Ou plus exactement, *bons amis*. C'est l'expression qu'elle a employée.

— Et c'est exactement ce que nous étions, Lord Rayne et moi. D'excellents amis, comme nous le sommes encore aujourd'hui...

Cette mise au point ressemblait fort à une justification, convint-elle, et Sir Chase n'en méritait pas tant. Mais si Dorna lui avait donné à entendre autre chose, la vérité devait être rétablie. Les deux hommes entretenaient d'excellents rapports depuis des années, et elle s'en serait voulu de jeter une ombre sur leur amitié. Quant à Sir Chase, elle ne tenait pas particulièrement à l'enflammer de jalousie. Ni à l'enflammer d'aucune manière, du reste…

— Merci de votre franchise, miss Chester. C'est exactement ce que Rayne m'a dit.

— Quoi, vous le lui avez demandé ?

— Naturellement. Je vous avais déjà questionnée à ce sujet, si vous vous souvenez. Mais vous n'avez pas été très loquace, petite tigresse. Aussi suis-je allé m'informer auprès de Seton lui-même.

— Mais cela ne vous regarde en rien !

— Bien sûr que si. Ce n'est pas que je redoute la compétition, notez bien, car je finirais toujours par gagner. Mais j'aime savoir exactement de quoi il retourne. Rayne et moi nous connaissons depuis des années, et en matière de femmes, nous sommes souvent allés sur les brisées l'un de l'autre. Cette fois, je tenais à m'assurer qu'il n'en serait rien.

— En quoi *cette fois* est-elle si différente des autres ? Non, ne me répondez pas ! Les autres femmes n'avaient pas à vous rembourser la dette de quelqu'un d'autre, n'est-ce pas ? Ce devait être beaucoup plus simple pour vous.

— Probablement. Mais j'ai toujours aimé relever les défis, et celui-ci mérite que j'y consacre un peu plus de temps et de préparation. Cette fois, les choses devraient aboutir au mariage…

— *Cette fois*, les choses vont s'achever avant même d'avoir commencé, monsieur.

Tout en parlant, ils étaient arrivés au pied du grand escalier de marbre blanc, où des valets attendaient les invités avec des candélabres pour les conduire jusqu'à leurs appartements. Sir Chase lui pressa légèrement la main pour l'inciter à ralentir le pas.

— Je crois que vous n'allez pas tarder à vous apercevoir que nous avons déjà commencé, miss Chester... et qu'il est trop tard pour faire demi-tour ! Vous êtes engagée, que vous le vouliez ou non. En fait, nous le sommes tous deux.

— Et qu'arrivera-t-il ensuite, Sir Chase ? Vous perdrez tout intérêt pour ma personne, n'est-ce pas ? Sans doute vous débarrasserez-vous de moi en m'envoyant soigner votre vieille mère dans quelque coin reculé de la Cornouaille, comme le comte de Loddon...

Le cynisme de la réflexion arracha un sourire à Chase.

— Je n'ai pas de vieille mère dans quelque coin perdu que ce soit, miss Chester. Aussi insisterai-je plutôt pour que vous demeuriez à mes côtés. Mais nous aborderons les points essentiels plus tard, n'est-ce pas ?

Elle aurait préféré éclaircir la chose tout de suite, si « demeurer près de lui » impliquait de partager ses parties de cartes, ou ses orgies avec des amis oisifs et fortunés. Mais c'eût été témoigner d'un intérêt qu'elle préférait nier.

Bien que le fond du vestibule fût plongé dans la pénombre, il dut voir le doute assombrir son regard.

— Ne vous inquiétez pas de cela, conseilla-t-il. Vous aurez peut-être des surprises, mais pas du genre que vous craignez. J'ai toujours pensé que pour entretenir une bonne relation avec une dame, il ne fallait pas la *choquer* plus d'une fois. Les femmes n'aiment pas être choquées, n'est-ce pas ?

— Certainement pas, monsieur.

— Si nous nous souhaitions le bonsoir sur cette note encourageante ?

— Bonne nuit, Sir Chase.

— Bonne nuit, miss Chester. Dormez bien.

Il lui prit la main pour la porter à ses lèvres et lui effleura les phalanges d'un léger baiser. Enfin libre, elle alla embrasser affectueusement leur hôtesse, avant de s'engager dans l'escalier sous la conduite d'un valet de pied. Sara la rattrapa avant qu'elle n'ait atteint le palier.

— Il semble avoir jeté ouvertement son dévolu sur vous, Cat, chuchota-t-elle, incapable de réfréner son excitation. Tout le monde a pu s'en rendre compte.

— C'est sans doute ce qu'il veut qu'on croie, répliqua Caterina, d'un ton plus sec qu'elle ne l'aurait voulu. Et où était Seton quand j'avais besoin de lui ?

Parvenue dans leur chambre, elle se laissa tomber avec soulagement dans un fauteuil doré garni de coussins, qui détonnait avec le reste du mobilier, de pur style médiéval. Le lit à courtines, assez vaste pour héberger une famille entière, était drapé de satin vert et crème, et la courtepointe assortie était déjà retournée, dévoilant des draps d'une blancheur immaculée.

Tandis que Millie la délaçait, Sara tourna la tête vers sa sœur.

— Etes-vous si remontée contre lui, Cat ? Tout le monde dit qu'il a beaucoup d'expérience et ces messieurs le respectent tous. Papa ne l'aurait pas écouté s'il avait eu mauvaise opinion de lui, n'est-ce pas ? Croyez-vous que vous n'arriverez pas à l'apprécier suffisamment pour l'épouser ?

— Oh, Sara, par pitié !

— Quoi donc, ma chérie ?

— Apprécier un homme ne constitue pas une raison suffisante pour passer le reste de votre vie avec lui. Je sais que la plupart des gens mariés vivent chacun de leur côté après avoir engendré un héritier, mais ce n'est pas ce que je veux. Je croyais que vous, au moins, vous comprendriez.

A demi nue, Sarah se leva de son tabouret et vint s'agenouiller devant sa sœur.

— Pardonnez-moi, Cat, murmura-t-elle. Je suis terriblement égoïste. Mais bien entendu, je comprends. Vous avez parfaitement raison de ne pas l'accepter, si vous éprouvez tant d'aversion pour lui. Je ne vous conseillerai jamais de faire cela, bien évidemment. Mais c'est seulement que…

Elle posa sa tête blonde dans le giron de sa sœur avant d'avouer :

— Eh bien, je suis terriblement amoureuse, pour vous dire la vérité. Revoir Constantin Ensdale m'a éclairée sur mes propres sentiments. Il a su me faire sentir que nous éprouvions quelque chose de très spécial l'un pour l'autre, un intérêt bien plus profond que celui que m'inspire Titus. Enfin, vous comprenez sûrement, car vous avez éprouvé cela autrefois pour Lord Rayne. C'est une envie constante d'être près de lui, de tenir sa main… Bref, un sentiment très doux et charmant. Je sais qu'il éprouve la même chose à mon égard, mais je lui ai dit…

Elle s'arrêta, peu désireuse d'aborder le sujet des échecs sentimentaux de sa sœur. Mais il était trop tard.

— Oui, que lui avez-vous dit ?

— Que… hum… que je ne serais pas libre d'accorder ma main tant que… Enfin, vous savez bien.

— Tant que votre aînée ne se sera pas passé la corde au cou, compléta Caterina, caustique.

Sara releva la tête et considéra sa sœur d'un air réprobateur.

— Oh, Cat, quelle expression ! Où avez-vous appris cela, pour l'amour du ciel ? C'est d'un vulgaire…

— Prête, mademoiselle ? intervint Millie en lui présentant sa chemise de nuit.

Sara se leva et tendit les bras pour enfiler le vaporeux vêtement de linon, qui retomba jusqu'à ses chevilles.

— Vous ne devriez pas vous soucier de moi, reprit-elle. Si papa s'est mis dans la tête de vous marier la première, rien ne le fera changer d'avis. Alors autant nous faire une raison, vous ne croyez pas ? Je vais tâcher de persuader Constantin d'attendre. Qui sait ? Vous finirez bien par trouver un homme que vous pourrez aimer…

Elle s'assit sur le tabouret de la coiffeuse et laissa Millie ôter les épingles qui retenaient son chignon. Enfin libérée, sa chevelure se répandit comme un flot doré sur ses épaules. Elle était si jolie ainsi que Cat sentit un remords lui serrer le cœur à cette vue. L'espace d'un instant, elle eut la tentation d'accepter l'offre de Sir Chase, pour ne pas compromettre le bonheur de Sara…

Mais sa sœur se trompait si elle s'imaginait que la tendresse de bon ton qu'elle vouait à l'honorable Constantin Ensdale pouvait se comparer à ce qu'éprouvait son aînée. C'était bien autre chose que Cat attendait de son futur époux. Jetant un regard coupable vers le lit à courtines, elle se surprit à rêver de l'instant béni où un homme riche d'expérience lui enseignerait enfin les joies débridées de l'amour, libérant les ardeurs passionnées qui sommeillaient en elle.

Ce n'était pas *un intérêt très spécial*, mais un ardent désir qui la consumait. Tenir la main de l'aimé n'aurait pas suffi à apaiser le farouche appel qui vibrait en elle. Ce qu'elle aurait voulu, c'était le serrer contre elle et couvrir son visage de baisers, s'enivrer de son odeur virile et rouler avec lui sur un lit de fougères, écrasant les anémones des bois sous leurs corps enfiévrés...

Etait-ce cela, aimer ? Jamais elle n'avait attendu cela de Lord Rayne... Depuis sa rencontre avec Boston, une sorte de flamme très païenne s'était éveillée en elle. Le simple contact de la main de Chase sur son bras nu avait propagé un incendie dans ses veines. Mais était-ce une raison suffisante pour l'épouser ?

D'un autre côté, elle ne pouvait le refuser sans détruire les espérances de sa sœur. Sara n'avait-elle pas le droit de convoler avec l'homme que son cœur avait choisi ?

D'un geste rêveur, elle ôta lentement les rubans entrelacés à ses cheveux. Les yeux clos, elle se prit à imaginer que c'étaient les doigts de Chase qui lui caressaient ainsi la nuque, sensuel prélude à une nuit d'amour...

Incapable de trouver le sommeil, Caterina prêtait l'oreille à la respiration paisible de sa sœur, dont la tête reposait sur l'oreiller voisin. Avant de s'endormir, Sara lui avait confié d'une voix déjà ensommeillée :

— Il a été question ce soir d'une excursion aux ruines d'Old Sarum.

Cat avait dressé l'oreille à cette information.

— Quand cela ?

— Demain matin. Plusieurs invités sont partants.

Le projet était-il susceptible d'intéresser Sir Chase ? s'était demandé la jeune fille, alarmée. Et dans ce cas, quel prétexte pouvait-elle invoquer pour ne pas s'y associer ?

La question lui parut si cruciale qu'elle ne put y tenir plus longtemps. Sans faire de bruit, elle se glissa hors du lit et enfila son peignoir de soie, décidée à faire une petite visite à Lady Dorna pour lui demander conseil. Il était primordial qu'elle eût un prétexte sous la main pour parer au danger.

Tirant la porte doucement derrière elle, elle s'engagea dans le couloir faiblement éclairé par un chandelier placé sur une console. Mais un craquement qui retentit à quelques mètres d'elle la fit hésiter. A l'autre bout du corridor, une haute silhouette en robe de chambre émergea de l'ombre et s'avança précautionneusement sur le parquet ciré.

Retenant son souffle, Caterina recula et vit l'homme coller l'oreille à une porte, avant de frapper discrètement au panneau. Puis il tourna la poignée sans attendre, visiblement certain d'être attendu, et disparut dans l'obscurité de la chambre.

Restée seule dans le couloir désert, Cat réfléchit à toute allure. La porte était celle de Lady Dorna, c'était la seule chose dont elle fût absolument sûre. Quant au visiteur nocturne, elle n'avait pu distinguer son visage, mais son identité ne faisait guère de doute pour elle. Il n'était pas difficile de deviner qui allait tenir chaud à la *veuve joyeuse* par cette fraîche nuit de printemps…

Oh, comment avait-il pu accepter les avances de Dorna, tout en lui faisant ostensiblement la cour *à elle* ? Ce méprisable individu n'était même pas capable de contrôler ses pulsions une seule nuit ! C'était là une insulte qu'elle n'était pas prête à lui pardonner, et qui confirmait ses premières impressions.

Au moins, elle avait la réponse à la question qui la tenaillait depuis sa conversation avec Sara. Non, elle n'épouserait pas Sir Chase, quoique en pensât son entourage. Elle ne pouvait tout bonnement se donner à un homme pareil !

Cette résolution prise, elle retourna se glisser dans son lit où elle passa de longues heures en proie aux tourments de l'insomnie.

Caterina n'était pas d'excellente humeur en sortant de sa chambre ce matin-là. Si elle se sentait incapable de blâmer Lady Dorna, qui ne pouvait savoir que Sir Chase l'avait demandée en mariage, elle éprouvait un amer désappointement dès qu'elle songeait à Boston. Quel horrible individu, vraiment ! Et dire que Seton avait vanté la fiabilité du personnage… Si ce mot signifiait qu'on pouvait compter sur lui pour sauter dans le lit de la première femme consentante, alors la description lui convenait parfaitement ! Lady Inchall s'était trompée après tout. La réputation de Chase Boston était bel et bien méritée…

Un instant, elle hésita à raconter à Lord Rayne la scène nocturne dont elle avait été le témoin. Mais cela n'aurait fait que créer des tensions et elle ne voulait pas gâcher leur séjour à Sevrington Hall.

Elle en était là de ses réflexions, lorsqu'elle rencontra Rayne dans le vestibule, ses lévriers sur les talons.

— Qu'en est-il de la protection que vous aviez accepté de m'accorder ? lui demanda-t-elle. Sir Chase n'a pas l'air de se douter que vous êtes mon chaperon.

Seton s'arrêta devant la porte de la salle à manger, d'où filtraient d'alléchants fumets de bacon et de saucisses grillées.

— Mais si ! Je lui ai dit que je serais votre cavalier pendant notre séjour céans et que s'il tentait de vous monopoliser, il faudrait d'abord qu'il me passe sur le corps. Peu me chaut qu'il ait ou non la bénédiction de votre père. Je n'ai aucune intention de lui faciliter les choses, vous savez.

Cat approuva de la tête, bien qu'elle n'eût pas oublié la défection de Rayne la veille au soir. Il avait suffi de la compagnie de quelques femmes promptes à l'aduler pour qu'il oublie sa promesse ! Dans ces conditions, elle ne pouvait s'attendre à ce qu'il se consacre totalement à elle pendant les quatre jours à venir. D'autant plus qu'elle ne devait pas sous-estimer la ténacité de Sir Chase…

— Merci, répondit-elle cependant. Avez-vous l'intention de vous joindre à nous pour visiter Old Sarum ?

— Old Sarum ? Que diable est-ce là ? On dirait un nom de sorcière.

— Ne soyez pas bête. C'est une vieille citadelle à deux miles d'ici. Peut-être nous arrêterons-nous aussi à Salisbury sur le chemin du retour.

Il lui ouvrit en souriant la porte de la salle à manger.

— Je viendrai certainement. Mais ne laissez pas Chase vous choisir votre monture, voulez-vous ? Mieux vaut que je m'en charge.

— Pourquoi ?

— Parce qu'il a une prédilection pour les chevaux qui font feu des quatre fers, petite innocente. C'est toujours sur ceux-là que se porte son choix.

En temps ordinaire, elle n'y aurait vu aucun inconvénient, au contraire. Mais d'humeur combative comme elle était, elle ne se sentait pas disposée à recevoir quoi que ce soit des mains de Sir Chase, fût-ce le cheval de ses rêves.

Elle avait pensé que Seton et elle seraient parmi les premiers à prendre leur petit déjeuner, mais la compagnie avait été matinale et le repas battait son plein lorsqu'ils pénétrèrent dans la pièce où régnait un joyeux brouhaha. Lady Dorna avait pris place à un bout de la table près du vicomte Sambrook, tandis que Sir Chase était assis en face d'elle, comme il était prévisible. Mais lorsqu'il fut question de l'excursion à Old Sarum, Lady Ensdale déclina l'offre de se joindre à la partie.

— A part des fossés et des pierres, il n'y a pas grand-chose à voir là-bas, assura-t-elle, un muffin croustillant à la main. En outre, l'endroit est particulièrement venteux. Je vous laisse cela, à vous autres jeunes. Pendant ce temps, nous autres, gens raisonnables, ferons une partie de croquet sur la pelouse, avant de déjeuner sur la terrasse.

Lady Dorna, peu intéressée par le projet, ne manifesta pas l'intention de se joindre aux « jeunes » de l'assemblée. Mais le beau Lord Sambrook entendait bien ne pas laisser passer cette occasion de se divertir.

— Puis-je faire partie de votre escorte, miss Chester ?

Cette proposition servait les desseins de Cat, qui se garda de le décourager, même quand il lui offrit de choisir sa monture.

Ils quittaient ensemble la salle à manger, quand Sir Chase se leva à son tour et vint se dresser entre eux.

— Excusez-moi, Sam, mais j'ai un mot à dire à mademoiselle.

Lord Sambrook ne put qu'obéir à la requête et Cat demeura face à face avec Boston. Elle scruta son visage, tâchant d'y lire les traces de la nuit mouvementée qu'il avait dû passer avec Dorna. En vain… Mais son examen n'était pas passé inaperçu de Chase. D'un geste nonchalant, il plaça une main sur le mur, lui barrant le passage.

— Eh bien, miss Chester, que cherchez-vous sur ma figure ? Des signes de repentir ?

— Je serais bien en peine de les déchiffrer, monsieur. Mais peut-être un petit sentiment de culpabilité de votre part, qui sait ?

Elle crut le voir ciller légèrement. L'avait-elle touché au défaut de la cuirasse ? Rien n'était moins sûr.

— Auriez-vous des raisons de penser…

— Pas la moindre, coupa-t-elle sèchement.

Pourquoi n'avait-elle pas tenu sa langue, au nom du ciel ?

— Veuillez m'excuser à présent, je dois aller enfiler mon amazone. Je suppose que vous allez tenir compagnie à Lady Dor…

— Il va de soi que je viens avec vous, interrompit-il.

Ne laissez pas Sambrook choisir votre monture. Il est incapable de distinguer un étalon d'un hongre.

— Je vous remercie, Sir Chase, mais ne vous souciez pas de cela. Les messieurs de mon escorte vont s'en occuper.

Et désignant le bras de son interlocuteur, qui lui bloquait toujours la porte :

— Dois-je m'acquitter d'un droit de passage ? s'enquit-elle ironiquement.

— Si nous étions dans un lieu plus intime, je ne manquerais pas d'en exiger un, répondit-il à voix basse.

Elle ne se méprit pas sur le genre de péage auquel il faisait allusion. Mais qu'avait-elle à craindre ? Ils étaient en public, Dieu merci, et lorsqu'il se fut enfin écarté, elle s'éloigna sans même le remercier. Une fois dans sa chambre, elle se reprit en main. Pourquoi son cœur battait-il ainsi la chamade, au nom du ciel ? Le genre de remarque que venait de lui adresser Sir Chase ne signifiait rien. Il en aurait dit autant à n'importe quelle femme à peu près passable. « Quant à lui, inutile de gamberger ! Il n'a pas les bras plus musclés ni la poitrine plus large que n'importe quel mâle à peu près passable », se morigéna-t-elle.

Malgré ce rappel à l'ordre, elle portait encore sa robe de mousseline blanche et contemplait rêveusement le lac, quand Sara pénétra dans la chambre quelques instants plus tard.

— Cat, que faites-vous donc, ma chérie ? Je croyais que vous étiez en train de vous changer…

Changer ? C'était précisément ce qu'elle était en train de faire, songea Caterina à part elle. Et à une déconcertante rapidité !

D'un certain côté, l'excursion se déroula conformément au plan de Caterina. Flanquée de ses deux chevaliers servants, elle put tenir Sir Chase à distance et fut soulagée de voir qu'il ne cherchait pas à s'imposer. Contrairement à ce qu'elle craignait, il ne tenta pas d'engager la conversation avec elle. La chose était d'autant plus surprenante qu'il en savait visiblement plus sur Old Sarum que tous les invités réunis

Juché sur son énorme pur-sang gris, il se tenait sur le plateau qui dominait toute la campagne alentour et donnait à ses compagnons un véritable cours d'histoire. Occupée à bavarder avec Rayne et Sambrook, Caterina regretta presque de ne pouvoir se joindre au petit groupe qui entourait le guide improvisé. Mais sa fierté la retint à l'écart. Elle n'allait sûrement pas manifester un seul instant d'intérêt à cet individu !

Au lieu de cela, elle accepta le défi de Sara et des deux jeunes Ensdale, qui lui proposaient une course autour de la forteresse. Elle gagna haut la main et voulut féliciter Lord Rayne d'avoir su aussi bien choisir sa monture. Mais celui-ci se contenta de hausser les épaules.

— Chase avait déjà fait seller ce cheval pour vous, lorsque je suis arrivé aux écuries, répondit-il avec un soupçon d'embarras. Il aurait été mesquin d'en prendre un autre. C'est un fonceur, n'est-ce pas ?

Ainsi, Boston avait tout de même réussi à lui imposer son choix ! Elle leva les yeux vers la silhouette du cavalier qui se détachait au sommet de la colline et ne put s'empêcher d'admirer son assise autant que sa tenue impeccable, depuis ses culottes bien ajustées jusqu'au chapeau de castor qui coiffait sa chevelure sombre. Parfaitement contrôlé et soumis, son étalon répondait au moindre de ses gestes. Caterina se souvint intempestivement de la grisante sensation qu'elle avait elle-même éprouvée, lorsqu'il lui avait effleuré le bras du bout de son doigt. Dieu savait qu'elle était demeurée passive et docile sous la caresse…

— Allons écouter, proposa-t-elle, cédant à la tentation. Je veux savoir pourquoi ce lieu a été abandonné après avoir été habité si longtemps.

— Trop venté, je suppose, répondit Lord Sambrook, qui accéda toutefois à son désir. Montons, si vous voulez.

Ce fut ainsi qu'elle se retrouva à la lisière du petit groupe agglutiné autour de Sir Chase et put capter quelques bribes de la conversation, qui roulait à présent sur des questions d'architecture. Force lui fut d'admettre que l'homme était beaucoup plus cultivé qu'elle n'aurait pu le penser.

Il en fut de même dans la cathédrale de Salisbury, où après avoir tenté de le fuir ostensiblement, elle finit par se rapprocher presque malgré elle du groupe de ses auditeurs. Désignant du doigt voûtes, piliers, bossages et chapiteaux, il fit preuve d'une érudition si éblouissante qu'elle s'assit sur un banc à proximité pour mieux l'entendre, sous prétexte d'étudier les vitraux de la fenêtre est. Au fond, elle se sentait prise à son propre piège. Son plan pour maintenir Chase Boston à distance avait presque trop bien marché et elle se prenait à regretter d'avoir été si bien exaucée !

Ils rentrèrent à Sevrington Hall juste à temps pour partager le déjeuner avec les autres sur la terrasse. Avec un mélange de soulagement et d'appréhension, ils constatèrent que Lord Byron était enfin arrivé en leur absence et se trouvait, bon gré mal gré, en proie aux attentions de Lady Caroline Lamb.

Mais Caterina n'était pas d'humeur à se faire présenter l'homme célèbre, plus intéressée qu'elle était par les pâtés, viandes froides, salades et gâteaux qui s'offraient à la gourmandise des convives. Sans doute découragé par la vigilante présence de Lord Rayne, Chase ne fit pas la moindre tentative pour s'asseoir près d'elle ou pour l'aider à se servir. Le cœur de Caterina n'en battit pas moins d'espoir lorsqu'une chaise se libéra à côté d'elle, mais ce fut Lady Dorna qui vint aussitôt s'y poser.

— Eh bien, Cat, avez-vous apprécié la promenade ?

S'apercevant que Chase était à portée de voix, Caterina ne tarit pas d'éloges sur l'excursion.

— Est-ce que Seton a bien joué son rôle ? lui chuchota Dorna.

— Oh, oui, assura la jeune fille, qui ne put retenir un soupir au souvenir des contraintes qu'elle s'était imposées à elle-même. J'étais parfaitement gardée.

— Hum... J'ai bien vu.

Lady Dorna lui adressa un clin d'œil espiègle.

— Il est adorable, n'est-ce pas ?

— Qui ? Seton ?

— Mais non, ma chère. Je parle de votre autre chevalier servant. Le vicomte..., chuchota l'incorrigible veuve.

Elle se tourna pour observer Sambrook, qui se penchait sur la balustrade pour héler quelqu'un en bas.

— Regardez un peu ces jambes, Cat... Superbes, n'est-ce pas ?

Si Caterina dédaigna le spectacle des jambes en question,

elle remarqua fort bien l'éloquente expression de désir qui brillait dans les yeux de sa compagne. Même un enfant ne se serait pas mépris à ce spectacle !

— Vous avez le béguin pour Sambrook ? Mais je croyais que...

— C'est plus qu'un béguin, ma chère. J'ai hâte d'être à cette nuit. C'est un amant extraordinaire, vous savez. Et quelle puissance...

Aussi inexpérimentée qu'elle fût, Cat ne put se méprendre au sens de ces paroles. Rougissant jusqu'aux oreilles, elle se garda d'explorer plus avant les secrets d'alcôve de la sulfureuse veuve. Que lui importait, à présent qu'elle savait *qui* était l'amant de Lady Dorna ? Ce n'était pas Sir Chase, contrairement à ce qu'elle avait cru voir, mais cet ennuyeux vicomte qui s'était accroché à elle toute la matinée comme une véritable patelle !

Ses yeux se tournèrent irrésistiblement vers Boston assis à quelques pas d'elle. Placé de profil, il prêtait une oreille attentive aux propos de l'une de ces charmantes ladies qui avaient exprimé tant d'intérêt pour lui, la veille au soir dans le salon. De toute évidence, la jeune personne connaissait sur le bout du doigt toutes les ressources de la coquetterie féminine : longs regards de côté, mimiques expressives, battements d'éventail dévoilant au bon moment une bouche entrouverte sur des dents aussi nacrées que deux rangées de perles... « Comment me regarderait-il, occupé comme il est par ce spectacle ? » songea la jeune fille avec dépit.

Mais elle se trompait. Comme s'il avait senti sa détresse, il tourna la tête vers elle et leurs yeux se rencontrèrent longuement. Avait-il deviné combien elle l'avait méjugé ?

Non, bien entendu. Comment aurait-il pu savoir ? Pourtant, son regard était d'une troublante éloquence. Il n'exprimait pas seulement la sympathie ou l'amusement. Il l'incitait à briser les barrières pour partager avec lui cette passion qu'elle avait vainement cherchée à vivre avec Seton. « Aventurez-vous, lâchez la bride à vos sensations, ne ménagez pas les battements de votre cœur ! » semblait-il lui dire dans son langage muet.

Puis il se retourna avec courtoisie vers son interlocutrice, laissant Caterina littéralement pantelante de désir. Lady Dorna, qui n'avait rien perdu de cet échange silencieux, se pencha à l'oreille de la jeune fille pour lui chuchoter :

— Grands dieux, ma chère Cat ! Que n'aurais-je donné pour qu'il me regarde ainsi…

Mais Caterina n'entendit pas, absorbée par les palpitations de son cœur qui battait follement dans sa poitrine. Une émotion montait lentement du tréfonds d'elle-même, si nouvelle qu'elle aurait été bien en peine de la nommer…

4.

Si les hôtes de Sevrington Hall avaient espéré que Caroline Lamb leur laisserait quelque répit après l'arrivée de Byron, ils durent vite déchanter. Maintenant que l'objet de sa dévotion était près d'elle, l'amante hystérique se mit à considérer toutes les jeunes femmes comme de possibles rivales menaçant sa position.

Au début, Cat et Sara observèrent ses crises de larmes et autres bouderies avec une certaine philosophie, tout en se demandant jusqu'où irait l'excentrique jeune femme. Mais lorsque l'agitation et les évanouissements succédèrent aux sanglots, les invités commencèrent à considérer que la coupe était pleine et à émettre des commentaires irrités.

En hôtesse attentionnée, Lady Ensdale tâcha de proposer des activités variées pour faire diversion. Mais elle trouva peu de coopération chez Lord Byron. Affable et langoureux, le poète semblait considérer les crises de Lady Caroline comme un tribut plutôt flatteur payé à sa récente notoriété. Non content de ne pas seconder les efforts de la maîtresse de maison, il mit Caterina dans l'embarras en lui manifestant un visible intérêt. De toute évidence, il préférait la tranquille compagnie du *rossignol* aux perpétuels mélodrames de Lady Lamb.

Inquiets pour Caterina, Lady Dorna, Lord Rayne et Sir Chase firent leur possible pour la protéger de ces deux amants immatures. Mais lorsque les deux hommes proposèrent à Byron de se joindre à eux pour une partie de cricket sous la terrasse, le poète refusa. De constitution délicate et boiteux de surcroît, il n'était pas sportif et ses vêtements de dandy ne se prêtaient guère à ce genre de distraction. Son charme tenait surtout à ses talents de discoureur, bien que Cat le trouvât pour sa part plutôt ennuyeux et terriblement affecté.

Heureusement, Seton et Chase ne le laissèrent pas camper sur ses positions. Empoignant Byron chacun par un bras, ils le tirèrent de son fauteuil et le portèrent littéralement sur la pelouse, sous les applaudissements de l'assistance. Bien entendu, les règles du cricket n'étaient pas son fort, et le jeu ne tarda pas à se transformer en représentation comique. Mais le spectacle de tous ces hommes séduisants, avec leurs manches relevées et leur chemise ouverte, eut du moins le mérite de calmer Lady Lamb, qui s'était jointe aux spectatrices.

La partie achevée, ces messieurs montèrent les rejoindre en souriant, exposant à leurs regards des détails d'anatomie que cachaient d'habitude leurs gilets et leurs cravates. Ereinté, Lord Rayne vint se poser dans le fauteuil voisin de celui de Cat. Jamais elle ne l'avait vu aussi séduisant qu'en cet instant, avec ses cheveux en désordre et sa pose négligée.

Ils n'échangèrent pas de mots, mais un regard suffit pour qu'ils se comprennent parfaitement. « Si vous êtes encore intéressée, je suis partant cette fois », semblait dire Seton, dont les yeux s'attardèrent avec complaisance sur la silhouette enchanteresse de sa voisine. Dieu, qu'elle était belle à présent, avec cette féminine assurance qu'elle avait acquise au fil des ans, et cette grâce de cygne dans ses moindres gestes… « Voulez-vous recommencer ? »

Mais loin de répondre à cette muette demande, Caterina détourna les yeux au moment précis où Sir Chase grimpait deux à deux les marches de la terrasse et s'avançait vers eux. Lord Rayne, qui la surveillait du regard, eut la réponse à sa question, aussi sûrement que si elle l'avait exprimée à voix haute. La rougeur qui incendiait ses pommettes, ses lèvres entrouvertes et cette furtive lueur de désir dans les yeux le renseignèrent mieux que des mots. Et bien entendu, il ne fallait pas espérer que ces signes aient échappé à l'attention de Boston. L'homme était bien trop perspicace pour cela. « Le diable l'emporte ! » songea Rayne avec dépit.

D'un geste assuré, Chase plaça une chaise entre Seton et Caterina et s'y laissa tomber avec un soupir de soulagement. Lui aussi arborait une tenue négligée, et la jeune fille ne put s'empêcher de couler un regard vers ses avant-bras nus et sa chemise à l'encolure ouverte, qui laissait entrevoir son torse puissant. Encore haletant, il acheva de se déboutonner, tout en acceptant de l'autre main le verre de cordial que lui tendait leur hôtesse. Mais l'intérêt de Cat pour sa personne ne lui avait pas échappé, non plus que sa visible complicité avec Rayne. Décidément, l'amitié qui unissait ces deux-là ne devait pas être sous-estimée !

Pour l'instant, le plus urgent restait de protéger Caterina

de la jalousie de Lady Lamb, que Byron prenait visiblement plaisir à exciter. Les deux amants immatures jouaient avec le feu, et Cat risquait fort d'en faire les frais. Devant cette constatation, Chase et Rayne firent alliance sans avoir besoin de se consulter.

— Je compte sur vous pour l'escorter dans la salle à manger, chuchota ce dernier à son ami.

Il évita de solliciter l'avis de Caterina, de crainte qu'elle ne se crût obligée de protester. Pourquoi diable persistait-elle à afficher de l'aversion pour Chase, quand elle éprouvait pour lui un si visible intérêt ? Dans ces conditions, il ne se sentait pas enclin à jouer davantage les chaperons. La protection qu'il avait promise à Cat n'était pas ce qu'elle désirait vraiment. Mieux valait qu'il s'efface pour laisser Chase assumer auprès d'elle les fonctions de cavalier.

Evidemment, il lui faudrait justifier cet abandon de poste par un prétexte quelconque. Dommage, tout de même, soupira-t-il à part lui. S'il n'avait vu de ses propres yeux l'expression de Cat au moment où Chase Boston était apparu sur la terrasse, il ne lui aurait pas cédé sa place pour un empire…

Dans leurs robes de mousseline blanche et bleue qui les enveloppaient d'un vaporeux nuage, les sœurs Chester descendirent le grand escalier, attirant sur elles tous les regards des invités. A voir Caterina si sereine, personne n'aurait pu deviner à quel point elle était à cran, après avoir été en bute tout l'après-midi à l'hostilité ouverte de Lady Caroline. Mais la matinée lui avait apporté aussi son lot d'émotions, et elle aurait eu grand besoin d'un peu de temps pour remettre ses pensées en ordre. Au lieu de cela, il lui fallut prendre sur elle pour cacher son émoi lorsque Sir Chase s'avança vers elles et leur tendit une main à chacune pour les aider à descendre les dernières marches.

Impeccablement vêtu et d'une contenance impassible, il n'avait plus rien de commun avec le sportif en tenue négligée qui se tenait une heure plus tôt sur la terrasse. Caterina le trouva beaucoup trop séduisant pour sa propre tranquillité d'esprit. Feignant de ne pas remarquer le malaise de sa cavalière, Chase confia Sara à Constantin Ensdale et lui adressa un sourire ravageur.

— C'est donc le grand soir, à ce que j'ai cru comprendre ? commença-t-il, faisant allusion au récital de chant. J'espère que vous n'êtes pas trop nerveuse, miss Chester.

Avant de répondre, elle ne put s'empêcher de glisser un bref coup d'œil à Caroline Lamb. La belle créature se pavanait au bras de Byron, et semblait défier quiconque d'oser s'approcher de son poète.

— J'étais presque décidée à changer mon programme à cause d'elle, déclara-t-elle enfin. La chère dame est si inflammable ! Mais en fin de compte, je n'en ferai rien. Il faudra seulement prévoir des pompiers bénévoles, pour le cas où elle s'embraserait en écoutant mes chansons d'amour. Je ne saurais être tenue pour responsable de ses réactions.

Elle évita de préciser que la présence de Sir Chase n'était pas faite pour lui calmer les nerfs. Et ce long dîner qu'il allait falloir endurer… En principe, elle ne mangeait guère avant ses tours de chant. Mais supporter le voisinage de Boston durant tout le dîner n'allait certainement pas améliorer son appétit. Et dire que d'habitude elle ne savait même pas ce que c'était que le trac !

— En ce cas, je vais m'occuper de trouver un seau et le faire remplir d'eau glacée, répondit Chase, pince-sans-rire. Vous pouvez compter sur ma coopération. Généralement, je passe pour bien viser, bien que je n'aie jamais arrosé une femme jusqu'à présent.

Et reprenant son sérieux :

— Avez-vous vu les musiciens ?

Les beaux sourcils délicatement arqués se froncèrent.

— Pas encore. Il paraît qu'ils ne sont pas arrivés. J'aurais pourtant aimé parler au chef d'orchestre. Je ne sais même pas s'ils ont prévu d'amener un pianiste et Sara se demande si…

Elle s'interrompit, confuse.

— J'ai l'air de faire toute une histoire, soupira-t-elle. Lady Ensdale a été plus que gentille, mais en ce qui concerne l'organisation du concert…

Elle compléta sa phrase d'un geste navré.

— Où sont vos partitions ?

— Nous les avons transportées dans la salle de musique avec la harpe.

— Nous devrions aller voir, proposa-t-il en lui offrant le bras. En plus d'être un pompier émérite, je suis un instrumentiste passable, et si le pianiste vous fait faux bond, je peux toujours le remplacer au pied levé.

Bien entendu, elle ne prit pas un seul instant cette déclaration au sérieux, certaine qu'il plaisantait. Mais lorsqu'il prit place devant le beau pianoforte de la salle de musique et commença à laisser courir ses longs doigts sur le clavier, elle comprit qu'il ne s'était pas vanté. Son toucher léger et sûr pouvait rivaliser avec celui du meilleur accompagnateur et pour la première fois, elle se détendit au point d'afficher un radieux sourire. Ravie, elle exécuta quelques vocalises, avec autant de confiance que si elle avait chanté avec le Signor Cantoni en personne.

Ils s'interrompirent en entendant sonner le gong annonçant le dîner.

— Je ne mets plus du tout en doute vos capacités de pompier, Sir Chase. Si elles égalent votre talent de pianiste, me voilà tout à fait rassurée.

Boston referma le couvercle de l'instrument et rassembla les partitions.

— Vous sentez-vous un peu moins nerveuse à présent ? Si les musiciens sont pris dans une tempête de neige, miss Sara et moi saurons nous débrouiller sans eux.

— C'est peu probable en mai, mais je vous remercie tout de même. A présent, je ne crains même pas Lady Caroline Lamb !

— Ni Lady Dorna et le vicomte Sambrook ? interrogea-t-il avec un sourire éloquent.

Ils se dirigeaient déjà vers la salle à manger, mais Caterina s'arrêta brusquement. Seigneur, voilà qu'il avait deviné les raisons de la froideur qu'elle lui avait manifestée la veille ! Comment était-ce possible ? Mais le moment n'était guère propice aux explications.

— Et si nous faisions une trêve ? proposa-t-elle. Ne pensez-vous pas que ce serait plus sage ? Je ne veux vraiment pas… euh…

— Ma chère miss Chester, je n'ai jamais été contre les trêves. A vous d'en fixer la durée…

— Eh, bien… disons la soirée ?

— D'accord pour ce soir, acquiesça-t-il.

Il s'empara de sa main et déposa un baiser sur le bout de ses doigts. Puis il leva vers elle ses yeux bruns pailletés de vert, qui semblaient lire aussi aisément en elle que sur une partition.

— Entrons-nous dans l'arène à présent ? proposa-t-il en lui pressant la main.

Caterina hocha la tête, perplexe. Combien de facettes lui dissimulait encore cet homme énigmatique ? Entre l'audacieux conducteur de curricle, l'homme de salon, le sportif rieur, l'historien brillant et à présent le talentueux musicien, elle ne savait plus quel aspect de lui elle devait prendre en considération.

En comparaison, elle se sentait elle-même bien pauvre. Pourquoi Sir Chase semblait-il si désireux d'apprendre à la connaître ? Etait-ce pour prouver à Lord Rayne qu'il était encore capable de lui souffler une conquête ? Mais non, ce ne pouvait être cela, puisqu'il ignorait tout de sa relation avec Seton quand il avait demandé sa main. En outre, son père n'avait pas dû manquer de lui confier les réticences de son aînée à l'égard du mariage. N'avait-elle pas elle-même renchéri en ne lui cachant pas son aversion pour toute forme d'union conventionnelle ?

Décidément, l'attitude de Boston lui demeurait incompréhensible.

*
* *

Caterina eut tout le temps d'observer Chase pendant les deux heures interminables que dura le repas. Force lui fut de reconnaître que Boston ne manquait pas de sollicitude à son égard. Conscient de son manque d'appétit, il déploya tous ses efforts pour la tenter en disposant devant elle les morceaux les plus fins. Mais avec une indéniable délicatesse, il ne se permit pas le moindre commentaire quand il la vit chipoter la nourriture, ou dédaigner le vin pour avaler quelques gorgées d'eau.

L'autre voisin de la jeune fille était Titus Ensdale, jeune dandy aux manières parfaites, dont le visage de chérubin encadré de frisettes blondes était soutenu par une cravate à la hauteur extravagante. Impressionné de se trouver placé près de miss Chester et du fameux Chase Boston, il ne faisait guère plus d'honneur au repas que Caterina.

Mais une question lui brûlait les lèvres. Il finit par oser la formuler en se penchant en avant d'un geste raide, son carcan lui interdisant de tourner la tête.

— Cela vous ennuierait-il de me montrer comment vous faites votre nœud de cravate, Sir Chase ? Est-ce la Cascade, ou le Torrent ? A vue de nez, je dirais presque que c'est un mélange des deux. Le grand style !

Sir Chase salua le compliment d'un sourire.

— Vous avez deviné juste, Titus. C'est un peu l'un et l'autre. Mon valet a un jour confondu les deux et a trouvé le résultat heureux, aussi a-t-il continué. Si vous venez dans mon appartement demain avant le petit déjeuner, vous pourrez voir comment il s'y prend.

— Oh, merci ! Ce serait essentiel... plus que cela, capital !

Au dessert, on vint avertir Caterina que l'orchestre était enfin arrivé, avec plusieurs heures de retard. Un incendie ayant bloqué la route à huit miles de là, les attelages avaient dû faire un détour par de mauvaises routes de campagne, où les voyageurs avaient été fort cahotés. Ce n'était pas là la préparation idéale pour une représentation musicale, songea la jeune fille non sans inquiétude. Elle s'alarma aussi de voir le vieux pianiste accepter de leur hôte plusieurs verres de punch chaud, sous le prétexte de se réchauffer les doigts.

Ses craintes ne tardèrent malheureusement pas à se révéler fondées. La moitié seulement des musiciens étaient présents pour l'ouverture. Leur exécution de la *Petite Musique de nuit* de Mozart, qui suivit le premier morceau, révéla quelques faiblesses chez les violonistes, mais le solo de Sara à la harpe rassura l'assistance, qui apprécia son délicat toucher.

Caterina et Chase ne partageaient malheureusement pas cet optimisme et ils échangèrent un regard navré, lorsqu'il devint évident que le pianiste, trop bien *réchauffé* par l'alcool, ne parvenait pas à faire travailler son cerveau et ses mains en harmonie. Maladroit à tourner les pages, il finit par faire tomber l'un des feuillets de sa partition, et le replaça au petit bonheur dans le paquet. Puis il observa une pause pour se moucher bruyamment, tandis que la jeune fille attendait pour chanter sa première aria. Mais lorsque le pianiste voulut attaquer le morceau et rata une première note, elle s'arrêta de nouveau, certaine de ce qui allait se passer.

La réaction en effet ne se fit pas attendre. Se levant d'un bond, Sir Chase se dirigea résolument vers l'estrade, avec une détermination qui dissuada l'instrumentiste de s'obstiner une seconde de plus. Effrayé, il quitta son tabouret en trébuchant, quelques secondes avant que Boston ne prenne sa place sous les yeux de l'assistance médusée. Et avant que quiconque n'ait eu le temps de réagir, les premières notes crépitaient déjà sous ses doigts dans une cascade éblouissante, tandis qu'il adressait à Caterina un sourire complice.

Rompue aux aléas de la scène, elle se remit vite de sa surprise et put enfin se donner tout entière à la musique, régalant l'auditoire d'un délicieux chant de Mozart, *L'Amour est un petit voleur*. Envoûtés par les aigus de la cantatrice et le jeu parfait de son accompagnateur, les spectateurs applaudirent à tout rompre lorsque les dernières notes eurent résonné sous le plafond blanc et or de la salle.

Soulagés et souriants, les deux jeunes gens joignirent les mains et s'inclinèrent en guise de remerciement, sous les ovations du public.

— Bis, bis !

Obéissant à l'injonction, ils exécutèrent le morceau derechef avec un égal succès. Puis Caterina chanta de nouveau, accompagnée cette fois par l'orchestre et par Sara. Mais ce fut le chant qu'elle avait interprété avec Sir Chase qui remporta tous les suffrages. On en parlait encore après la représentation, quand tout le monde se trouva réuni dans le salon, musiciens et invités confondus. Lord Rayne fut le premier à venir féliciter les deux jeunes gens. Lord Byron le suivit de près, mais les louanges qu'il adressa à Caterina ne furent pas du goût de Lady Caroline, qui les trouva inutilement dithyrambiques. Non contente de le penser, elle le déclara à voix suffisamment haute pour être entendue de tous.

Cette déclaration n'était qu'un préambule, et la belle créature semblait toute prête à lui donner une suite. Mais la réaction de Sir Chase surprit tout le monde par sa rapidité.

Empoignant Caterina par le coude, il l'entraîna vers la porte-fenêtre qui donnait sur la terrasse et la poussa dehors sans autre forme de procès. L'assemblée se tut brusquement, et ce fut dans un silence total que Lady Caroline continua à déverser son venin. Cat entendit deux ou trois voix tenter timidement de la calmer, en vain. Bien que la jeune fille fût trop loin pour capter le sens de ses paroles, la diatribe de Lady Lamb acheva de la déstabiliser.

— Que se passe-t-il avec cette femme, bonté divine ? Elle a complètement perdu l'esprit !

Importunée par la voix criarde de Lady Caroline, dont elle entendait les échos dans son dos, elle descendit en hâte l'escalier de pierre qui menait au jardin.

— Ne me suivez pas ! intima-t-elle par-dessus son épaule. J'ai besoin de me retrouver seule un instant.

Sa voix vacilla légèrement tandis qu'elle ajoutait sur le ton de la prière :

— S'il vous plaît… Laissez-moi !

Elle accéléra le pas, mais le claquement déterminé d'une paire de bottes derrière elle lui apprit que sa requête avait été délibérément ignorée. Avisant la porte entrouverte du jardin d'herbes, elle se glissa par l'ouverture, déterminée à refermer le vantail derrière elle. Mais un pied vint se placer dans l'entrebâillement avant qu'elle n'ait eu le temps de mettre ce projet à exécution.

— Arrière ! cria-t-elle sauvagement.

Décidée à échapper à son poursuivant, elle se mit à courir entre les buissons de romarin et de sauge qui bordaient l'allée gravillonnée. Trébuchant dans la pénombre sur les touffes de fenouil et de persil, elle s'engouffra dans le potager, espérant y trouver enfin la solitude dont elle avait désespérément besoin. Mais le lieu lui parut trop peu accueillant pour qu'elle s'y attardât et elle continua sa course éperdue, jusqu'au moment où elle se heurta au portail du verger. Elle voulut tirer le lourd verrou de fer, mais celui-ci résista obstinément à ses efforts.

— Oh, non..., s'écria-t-elle, en sentant une large main se poser sur son poignet.

Ainsi acculée, elle se retourna pour lui faire face, le visage bouleversé de colère impuissante. Au nom du ciel, ne pouvait-il la laisser en paix ? Elle avait besoin d'être seule, comment pouvait-il ne pas le comprendre ?

Le dos pressé contre le portail, elle tenta des efforts désespérés pour lui retirer sa main, tout en lui martelant la poitrine de son autre poing fermé.

Mais il eut tôt fait de la maîtriser, tandis qu'elle suppliait encore, d'une voix de moins en moins convaincue :

— Je vous en prie... Laissez-moi tranquille.

Ignorant délibérément ces paroles, il resserra son étreinte autour de ses mains, entrelaçant ses doigts aux siens. Elle sentait la pression de ses cuisses musclées qui la plaquaient contre le portail et une troublante sensation d'intimité s'empara d'elle à ce contact. Mue par une irrésistible impulsion, elle posa les lèvres sur les mains qui maintenaient les siennes et en explora chaque parcelle, goûtant à leur troublante saveur masculine.

Puis elle ne sentit plus rien que la bouche de son compagnon qui s'était emparée de la sienne. Enthousiasmé par la réponse immédiate de Caterina, dont le corps s'abandonnait dans ses bras, Chase laissa libre cours à sa propre sensualité.

Guidant les gestes de la novice avec une dextérité nourrie par une longue expérience, il enchaîna baiser sur baiser, lui laissant à peine le temps de retrouver son souffle. Puis il referma la main sur son épaule et sentit la douce chaleur de sa peau pénétrer sa paume à travers l'étoffe de la manche. Malgré l'urgence de son désir, il n'oubliait pas qu'il avait affaire à une innocente et fit appel à tout son self-contrôle pour ne pas s'aventurer en terrain interdit.

Combien de temps restèrent-ils ainsi à s'embrasser, saisis d'une faim que rien ne semblait devoir assouvir ? Ils ne le surent jamais. Mais lorsque la main de Chase se posa sur les seins de la jeune fille, insidieuse et caressante, elle parut s'éveiller brusquement d'un rêve. La tempête de sensations qui déferla en elle à ce contact lui redonna conscience du danger.

Dans le tréfonds d'elle-même, la voix de la passion l'incitait à céder à l'ancestral appel du désir. Pourquoi ne pas se fondre en lui… ici même… tout de suite, puisque tout son corps semblait s'ouvrir de lui-même à la conquérante approche de Chase ?

Effrayée par sa propre faiblesse, elle eut un sursaut et repoussa sa main. Puis elle se glissa hors de son étreinte, le corps tremblant et inassouvi, mais consciente à présent du danger. Oh, Dieu, qu'avait-elle été sur le point de faire, et avec un homme pareil ? Pour lui, évidemment, ce genre d'aventure était monnaie courante. Qu'était-elle pour lui sinon une femme comme les autres, facile à prendre et à laisser, au gré de ses caprices et de son bon plaisir ?

Elle voulut s'éloigner, mais il la rejoignit en deux enjambées et lui saisit le poignet.

— Non, ne vous sauvez pas ! Vous ne pouvez passer votre temps à fuir, Caterina.

Elle sentait son haleine tiède sur sa nuque et comprit qu'elle était à deux doigts de changer d'avis. Eperdue, elle porta une main tremblante à ses lèvres.

— Je… je dois y aller. Je ne voulais pas ce qui vient d'arriver, Dieu m'est témoin…

— Vous peut-être. Mais votre corps n'est pas du même avis. Quand vous chantez, vous êtes attentive à lui, n'est-ce pas ? Alors pourquoi pas le reste du temps ?

Il parlait d'une voix profonde, encore vibrante de passion et de désir… Elle se raidit à grand-peine.

— Je suis surprise de vous entendre dire cela, Sir Chase, alors que mon père et vous avez si cavalièrement décidé de passer outre à ce que mon corps peut me dire. Comme la plupart des femmes, je ne suis pas sourde à ses besoins. Mais les hommes adorent avoir le dernier mot, n'est-ce pas ?

— En ce cas, écoutez celui que j'ai à vous dire…

— Inutile ! De toute évidence, vous pensez que…

— Vous ne pouvez pas savoir ce que je pense.

— Oh, si ! Vous vous imaginez que j'ai déjà fait cette sorte de choses, et que… que je suis…

— Je ne pense rien de tel. Me croyez-vous si peu expérimenté que je puisse me méprendre ?

Le poignet encore prisonnier de son étreinte, elle posa son bras libre sur le sommet du portail et y appuya son front.

— Je ne sais plus que croire…, avoua-t-elle dans un murmure. Tout ce que je sais c'est que… je suis allée trop loin. Tout cela ne serait pas arrivé si…

« Si Lord Rayne et Lady Dorna étaient restés à leur poste comme ils l'avaient promis », compléta-t-elle avec un soupçon de rancœur. Mais elle se reprit vite. Non, elle était injuste ! Elle n'était pas une petite fille pour qu'on veille ainsi sur elle en permanence.

— C'est arrivé parce que vous aviez envie de moi, Caterina. Il est inutile de vous voiler la face. Auriez-vous fait cela avec un autre homme ?

— Non, admit-elle.

Elle s'attendait à le voir triompher, mais Dieu merci, il ne montra rien de sa satisfaction. Silencieuse, elle laissa se dissiper l'écho de ses paroles. Lorsqu'elle releva enfin la tête, le ciel avait viré à l'indigo et un mince croissant de lune brillait au-dessus des arbres.

— Regardez comme c'est beau ! chuchota-t-il.

Il y avait à présent une note d'allégresse dans sa voix et elle ne protesta pas lorsqu'il lui reprit la main. L'espace de quelques instants, ils demeurèrent immobiles l'un près de l'autre, sans proférer une parole. Ce qui les réunissait ainsi semblait encore trop fragile et trop nouveau pour être discuté.

— Nous devrions retourner dans le salon, suggéra-t-elle enfin à mi-voix. Je ne voudrais pas qu'ils aillent penser…

Elle n'acheva pas, embarrassée.

— Nous sommes allés prendre l'air, voilà tout, répondit-il en haussant les épaules. Il n'y a aucun mal à cela.

Et avec un léger sourire :

— Voulez-vous que j'arrange vos cheveux avant que nous ne rentrions ? J'ai déjà eu cet honneur lorsque nous nous sommes promenés à Richmond en curricle, vous vous souvenez ?

Comment aurait-elle pu oublier ?

D'un geste expert, il rajusta les frisons qui s'étaient échappés de sa coiffure. Et dire qu'elle avait tout récemment imaginé cette scène ! songea-t-elle en savourant la caresse. Jamais elle n'aurait pu imaginer que ses rêves deviendraient si vite réalité…

— Sir Chase, ce qui vient de se passer était… euh…

— Désagréable ?

— Je ne dis pas cela. Mais ce n'était pas intentionnel de ma part.

Ignorant la remarque, il acheva de lisser ses boucles et lui releva le menton du bout de l'index.

— Là, voilà qui est mieux. Personne n'ira imaginer quoi que ce soit à présent. Prête ?

— Oui, merci. N'avez-vous pas entendu ce que je viens de dire ?

— Bien sûr que si. Je sais parfaitement que c'est arrivé malgré vous. Mais ce n'est guère le moment d'en parler. Nous trouverons une occasion plus propice.

S'emparant de nouveau de sa main, il la guida en silence vers le corps de logis. Mais au lieu de la faire entrer directement dans le salon brillamment illuminé, il ouvrit une porte vitrée qui donnait accès à la bibliothèque.

— Nous nous ferons moins remarquer ainsi, assura-t-il en s'effaçant pour la laisser passer.

Clignant des yeux, la jeune fille promena un regard intéressé autour d'elle. Le candélabre posé sur le bureau éclairait toutes sortes d'instruments scientifiques disposés sur les étagères à côté des livres reliés de cuir : horloges de précision, télescopes, et nombre d'objets dont elle ignorait même le nom. Heureuse de pouvoir se donner une contenance, Caterina s'attarda dans la pièce, où elle avisa la boîte en acajou qu'elle avait remarquée le premier soir dans le salon.

— Le *trucmètre* de Lord Ensdale ! fit-elle en se penchant vers le coffret. Lady Ensdale prétend que vous vous y connaissez en instruments de marine. Comment appelez-vous celui-ci ?

Chase souleva le couvercle.

— C'est un chronomètre de marine, expliqua-t-il. Il indique l'heure sur son cadran, et il aide aussi les navigateurs à déterminer leur position en mer d'après la longitude.

— Ainsi, vous vous y connaissez vraiment…

— Un peu seulement.

— Pourquoi oscille-t-il d'avant en arrière ? s'informa-t-elle en voyant le doigt de Chase imprimer à l'objet un mouvement de bascule.

— C'est pour contrer le roulis du navire. L'instrument peut ainsi rester de niveau. La monture en laiton que vous voyez là s'appelle un cardan. C'est le système qu'on utilise aussi pour fixer les lanternes d'un navire, afin que l'huile ne se renverse pas quand le vaisseau donne de la gîte.

— Avez-vous déjà voyagé en bateau ?

— Quand on va à l'étranger, on est appelé à traverser la mer à un moment ou à un autre.

Il ne put retenir un sourire, qui rappela à Caterina le goût de ses lèvres. Debout face à face et absorbés dans leur dialogue, ils n'entendirent pas la porte s'ouvrir derrière eux. Mais voyant la flamme des bougies s'incliner sous le courant d'air, ils se retournèrent et découvrirent Lord Rayne debout sur le seuil.

— Eh bien, Chase ? fit celui-ci en pénétrant dans la pièce, visiblement étonné de les voir en grande discussion devant un chronomètre. Est-ce une conférence de la Société Royale ? En ce cas, je demande à écouter aussi.

Toujours sur ses talons, ses deux lévriers se glissèrent par la porte entrebâillée et vinrent s'allonger sur le tapis.

Caterina le regarda, haussant les sourcils.

— La Société Royale ? Et puis quoi encore ? Cessez donc de taquiner !

— Mais je suis sérieux. Ne vous en a-t-il pas parlé ?

Il fit tourner un globe terrestre sur son support et pointa le doigt sur l'Angleterre.

— Assez, Seton ! intima Chase, qui replaça le chronomètre dans sa boîte.

— Pourquoi cacher à miss Chester toute l'étendue de vos capacités, Chase ? Du reste, votre appartenance à la Société Royale n'est pas un secret, que je sache. J'aurais été moi-même très honoré d'en faire partie.

Et devant l'étonnement de Caterina :

— Lord Ensdale et lui assistent ensemble aux réunions. Ce sont des experts en sciences…

— Assez ! interrompit Chase. Si miss Chester souhaite en savoir davantage sur moi, elle me questionnera elle-même. Inutile de lui déverser des informations qu'elle n'a pas demandées.

— Toutes mes excuses. Je pensais qu'elle aimerait savoir.

— J'aimerais beaucoup, en effet, intervint tranquillement Caterina.

Passant entre les deux hommes, elle se dirigea vers la porte. Rayne se précipita pour la lui ouvrir, ce qui permit à la jeune fille de lui lancer au passage avec un brin d'aigreur :

— Merci d'avoir été là quand j'avais besoin de vous !

Et comme il ouvrait la bouche pour se justifier :

— Non, ne me répondez pas. Cela n'a plus d'importance à présent.

Le vantail de chêne se referma derrière elle avec un claquement sec. Rayne alla s'appuyer contre une étagère et regarda Boston refermer la boîte d'acajou.

— De fait, où étiez-vous ? s'enquit Chase en levant les yeux vers lui.

— A l'écart, afin de ne pas vous gêner. C'était le moment de me faire discret, à ce que j'ai cru comprendre ?

— C'est exact. Merci beaucoup.

— Ma présence vous a-t-elle manqué ?

— A aucun moment.

Rayne fronça les sourcils.

— Je ne serai pas toujours aussi obligeant, prévint-il. Moi aussi, j'ai un faible pour elle.

— Puisque vous le dites, je suppose que je dois vous croire. Et je suis également persuadé qu'elle s'accrochera désespérément à sa maudite liberté jusqu'aux limites du possible. Je la crois capable de tout, même de prendre la poudre d'escampette. Ce n'est pas votre avis ?

— Vous commencez à bien la connaître, murmura Seton.

— Voulez-vous dire que ce ne serait pas sa première tentative ? interrogea Chase, inquiet d'avoir si bien deviné.

— De fugue ? Eh bien, c'est arrivé une fois. Nick et moi l'avons retrouvée, Dieu merci. S'il vous plaît, ne m'en demandez pas davantage à ce sujet. Cette histoire appartient aux neiges d'antan...

— Je vois... Mais si la chose devait se reproduire, où irait-elle se réfugier, à votre avis ?

— Elle aurait le choix entre pas mal d'endroits. Je dirais pourtant...

Lord Rayne décroisa les bras et alla se poser dans le fauteuil pivotant de Lord Ensdale.

— Pourtant ? insista Chase.

— Je dois me rendre à Brighton mercredi pour visiter les écuries du Prince. Nick voudrait que je lui fasse un rapport. Si je lui glisse l'information mine de rien, miss Chester demandera peut-être à m'accompagner. En fait, je peux m'arranger pour qu'elle le fasse...

— Excellent. Mais où logera-t-elle ? Pas avec vous, j'espère ?

Une note d'inquiétude vibrait dans sa voix. Lord Rayne eut un sourire.

— Non, Chase, pas avec moi. Elle pourra habiter notre maison de la Steyne, et j'irai loger au Pavillon…

Mais son ami n'était pas entièrement rassuré.

— Il ne faudrait pas que cela ressemble à une escapade amoureuse, Sete… Je n'aimerais pas du tout cela.

Lord Rayne étendit ses longues jambes devant lui et leva les yeux au ciel.

— Cela n'aura rien d'un enlèvement, si c'est ce que vous craignez. Ne vous mettez pas martel en tête à ce propos. Elle n'a pas encore dit qu'elle viendrait. De toute façon, ce n'est pas moi qu'elle veut, mais vous.

Il émit un soupir.

— Du reste, j'aime encore mieux que ce soit vous plutôt que n'importe quel freluquet…

— Merci. J'aimerais tout de même en être aussi sûr que vous.

— Oh, vous pouvez me croire ! Je la connais depuis plus longtemps que vous. Mais que diable regardez-vous là ?

Chase venait d'aviser sur le bureau un médaillon serti d'or, qu'il prit dans la paume de sa main. Assez petit pour servir de bouton à un habit, l'objet était en jaspe blanc et portait en relief la silhouette d'un homme noir agenouillé dans une attitude de supplication, les chevilles et les poignets enchaînés.

— Vous n'en aviez jamais vu ? demanda-t-il à Rayne, en approchant le badge de la lumière.

— Non. Qu'est-ce qui est écrit autour ?

— « Ne suis-je pas un être humain et un frère ? »

— Oh, c'est donc le médaillon de Wedgwood… Je me demandais quand j'aurais l'occasion d'en voir un.

— C'est celui de Lord Ensdale, expliqua Chase. Mais j'en possède un moi aussi.

— Et bien entendu, notre charmante Caterina ignore que vous êtes membre de la Société pour l'Emancipation des Esclaves ?

— Que voulez-vous ? Elle s'est fait un point d'honneur de ne jamais poser la moindre question qui pourrait trahir ne serait-ce qu'un soupçon d'intérêt pour ma personne. Elle préfère s'en tenir à ma réputation, cela alimente sa rancœur. Et je ne veux pas la priver de tous ses arguments… du moins pas encore.

— En ce cas, laissez-moi lui jeter ici et là quelques informations en pâture, comme je viens de le faire. Vous pourrez toujours faire mine de protester. Elle n'en sera que plus impressionnée par votre modestie innée.

Mais Chase secoua la tête.

— Ma modestie innée, comme vous dites, n'a pas besoin de ces subterfuges. Chantez plutôt vos propres louanges, si vous y tenez.

Après avoir replacé le médaillon sur le bureau, il sortit de sa poche une boîte à tabac en nacre et argent, et offrit une prise à Lord Rayne.

— Merci, fit Rayne en se servant.

Chase observa un instant les gestes de son ami avant de demander :

— Pourquoi vous montrez-vous tout à coup aussi coopératif, Sete ? Si je ne vous connaissais pas aussi bien, je penserais qu'il y a anguille sous roche.

Lord Rayne aspira une pincée de tabac, puis s'éclaircit la gorge avec une légère grimace.

— Si je voulais, je pourrais être pour vous un rival, répondit-il enfin. Mais cela ne ferait que perturber Cat, et je ne veux pas cela. Je vous ai dit que j'avais un faible pour elle. En fait, je veux sincèrement son bonheur. Si je lui sers en ce moment de chaperon, c'est parce qu'elle me l'a demandé. C'est peut-être aussi pour cette raison qu'elle viendra à Brighton avec moi. Et puis, voulez-vous savoir le fond de ma pensée ? J'ai hâte de vous savoir marié, mon vieux. Une fois que vous aurez la corde au cou, vous ne marcherez plus sur mes brisées. Je pourrai me chercher tranquillement une femme sans crainte de vous voir débarquer et la séduire en deux temps trois mouvements !

Sir Chase rejeta la tête en arrière et partit d'un sonore éclat de rire.

— Vous vous sous-estimez, assura-t-il. Vous pouvez avoir n'importe quelle femme, pour peu que vous vous en donniez la peine, et vous le savez fort bien.

Lord Rayne bâilla et se passa la main dans les cheveux.

— C'est vrai qu'elles font la queue à ma porte, plaisanta-t-il. Une vraie galère ! Au fait, j'attends quelque chose pour prix de ma coopération... C'est que vous m'appreniez comment vous faites votre nœud de cravate. Quel chic !

Chase poussa un soupir exagéré.

— Vous demandez beaucoup, Sete. Passez dans mon cabinet de toilette demain matin et mon valet vous fera une démonstration. Si nous rejoignions les autres à présent ?

Tous deux quittèrent la pièce, songeurs. Si Lord Rayne songeait à Cat et à l'émoi visible auquel elle était en proie en quittant le bureau, Chase, lui, avait un autre sujet de réflexion à moudre. Sa conversation avec Caterina lui avait remis à la mémoire un grand tableau qu'il avait vu accroché quelques jours plus tôt dans le bureau de Stephen Chester. La peinture représentait un navire marchand quittant le port de Liverpool. Avec quatre trous de ventilation dans la coque...

Force était à Caterina de reconnaître que la trêve conclue avec Chase avait eu le mérite de faire évoluer la situation. Mais c'était lui qui en avait tiré le plus d'avantages, en fin de compte. Pour sa part, elle en était à ne plus trop savoir comment se tirer du piège où elle s'était elle-même jetée. Certes, elle avait à deux reprises rompu des fiançailles avec des prétendants qui ne lui convenaient pas. Mais cette fois, elle avait laissé prendre à un homme des privautés sur lesquelles elle ne pouvait revenir sans se mettre elle-même dans l'embarras.

Quant à l'aspect émotionnel du problème, il n'était pas le moindre. Le souvenir des instants vécus avec Chase au fond du jardin ne cessait de la hanter. Quelque chose en elle avait répondu à ses caresses avec une violence qui la laissait pantoise. Elle pouvait regretter ces moments d'abandon. Mais comment les oublier, quand elle frémissait encore à leur seule évocation ?

Malgré tout, les deux derniers jours à Sevrington Hall

s'écoulèrent sans incident, en partie grâce au départ de Lord Byron et de Lady Caroline Lamb, qui avaient fini par renoncer à mettre la patience de leurs hôtes plus longtemps à l'épreuve. Nul en tout cas ne se plaignit de leur décision. Heureuse d'être délivrée des scènes hystériques de Lady Lamb, Cat ne s'en cramponna pas moins à Seton. Lord Rayne représentait sa seule chance de garder le contrôle sur une situation on ne peut plus délicate. Dieu merci, il se prêta au jeu de bonne grâce, comme s'il avait compris la gravité de l'enjeu.

Le dimanche fut une journée de détente que les invités consacrèrent à diverses activités champêtres comme la marche, le canotage sur l'étang et la pêche, ainsi qu'un délicieux pique-nique sur l'herbe. Le lundi, ils partirent tous en promenade à Wilton House, où Lord Rayne et Sir Chase leur firent une éblouissante démonstration d'exercices équestres qui laissa le propriétaire du lieu, Lord Pembroke, littéralement confondu d'admiration. Pour Caterina, c'était encore une autre facette de Chase qu'elle découvrait là. Elle en venait à se demander s'il y avait des limites à ses multiples talents !

En faisant allusion à table aux relations d'amitié qu'entretenait Boston avec le prince-régent, Rayne éclaira un nouvel aspect de la personnalité de son ami. Chase eut beau s'en tirer par des pirouettes verbales et des plaisanteries, Caterina savait à présent qu'il était loin d'être le viveur superficiel qu'elle avait d'abord voulu voir en lui. En fait, il était tout sauf cela, dut-elle admettre à part elle.

L'attitude de Chase à son égard n'était pas non plus sans la déconcerter quelque peu. Depuis l'épisode du jardin, il n'avait pas tenté une seule fois de se retrouver seul avec elle et ne recherchait même pas sa compagnie. En réaction, elle se montra courtoise mais lointaine avec lui, comme perdue dans ses pensées. Ce qui ne l'empêchait pas d'être à chaque instant consciente de la présence de Chase, de ses propos, et surtout des personnes à qui il accordait son attention…

Mais bien évidemment, elle ne pouvait lui en vouloir de son indifférence. La seule chose qu'elle eût à lui reprocher, c'était d'avoir mis sur le dos de son père une dette monstrueuse et de s'être servi d'elle comme d'un objet de marchandage.

Mais c'était là un grief de taille sur lequel elle n'était pas prête à passer l'éponge. Sans compter que le monsieur était un notable don juan dont on ne comptait plus les conquêtes !

Comment, dans ces conditions, accepter un pareil homme pour époux ?

Après le dîner, Lady Ensdale prit Caterina à part pour lui présenter une requête.

— Croyez-vous que votre père verrait le moindre inconvénient à nous laisser Sara un peu plus longtemps ? En tant que chaperon de votre sœur, vous êtes cordialement invitée à rester aussi. Voyez-vous, Constantin et Sara sont devenus si bons amis ! Il serait bien dommage qu'on ne leur laisse pas quelques jours de plus pour apprendre à se connaître un peu mieux.

Caterina sentit son cœur se serrer à ces mots. Ce que son père allait dire ? Elle ne le savait que trop ! Il objecterait que de toute façon, il ne servait à rien que le jeune

Ensdale fît la cour à Sara tant que son aînée n'était pas casée... Mais elle se garda d'en faire part à son hôtesse. Déclinant l'invitation pour elle-même, elle répondit ce que Sara, la veille au soir, l'avait priée de dire :

— Mais bien sûr, milady. Ma sœur sera ravie et je suis sûre que mon père n'y verra pas d'inconvénient.

Satisfaite, Lady Ensdale alla rejoindre les autres invités. Sir Chase, qui avait attendu la fin de leur aparté, offrit son bras à Caterina et l'entraîna sur la terrasse, où se tenaient d'autres couples occupés à bavarder.

— Si j'osais, je vous offrirais de rentrer avec moi demain dans ma voiture. Mais il n'y a pas la moindre chance que vous acceptiez, n'est-ce pas ?

— Non, Sir Chase, pas la moindre, répondit-elle fermement.

— Vous voilà donc décidée à me tenir de nouveau à distance ?

Elle se tut, songeuse. Elle en avait appris beaucoup sur lui ces derniers jours et savait à présent qu'il n'avait rien d'une tête légère, contrairement à ce qu'elle avait d'abord cru. C'était un homme intelligent, cultivé, doté de multiples talents, et si elle en croyait le troublant épisode du samedi soir, il devait être en outre un amant hors pair. Dieu savait qu'il avait assez de pratique pour cela ! Mais surtout, il semblait avoir compris qu'elle était parfaitement capable de savoir ce qu'elle voulait.

Respectant son silence, il la conduisit à l'écart et ne s'arrêta que lorsqu'il fut certain que nul ne pouvait les entendre.

— Du moins ne m'avez-vous pas répondu « oui », fit-il

enfin avec un sourire. Franchement, Cat, est-ce que je vais trop vite pour vous ?

Elle coula un regard vers son beau visage au nez droit et au large front, dont les méplats se découpaient dans la pénombre. Depuis l'incident mémorable du samedi, il y avait eu des moments où son corps s'était langui du sien, où elle aurait tant voulu sentir une fois encore la pression de ses lèvres sur les siennes…

Gênée par ces réminiscences, elle détourna les yeux vers l'horizon que le soleil couchant striait de bandes pourpres.

— Je crains que vous ne vous soyez livré à des présuppositions à mon… à notre sujet, répondit-elle enfin. Vous ne devriez pas…

— Ecoutez-moi, Caterina. Il ne s'agit pas de présuppositions. Ce que je sais de vous, je l'ai appris par moi-même, et j'ai bien l'intention de découvrir ce que je ne connais pas encore. Il est temps que vous admettiez l'idée que de toute façon, vous finirez par accepter ma demande.

Elle fronça les sourcils.

— Voilà une conclusion un peu hâtive, Sir Chase.

Il ignora sereinement l'interruption.

— Vous *allez* accepter, poursuivit-il. Et nous nous marierons par licence spéciale, sans tambour ni trompette. Ensuite, nous quitterons Richmond et irons dans un lieu où nous pourrons être seuls. Vous et moi avons cela en commun que nous avons besoin d'espace pour respirer. Votre foyer est devenu une cage, dont vous avez grand besoin de vous évader.

C'était là une réalité qu'elle ne pouvait nier. Mais comment croire qu'un homme comme Boston pût lui offrir la liberté dont elle rêvait, quand il ne songeait visiblement qu'à jouer ? Pouvait-elle le prendre suffisamment au sérieux pour faire de lui le père de ses enfants ?

— Une licence spéciale ? répéta-t-elle, encore incrédule.

— J'ai des relations au sein de l'Eglise. Mon oncle l'évêque ne demandera pas mieux que de s'entremettre.

Et comme elle se rembrunissait décidément :

— Que se passe-t-il ? Vous n'avez pas accepté l'invitation de Lady Ensdale, j'espère ?

— Pas pour moi, répliqua-t-elle.

La colère montait en elle avec la force d'une tempête et elle ne put se contenir davantage.

— J'étais tout de même supposée avoir mon mot à dire sur le sujet, non ? Aujourd'hui c'est une « licence spéciale », et demain, ce sera quoi ? Une bouteille de laudanum et un bâillon peut-être ?

Chase s'esclaffa à cette repartie.

— Là, là… Ne le prenez pas ainsi. Je comprends que vous préféreriez être courtisée en bonne et due forme. Mais cela viendra plus tard, quand votre famille n'aura plus son mot à dire. Avouez que ce sera plus agréable…

— En tant qu'artiste, j'ai des engagements que je ne saurais annuler, objecta-t-elle sèchement.

— Qui vous parle de cela ? Nous irons ensemble, voilà tout. Je serai votre mari-manager, et chaque fois que le pianiste fera de petits excès d'alcool, je le remplacerai. Pensez-y ! chuchota-t-il d'une voix prenante. Nous avons déjà fait de la musique ensemble, nous pourrons recommencer chaque fois que vous en aurez envie. Je vous veux, miss Caterina Chester, et je suis bien décidé à vous avoir.

Elle aurait dû tourner les talons plutôt que d'écouter ces propos enflammés. Mais elle était fascinée au point de demeurer clouée sur place.

— Vous voulez savoir pourquoi je suis si pressé ? Eh bien, je vais vous le dire. Quand une belle créature passionnée comme vous rejette deux prétendants titrés et déclare à qui veut l'entendre qu'aucun homme n'est digne d'elle, quel homme au sang un peu chaud ne relèverait pas le défi, je vous le demande ? Si vous aviez été une sainte-nitouche sans envergure, je ne serais sans doute pas aussi impatient. Mais ce n'est pas votre genre, n'est-ce pas ? Vous êtes une risque-tout, une gagnante, une…

— Merci, Sir Chase, coupa-t-elle. Je pense avoir saisi votre pensée.

— … une voix d'ange et une femme passionnée qui a besoin d'un homme, un vrai, termina-t-il imperturbablement. Je sais comment vous prendre et…

Caterina promena autour d'elle un regard inquiet.

— Chut ! on va vous entendre, voyons…

— … et vous rendre réceptive à mes caresses.

— Parlez-vous de moi, ou de l'une de vos juments ? se récria-t-elle, plus troublée qu'elle ne l'aurait souhaité.

— De vous, bien entendu. Et vous le savez fort bien. C'est pour cela que vous tremblez.

Elle déglutit, incapable de le regarder en face.

— Je… j'ai froid. Nous devrions rentrer.

Mais aucun d'eux ne bougea. Au-dessus de leur tête, des chauves-souris décrivaient des cercles, entourées de nuages de moucherons. Un poisson fit surface au milieu de l'étang, troublant l'eau de cercles argentés. Chase lui effleura le bout des doigts, et elle sentit des ondes lui parcourir le corps à ce contact.

— Eh bien ? interrogea-t-il doucement.

— Vous me mettez dans une situation impossible, monsieur.

— Vous étiez déjà dans une situation impossible quand je vous ai rencontrée, lui rappela-t-il. Vous n'aviez même pas une chambre à vous, au point qu'il vous fallait aller répéter chez les autres. Je vous offre un moyen d'échapper à tout cela, avec autant d'espace que vous pourrez en souhaiter et un véritable avenir. Lady Boston aura tout cela, je vous le promets. Allons, Caterina ! Jetez-vous à l'eau et prenez-moi à l'essai...

— Quelles assurances me donnez-vous ?

— Je veux d'abord les vôtres.

— Très bien. Je vous donnerai ma réponse quand nous serons de retour à Richmond.

— Mercredi matin ?

Elle hocha la tête.

— Je vous ferai part alors de ma décision, ou je chargerai mon père de vous la transmettre.

Il prit sa main et la porta à ses lèvres.

— En ce cas, je vous souhaite un bon voyage de retour. Je vous suivrai en voiture pour m'en assurer. Vous pourrez ainsi jouir de ma compagnie pendant les relais, que vous le vouliez ou non.

Elle se garda de répondre. Dieu merci, la pénombre dissimula le sourire qui lui montait aux lèvres.

Lady Dorna l'accueillit avec un visible soulagement lorsqu'elle rentra dans le salon. Jetant un regard en direction de Chase, qui s'éclipsait vers le fumoir, elle s'enquit dans un chuchotement :

— Auriez-vous besoin d'aide ?

Caterina étudia un instant le candide regard bleu qui scrutait le sien. Lady Dorna était souvent imprévisible, mais ses intentions étaient bonnes, si sa moralité ne l'était guère.

— A vrai dire, oui, répondit-elle. Pourrai-je vous dire un mot tout à l'heure ?

Les yeux de Lady Dorna s'arrondirent, tandis qu'une lueur de malice scintillait dans leurs profondeurs turquoise.

— Mais bien entendu. Venez d'abord vous restaurer, vous avez l'air de mourir de faim. Que faisiez-vous donc avec Sir Chase ?

— Oh, nous bavardions, voilà tout...

Le lendemain matin, les adieux des deux sœurs furent chargés d'émotion. Sara, dont le cœur s'était décidément laissé ferrer par le beau Constantin Ensdale, rayonnait secrètement de joie. Bien qu'elle se gardât d'évoquer le sujet, elle espérait bien que l'avenir de sa sœur se débloquerait sous peu, lui ouvrant à elle aussi le chemin du bonheur.

Cette même pensée occupa l'esprit de son aînée pendant tout le trajet de retour à Richmond. Au nom de quoi aurait-elle gâché l'avenir de Sara, sans compter celui de ses parents ? Le seul à qui elle aurait eu quelque raison d'en vouloir était son frère Harry, à qui elle ne trouvait pas d'excuses. C'était pourtant lui qui s'en était le mieux sorti jusqu'à présent !

Réflexion faite, les trois mâles qui avaient décidé de son sort ne méritaient pas sa mansuétude... Et dire que deux d'entre eux étaient des membres de sa propre famille ! Harry était pour l'instant hors de portée, et elle ne pouvait accabler son père plus qu'elle ne l'avait déjà fait. Jamais il ne saurait à quel point sa récente attitude avait diminué le respect qu'elle éprouvait jadis pour lui.

Mais il restait Sir Chase, et elle se promettait bien de lui rendre les choses moins faciles qu'il ne l'escomptait. Elle allait accepter son offre, certes, puisque c'était inévitable. Mais il allait payer cher sa victoire. Ah, il avait voulu gagner un pari ? Fort bien !

Pendant tout le reste du voyage, elle réfléchit aux moyens de relever le score en sa faveur. Si seulement elle ne s'était pas mise à trouver l'homme si follement séduisant, elle aurait pu jouir plus pleinement du mauvais tour qu'elle se préparait à lui jouer...

Cette nuit-là, les voyageurs firent halte à l'auberge du Cerf Blanc de Winchester. Les événements vinrent leur fournir un sujet de conversation inattendu, car ce fut là qu'ils apprirent l'assassinat du premier ministre, Spencer Percival, dans le vestibule de la Chambre des communes. Lord Liverpool s'apprêtait à le remplacer à la tête du gouvernement tory.

Lord Rayne, qui attendait la fin du trajet pour apprendre à ses compagnons de voyage son prochain départ pour Brighton, dut renoncer à ce projet. En tant que membres de la Chambre des lords, il allait de soi que son père, son frère et lui-même devraient regagner Londres au plus vite pour assister aux funérailles du ministre et apporter leur soutien à son remplaçant.

Ce changement de programme, bien naturel après un tel drame, ne suscita pas de commentaires de la part de Chase, et il ne fut plus question de Brighton.

Par pure coïncidence, un petit voyage impromptu à Brighton chez son ancienne gouvernante figurait en tête de la liste d'embûches que Caterina entendait bien semer sous les pieds de Chase. Sara et elle se rendaient une fois par an chez leur chère miss Vincent, et une nouvelle visite, même inopinée, semblerait à tous la chose la plus naturelle du monde. Quel meilleur prétexte pour s'échapper une semaine ou deux ? Brighton était décidément l'endroit idéal pour une petite fugue.

Quant à Sir Chase… Les yeux mi-clos, la jeune fille savoura à l'avance la déconvenue de son prétendant, réduit à passer tous les environs au peigne fin pour retrouver sa fiancée…

5.

Sa résolution prise, Caterina décida d'en parler sans plus tarder à Lady Dorna, avec qui elle partageait une confortable chambre à l'auberge du Cerf Blanc. Il lui restait peu de temps pour mettre son plan à exécution et mieux valait en régler au plus vite les détails.

— J'espère que la literie a été lavée depuis le départ des derniers occupants, fit-elle en portant les draps à son nez.

— Il y a un moyen bien simple de s'en assurer, c'est de vérifier si les plis tombent droit, assura Dorna en rejetant la courtepointe.

L'examen s'étant révélé satisfaisant, les deux femmes en revinrent aux projets de Cat.

— Et où comptez-vous loger à Brighton, si je ne suis pas indiscrète ?

— Chez ma vieille gouvernante. Figurez-vous que je ressens un besoin impérieux de la revoir.

Dorna n'eut pas besoin d'explications supplémentaires. Elle étouffa un petit rire, tout en ajustant sur ses boucles blondes un délicieux bonnet orné de dentelles.

— Bien entendu, ma chérie. Et quand souhaitez-vous partir ?

— Après-demain très tôt. L'idéal serait de prendre la route aux premières lueurs de l'aube. Le problème est que je ne puis emprunter l'attelage de père sans lui dire où on peut me joindre en cas de besoin. Or, je ne tiens pas à ce que l'on sache tout de suite où je suis.

— Cela va de soi. De toute façon, vous ne pouvez décemment aller à Brighton dans sa vieille voiture. Il faut faire les choses avec panache, ma chère. Je ne comprends pas comment Hannah accepte d'utiliser cette guimbarde, sauf que les enfants peuvent y être impunément malades, je suppose. Non, ce qu'il vous faut, Cat, c'est ma nouvelle chaise de poste et mes chevaux pommelés. Brighton n'est qu'à une demi-journée après tout. Si vous partez assez tôt, vous pouvez arriver là-bas vers midi, et personne d'autre que moi n'en saura rien.

Caterina la serra dans ses bras.

— Décidément, vous êtes la plus compréhensive des femmes ! Je devrais confier ce projet à tante Amélie, mais je crains qu'elle ne se sente obligée d'en parler à Père.

— Inutile d'en toucher mot à quiconque. Je n'ignore pas à quel point il est important de tenir la dragée haute à un homme avant d'accepter ses avances.

Secouée d'un rire malicieux, Dorna se jeta sur le matelas de plume et fit signe à sa chambrière de lui apporter sa tasse de chocolat.

— Je vous enverrai la voiture après-demain à 6 heures, Paradise Road. Cela ira-t-il ?

— Vous êtes trop gentille. Merci infiniment.

Caterina grimpa dans le lit à son tour et déposa un

baiser sur la joue de Lady Dorna, non sans se demander combien de temps la jolie veuve tenait la dragée haute à ses amoureux avant de les accueillir dans son lit…

— Ce sera notre secret, reprit-elle.

— Un secret absolu, renchérit Dorna d'un ton de conspiratrice.

Et d'ajouter d'un air songeur, entre deux gorgées de chocolat :

— Hannah a bien changé, vous ne trouvez pas ? C'était une si adorable petite nigaude…

Caterina exhala un soupir.

— C'est vrai. Mais père aussi a bien changé, vous savez…

Caterina, qui avait craint d'être fraîchement reçue au 18, Paradise Road, fut surprise par la chaleur de l'accueil qui l'attendait. Visiblement, M. et Mme Chester étaient sincèrement heureux de la revoir après une séparation qui n'avait pas brillé par sa cordialité. S'ils furent un peu surpris d'apprendre que Sara était restée chez les Ensdale, ils gardèrent leurs inquiétudes pour eux, du moins pour le moment.

En fait, ils semblaient surtout soucieux d'adoucir l'amère pilule que Caterina allait bientôt être obligée d'avaler, comme ils le savaient fort bien tous trois. Rien ne fut épargné dans ce but, et la jeune fille se vit servir à table son plat favori, du canard à l'orange accompagné de délicieuses pointes d'asperges.

Entre le plat de résistance et les pommes au four nappées de crème, Sir Stephen et son épouse commencèrent à tâter le terrain, révélant par leurs questions qu'ils étaient parfaitement au courant de la présence de Sir Chase à Sevrington Hall pendant le dernier week-end.

— Comment cela s'est-il passé avec lui ? Vous est-il un peu moins antipathique à présent ? s'enquit Sir Stephen.

— Quelle impression vous a-t-il faite ? demanda Hannah de son côté.

Caterina se retint de hausser les épaules. Tout cela était si absurde ! Qu'est-ce que cela pouvait bien leur faire qu'elle éprouvât ou non de l'aversion pour cet homme ? De toute façon, ils avaient déjà décidé ce qu'elle devait faire, et elle était résolue elle-même à obtempérer. Malgré tout, elle s'amusa de leur stupéfaction, lorsqu'elle demanda inopinément :

— Père, voudriez-vous avoir l'amabilité d'informer Sir Chase que j'ai décidé d'accepter sa demande en mariage ? Je lui ai demandé de vous rendre visite demain pour obtenir la réponse.

Et comme ils la dévisageaient tous deux, la bouche ouverte et les yeux écarquillés :

— Si vous croyez que j'agis ainsi par sens du devoir, vous vous trompez. Je ne le fais que pour Sara.

Ce n'était qu'en partie vrai, mais elle ne regrettait pas ce demi-mensonge. A quoi bon leur avouer qu'après avoir laissé Sir Chase l'embrasser dans un moment de faiblesse, elle brûlait de pouvoir recommencer ? Ils n'avaient pas besoin non plus de savoir à quel point elle avait été impressionnée par les qualités exceptionnelles du prétendant. Diplomate, elle évita même de souligner la façon peu élégante dont son père s'était tiré du guêpier. Hannah ignorait tout de cette histoire de dette et il était inutile de revenir là-dessus. Oh, Dieu, comme il lui tardait de quitter de nouveau cette maison ! conclut-elle en réprimant un soupir.

— Tout est vraiment pour le mieux, Cat, commenta Mme Chester, lorsqu'elles sortirent de la salle à manger après le repas.

Hannah n'avait jamais été une beauté, certes, mais ses cheveux châtains où se mêlaient déjà des fils gris, ses manières discrètes et l'expression soucieuse de son visage la faisaient paraître beaucoup plus âgée que ses vingt-neuf ans. Bien entendu, la naissance rapprochée de quatre enfants n'avait pas peu contribué à la vieillir.

Cat et elle étaient à présent aussi différentes que deux femmes pouvaient l'être, et l'amitié qui les avait autrefois unies se trouvait mise à rude épreuve par les circonstances. Leurs rapports ne se seraient sans doute pas dégradés à ce point si Sir Stephen avait géré ses affaires de façon un peu plus avisée. Mais ce n'était pas à Cat de donner des conseils à son père…

— Vous voulez sans doute dire *le mieux* pour Sara ? rectifia-t-elle cependant.

Hannah s'assura d'un regard qu'il n'y avait personne dans le vestibule.

— Le mieux pour nous tous, murmura-t-elle.

Posant un doigt sur ses lèvres, elle se pencha vers Caterina pour chuchoter :

— Nous allons pouvoir récupérer votre chambre, lorsque Sara et vous serez parties. Oh, ce n'est pas que je me réjouisse de votre départ, ma chérie. N'allez surtout pas imaginer cela, mais… Eh bien, nous allons avoir besoin de place pour mettre d'autres berceaux.

Caterina haussa les sourcils, stupéfaite.

— Voulez-vous dire que… vous attendez un heureux événement ?

Hannah acquiesça, les lèvres serrées.

— Oui. Je… je suis de nouveau enceinte.

Elle leva les yeux vers sa belle-fille, comme si elle cherchait un réconfort dans son regard. Mais déjà Caterina l'attirait contre elle, un bras passé autour de ses maigres épaules.

— C'est… c'est un peu tôt…, reprit Hannah, et j'aurais préféré avoir un peu de répit avant une nouvelle naissance. Mais après tout, je désirais des enfants, n'est-ce pas ? ajouta-t-elle avec un faible sourire. Aussi serais-je malvenue de me plaindre…

— Croyez-vous que ce sera encore des jumeaux ?

— J'espère que non. Cela n'a guère été facile pour moi, vous savez.

— Comment père a-t-il pris la chose ?

Les traits de Hannah se détendirent légèrement.

— Oh, je pense qu'il est content. Il dit que nous trouverons toujours le moyen de nous débrouiller.

— Vous vous *débrouilleriez* mieux si vous aviez un peu d'aide, Hannah… Quand le bébé doit-il naître ?

— Dans le courant d'octobre, je pense. Est-ce que vous serez… euh…

— Déjà mariée ? Sans aucun doute, et je suppose que Sara aussi.

Satisfaite, Hannah hocha la tête.

— Demain, je recevrai Sir Chase et renouerai connaissance avec lui après toutes ces années. Puis nous trouverons un moment pour discuter de tout cela plus en détail, d'accord ?

— Ce sera parfait, mentit Caterina.

Fidèle à son plan, elle n'avait informé que Millie de son prochain départ pour Brighton, en lui enjoignant de préparer ses effets pour un séjour d'une semaine.

— Bonne nuit, Hannah. Tâchez de vous reposer.

Elle étreignit de nouveau la fragile silhouette et déposa un baiser sur sa joue. Mais à part elle, elle ne put s'empêcher d'imaginer la scène qui allait se dérouler le lendemain entre Sir Chase, Sir Stephen et Hannah. Elle les voyait déjà assis dans le bureau, palabrant à propos de son brusque départ et se demandant les uns les autres ce qui avait bien pu la pousser à s'envoler ainsi du logis sans en toucher mot à personne…

Caterina passa une nuit agitée à se tourner et retourner dans son lit, l'esprit ballotté entre des pensées contradictoires. L'image de Sir Chase ne cessait de s'imposer sous ses paupières closes, et elle croyait sentir encore la ferme pression de ses bras et le contact de ses lèvres sur les siennes, l'entraînant dans un abîme de sensations inconnues. Tantôt elle le désirait passionnément, tantôt son souvenir éveillait en elle une ardente colère. Ainsi tenaillée, elle vit avec soulagement les premières lueurs de l'aube se glisser par la fenêtre, bien que le temps fût manifestement à l'orage.

Dieu merci, le problème de savoir comment descendre un coffre et deux valises sans éveiller toute la maisonnée fut promptement résolu par les deux valets de cuisine. Tous deux étaient en adoration devant Caterina et ne demandaient qu'à lui rendre service, disposition qui s'avéra fort utile en l'occurrence.

Mais la vue de la chaise de poste flambant neuve qui attendait devant la porte lui donna littéralement un choc. Avec sa caisse rose vif, ses hautes roues noires, ses lanternes et ses poignées de porte en argent, le véhicule n'aurait pas déparé le cortège du lord-maire en personne et ne pouvait passer inaperçu, même dans une foule.

L'équipage lui-même était à l'avenant, avec ses postillons en culottes de satin blanc et livrée rose et argent. Quant aux chevaux ! La propriétaire de ces magnifiques spécimens avait eu beau les qualifier de *pommelés*, ils n'en étaient pas moins d'un blanc neigeux, et leurs crinières parfaitement peignées étaient entrelacées de rubans couleur framboise et argent. C'était à se demander si la chère Lady Dorna avait bien compris toute la discrétion que requéraient les circonstances. A moins qu'elle ne jouât un autre jeu ?

Quoi qu'il en fût, la modestie de Caterina, qui détestait être remarquée en voyage, fut mise à rude épreuve pendant tout le trajet. Sa soubrette et elle voyagèrent *avec style*, certes. Tout se passa le mieux du monde… à condition d'ignorer les coups de sifflet moqueurs des conducteurs de phaéton, ainsi que les regards éberlués des voyageurs de la diligence Londres-Brighton, qui les saluèrent au passage d'un concert de huées.

A Reigate, on les fit immédiatement entrer dans un salon particulier où on leur servit un copieux petit déjeuner, pendant que les chevaux soufflaient à l'écurie. Elles jouirent des mêmes attentions à Cuckfield, où leur halte fut cependant gâchée par les assiduités de deux gandins, qui prirent l'absence de tout chaperon à leurs côtés pour une invitation au flirt. Caterina bénit in petto Lady Dorna d'avoir eu la précaution de leur adjoindre deux postillons au lieu d'un seul, afin de veiller à leur sécurité.

Elle n'en fut pas moins heureuse de quitter Cuckfield, d'autant plus que le ciel s'était dégagé entre-temps, laissant filtrer quelques rayons qui jouaient à cache-cache avec les nuages. A Scare Hill, le soleil prit le dessus, faisant étinceler la mer comme une immense plaque d'argent.

La demeure de Miss Vincent était située place Montpelier. Caterina s'attendait à y recevoir l'accueil extatique qui l'attendait chaque fois qu'elle débarquait chez son ancienne gouvernante. Mais elle eut beau soulever à maintes reprises le heurtoir de cuivre disposé sur la porte, nul ne vint leur ouvrir. Le seul résultat de son insistance fut d'attirer l'attention d'une voisine, qui entrebâilla sa fenêtre.

— C'est miss Vincent que vous cherchez ?

Et comme les visiteuses hochaient la tête :

— Elle est partie à Hove pour soigner sa sœur malade.

— Savez-vous quand elle doit rentrer ?

— Aucune idée, répondit la femme.

Dépitées, Caterina et Millie remontèrent en voiture sous le regard curieux de deux autres résidents, qui se postèrent derrière une vitre pour regarder l'attelage rutilant redescendre la colline en direction de la mer.

— Où aller à présent ? se demanda tout haut la jeune fille, fort contrariée par ce contretemps. Au Vieux Navire, ou à L'Auberge du Château ?

Millie avait son idée sur la question.

— Vous avez déjà séjourné dans la seconde et le

propriétaire vous connaît bien, miss. Aussi suis-je plutôt d'avis de descendre là. A cette heure, la diligence a dû arriver au Vieux Navire, qui doit être plein comme un œuf.

— En ce cas, va pour L'Auberge du Château. Ouvrez la petite fenêtre derrière vous et transmettez l'ordre à William, voulez-vous ?

Située près de la plage, non loin du pavillon du prince-régent, l'auberge occupait une position suffisamment en vue pour que l'arrivée du voyant équipage attirât l'attention de tout le quartier, au plus grand dam de Caterina qui se serait bien passée de cette publicité. Mais que faire ? Même son élégante robe de velours brun et son chapeau assorti attirèrent l'attention des riverains, chez qui les spéculations allaient bon train. Qui pouvaient bien être ces riches voyageuses ?

Caterina eut une raison de plus de regretter l'absence de miss Vincent. Les mœurs de Brighton avaient beau être plus laxistes que celles de Londres, la présence d'un chaperon aurait aussitôt mis un frein aux bavardages. C'était là un grave obstacle à son plan. Aussi, pourquoi avait-elle débarqué à Brighton à l'improviste ? Elle aurait dû prévoir que l'ancienne gouvernante pouvait s'être absentée du logis !

Faisant contre mauvaise fortune bon cœur, elle donna ses instructions à William :

— Vous pourrez ramener dès demain l'attelage à Lady Dorna. Mais demandez-lui de me le renvoyer dans quatre jours au lieu de sept.

— Bien, mademoiselle.

Même en se montrant économe, ses modestes fonds ne tiendraient pas plus longtemps, calcula-t-elle. Evidemment, elle aurait pu chercher un mode d'hébergement moins dispendieux, mais elle se sentait en sécurité à la confortable Auberge du Château, dont elle connaissait bien les tenanciers.

Retirée dans sa chambre, elle observa depuis sa fenêtre la plage de galets, que balayaient les vagues ourlées d'écume. Des rafales de pluie s'abattaient à intervalles réguliers, giflant les vitres et gargouillant dans les gouttières.

— Votre thé, milady…

Caterina se retourna pour prendre sa tasse des mains de Millie, juste au moment où un curricle attelé de quatre superbes alezans longeait à vive allure le front de mer avant de tourner dans North Street, où il disparut promptement. Si la jeune fille avait pu l'apercevoir, sans doute aurait-elle observé d'un regard moins serein la fidèle Millie en train de déballer ses effets…

L'averse n'était plus qu'un mauvais souvenir et un soleil lumineux faisait étinceler les galets mouillés, lorsque Caterina descendit quelques instants plus tard sur la plage.

Frissonnant au vent frais qui s'engouffrait dans son voile et plaquait sa robe sur son corps, elle goûta avec délices le goût des embruns salés qui lui fouettaient le visage. Elle avait toujours aimé affronter les éléments déchaînés et l'air marin lui donnait envie de danser et de rire, comme une naïade dans l'étreinte du dieu de la mer. Elle aurait bien convié Millie à se promener avec elle. Mais la soubrette, longtemps confinée dans l'arrière-boutique d'une couturière de Richmond, avait gardé les poumons fragiles et l'humidité aurait pu ranimer sa toux.

C'était dommage, bien sûr. Mais en un sens, Caterina ne détestait pas d'être seule pour observer le spectacle sans cesse changeant de la mer, dont les vagues mousseuses déferlaient sur le rivage. Quelques promeneurs se croisaient sur la plage, mais Dieu merci, personne ici ne pouvait la connaître. Cette certitude la détendit, et les derniers regrets qu'elle avait pu ressentir à la pensée d'avoir suscité l'inquiétude de ses parents s'évanouirent complètement. Après tout, son père avait usé de méthodes inqualifiables à son égard et n'en méritait pas davantage.

Plus d'un passant portait l'uniforme rouge et blanc ou noir et or de la milice, stationnée à Brighton pour protéger la demeure du Régent, et les officiers ne se faisaient pas faute de dévisager au passage les jolies femmes. Tournant ostensiblement le visage vers la mer, Caterina laissa passer un groupe bruyant. Elle sentit les regards des soldats transpercer littéralement ses vêtements et pour une fois, elle se prit à regretter de n'avoir pas de protecteur à son côté.

Un œil sur le ciel qui se couvrait de nouveau, elle marcha jusqu'au *Royal Crescent* avant de faire demi-tour, décidée à prendre une inscription aux deux bibliothèques locales.

Ses livres sous le bras, elle fit ensuite une halte aux écuries de l'auberge, afin de s'assurer que les précieux chevaux de Lady Dorna avaient été convenablement bouchonnés et nourris. Ce fut le moment que choisit la pluie pour se remettre à tomber en véritable cataracte, et elle se réjouit d'être à l'abri de l'averse.

Elle parcourait des yeux l'alignement des stalles, lorsqu'elle remarqua un quatuor d'alezans dont la vue la laissa béante de surprise. L'équipage de Sir Chase, déjà ? Non, ce n'était pas possible ! A moins que Lady Dorna n'ait eu la langue trop longue, en fin de compte...

— A qui sont ces chevaux ? demanda-t-elle à un lad.

Un sourire plissa le visage parcheminé du vieux valet.

— Vous voulez les acheter, mademoiselle ? Ils valent une petite fortune, vous savez. Sir Chase Boston s'y connaît en chevaux, on ne peut pas dire. C'est le meilleur conducteur que j'aie jamais vu, et j'ai eu l'occasion d'en rencontrer beaucoup, vous pouvez me croire. On le voyait souvent dans les parages, quand il était dans le régiment du Prince. Songez donc, il ne lui a fallu que quatre heures pour venir de Londres. Un curricle traîné par quatre chevaux, ça doit donner aux passagers l'impression d'être secoués comme dans une salière !

Il eut un petit rire devant l'expression de la jeune fille, qu'il prit sans doute pour de l'étonnement.

— Du reste, vous n'allez pas tarder à le voir lui-même, il était ici il y a cinq minutes. Je gage que... eh, où allez-vous ? Il pleut des cordes, voyons !

Mais déjà Caterina s'était élancée sous la pluie, une main serrant son paquet de livres et l'autre accrochée à sa capote pour l'empêcher de s'envoler.

Dieu merci, elle parvint à gagner sa chambre sans rencontrer Sir Chase, mais elle se sentait dans tous ses états. Ainsi, il était bien décidé à lui disputer jusqu'à la tranquillité qu'elle était venue chercher à Brighton ! Evidemment, la voyante chaise de poste avait dû grandement faciliter son enquête. Peut-être avait-il déjà interrogé les postillons, qui n'avaient sans doute vu aucun mal à lui préciser la date de son retour à Richmond.

Furieuse, elle ôta ses chaussures mouillées, prête à signifier à Millie qu'il allait leur falloir trouver un autre logis, ou retourner à Richmond dès le lendemain. Mais la vue de la servante l'arrêta net. Millie avait le visage fiévreux et une toux rauque lui déchirait la poitrine.

— Que se passe-t-il ? C'est votre vieille bronchite qui se réveille ?

— Non, non, madame. Je vais très bien, assura la chambrière.

Le mensonge était flagrant, et bien que Millie s'activât comme de coutume, Kate n'eut pas le cœur de l'envoyer dehors pour chercher un autre hébergement. Quant à se mettre en quête des postillons à qui elle avait donné quartier libre, cela équivalait à chercher une aiguille dans une botte de foin. Mieux valait garder la malheureuse au chaud et éviter de se montrer elle-même, décida-t-elle en fin de compte.

Mais c'était plus facile à dire qu'à faire, l'auberge étant une véritable ruche bourdonnante d'activité, où tout le monde entrait comme dans un moulin. Outre deux salles à manger, l'établissement comportait une salle de bal et plusieurs cabinets particuliers. Malheureusement, Caterina n'était pas assez riche pour se permettre d'en réserver un à son usage.

Après avoir réfléchi près d'une heure à cette nouvelle complication, elle finit par conclure que si Sir Chase avait eu l'intention de la voir sur-le-champ, il serait déjà monté s'enquérir d'elle et solliciter un entretien. Comme à Sevrington Hall, peut-être avait-il choisi de ne pas la brusquer et attendait-il le moment propice dans une hôtellerie voisine.

En tout cas, il semblait avoir pris l'escapade de sa future avec une certaine philosophie, pour un homme dont la demande en mariage venait juste d'être acceptée. Avec une pointe de malice, elle se demanda jusqu'où elle devait aller pour lui faire perdre son imperturbable tolérance.

Ce soir-là, elle dîna dans sa chambre avec quelques magazines pour lui tenir compagnie. Elle lut aussi une monographie où elle tâcha d'en apprendre un peu plus sur Sarum et Salisbury, sa récente visite dans ces hauts lieux de l'histoire l'ayant laissée sur sa faim.

Installée sur un lit de camp dressé dans l'alcôve, Millie n'avait quasiment pas fermé l'œil de la nuit. Mais elle ne s'en déclara pas moins prête à suivre sa maîtresse à la plage.

— Il n'en est pas question, refusa fermement Caterina. J'ai l'intention de prendre un bain de mer et n'ai pas besoin de vos services. Vous allez tout bonnement attraper la mort si vous m'accompagnez.

— Mais, mademoiselle…

— Je peux fort bien me passer de vous, Millie. Sara et moi sommes de vieilles habituées de la cabine. Vous savez bien que nous mettons un point d'honneur à nous baigner au moins une fois durant nos visites d'été à miss Vincent !

Laissant une Millie réticente à l'auberge, la jeune fille emprunta le chemin de la falaise pour descendre jusqu'au rivage. Parvenue sur la plage, elle pénétra dans la cabine roulante destinée aux baigneuses, où elle se changea rapidement. Lorsqu'elle eut terminé, un serviteur releva l'échelle avant de prendre le cheval par la bride et de le conduire au ras de l'eau. Puis il replaça les degrés de bois et rouvrit la porte, révélant la silhouette frissonnante de Caterina, vêtue de sa robe de bain en lin et du bonnet assorti.

D'un air renfrogné, la jeune fille avisa les deux énormes *plongeuses* qui l'attendaient déjà pour la porter dans l'eau. Immergées jusqu'à la taille, les deux matrones exhibaient des biceps aussi puissants que ceux d'un maître-nageur. Mais elle n'était pas d'humeur à se laisser soulever, ni assister de quelque façon que ce soit.

— Je peux me débrouiller seule, leur affirma-t-elle d'un ton péremptoire.

Les deux femmes échangèrent un regard inquiet.

— C'est la marée montante, miss, et la pente est plutôt à pic. Etes-vous sûre que vous y arriverez ? C'est assez profond, vous savez.

Mais Caterina s'était déjà baignée seule au même endroit et s'en était fort bien tirée. Pourquoi se serait-elle refusé ce plaisir ? Jamais elle n'avait eu aussi désespérément besoin d'indépendance.

— Merci, répondit-elle avec un soupçon d'impatience. Je nage parfaitement, et ce n'est pas la première fois que je viens ici.

Malgré sa détermination, elle eut un sursaut en pénétrant dans l'eau froide, qui plaqua l'étoffe de sa robe contre son corps. Trébuchant sur les galets, elle s'avança suffisamment pour pouvoir s'immerger dans les flots et nagea un vigoureux crawl en direction du large. Le goût du sel sur ses lèvres, la stimulante sensation de fraîcheur éveillèrent en elle un sentiment de liberté et une intense jubilation. Entourée de rares baigneurs, dont la cabine était située loin de la sienne, elle savoura sa relative solitude. Personne sur la plage, hors deux ou trois passants qui promenaient leur chien…

Pendant de longues minutes, elle nagea à contre-courant, heureuse d'éprouver sa force et de se mesurer aux éléments. La tête enfin vidée de tout souci, elle allait toujours, oubliant le temps et la fatigue qui engourdissait peu à peu ses membres. L'image de Chase Boston dansait devant ses yeux, incitatrice. Il était bien l'unique personne dont l'énergie pût rivaliser avec la sienne…

Lorsqu'elle se retourna enfin, hors d'haleine, ce fut pour constater avec effroi que la cabine de bain n'était plus qu'un minuscule point sur le rivage. Ce fut alors seulement qu'elle prit conscience de son épuisement. Ses bras douloureux se mouvaient avec peine et sa poitrine haletait, éprouvée par l'effort. La panique qui s'empara d'elle accentua son malaise et elle eut l'impression que ses membres refusaient de lui obéir. « Oh, mon Dieu, je n'aurai jamais la force d'atteindre le rivage ! » songea-t-elle avec terreur.

Mais elle se reprit aussitôt, honteuse de ce moment de faiblesse. Allons, pourquoi céder à de pareilles craintes ? Le mouvement de la marée lui était favorable, à présent, se rassura-t-elle. Il fallait qu'elle y arrive, il le fallait absolument…

Le regard fixé sur la lointaine cabine, elle fendit les vagues, gênée par sa jupe qui ballonnait autour d'elle, entravant tous ses gestes. Si seulement, elle avait pu se débarrasser de cette encombrante tenue exigée par les bienséances ! Nue, elle aurait eu au moins toute sa liberté de mouvement. Mais comment songer à se déshabiller, quand elle avait besoin de ses deux bras pour se maintenir à flot ?

La fatigue et le froid s'intensifiaient, lui ôtant toute sensation. Les yeux aveuglés par le sel, elle ne voyait plus la cabine, qui semblait avoir disparu de l'horizon. Elle tenta de crier, mais ses appels au secours furent engloutis par les flots. La seule aide sur laquelle elle pût compter, c'était sa propre force et son courage, réalisa-t-elle en un éclair.

Une farouche lutte commença alors, un combat pour la survie. Dieu savait qu'elle ne voulait pas périr, pas au moment où l'avenir s'annonçait si riche de promesses. Non, elle n'allait pas renoncer à cet amour dont elle venait à peine de goûter les prémices… « Tiens bon, se répéta-t-elle dans un sanglot. Ne lâche surtout pas… »

Encore une brasse, puis une autre… Les poumons brûlés, elle n'arrivait plus à reprendre son souffle. Dans un brouillard d'agonie, elle vit la tête brune d'un homme émerger des flots tout près d'elle, mais n'y accorda pas d'importance. Un simple mirage, le produit de son imagination enfiévrée…

Une voix lui parvint cependant, comme du fond d'un rêve :

— Ne flanchez pas… Ce n'est plus très loin à présent… Allez, ma fille, allez… Je ne vous lâche pas.

Trop épuisée pour penser, elle obéit à ces injonctions comme un automate, dépassant ses propres limites pour se propulser en avant de ses membres de plus en plus gourds. Heureusement, sa robe ne gênait plus ses mouvements, sans qu'elle en comprît la raison. Une ou deux fois, elle crut sentir quelqu'un lui frôler le bras et entrevit un visage mouillé tout près du sien.

— Allons, vous allez y arriver ! Il le faut, bon sang, il le faut…

Enfin, les vagues se transformèrent en rouleaux qui la soulevèrent pour la déposer un peu plus loin sur la plage, juste au pied de la cabine roulante. Crachant et éternuant, elle sentit à peine le contact d'une main qui la soulevait par ses vêtements et la portait jusqu'à l'intérieur de la roulotte, où elle se retrouva à plat ventre sur le plancher humide.

Exténuée et haletante, elle demeura allongée là tandis que la porte se refermait derrière elle. Comme dans les brumes d'un rêve, elle entendit le charretier grommeler des ordres au cheval, et la cabine fut tirée sur la grève. En fait, la roulotte avait dû être éloignée à cause de la marée montante. Voilà pourquoi elle avait dû nager plus longtemps pour l'atteindre.

Sécher son corps et se changer lui prit plus de temps qu'à l'accoutumée, tant elle était encore faible et tremblante. Les deux matrones durent frapper plusieurs fois à sa porte avant qu'elle ne soit en mesure de les rassurer.

— Heureusement que vous avez été un brin aidée, ma p'tite dame, commenta l'une des *plongeuses* aux biceps d'acier, lorsque Caterina apparut enfin à la porte de la cabine. Si ce gentilhomme ne s'était pas porté à votre secours, vous ne seriez pas ici à cette heure. Vous vous étiez aventurée beaucoup trop loin, laissez-moi vous le dire.

Caterina, dont la tête tournait encore, fixa sur elle un regard stupéfait.

— Un gentilhomme, dites-vous ?

— Vous ne l'avez donc pas vu ? Il a traversé la plage au pas de course, tout en ôtant ses habits. Un beau gars aux cheveux bruns, taillé en athlète... Il est entré dans l'eau comme une flèche et il vous a ramenée en vous empoignant par l'arrière de votre robe. Je ne sais même pas comment il a fait. En voilà un qui mériterait une médaille, vous pouvez m'en croire !

— Où... où est-il donc ? articula péniblement la rescapée.

Chacun de ses mots déclenchait une brûlure dans sa poitrine.

— Parti... Il a ramassé ses affaires et s'en est allé tout en se rhabillant, comme il était venu.

Caterina paya le charretier et les deux femmes, puis traversa la plage avant de gravir péniblement la falaise. Ses jambes lui semblaient aussi molles que de la gelée, et elle dut se reposer un instant lorsqu'elle fut parvenue au sommet. Il n'y avait pas la moindre trace de son sauveteur et les seuls passants qu'elle croisa étaient des promeneurs matinaux qui lui jetèrent un regard réprobateur, choqués par son aspect débraillé.

Les dramatiques événements de la matinée ne pouvaient demeurer sans conséquence. Comment après cela ignorer la présence de Sir Chase, puisqu'elle ne pouvait avoir aucun doute sur l'identité de l'homme qui s'était jeté à la mer dans le seul but de la tirer d'un mauvais pas ? Il lui avait sauvé la vie, après tout, et elle lui devait pour le moins des remerciements.

Evidemment, elle aurait préféré ne pas lui être redevable de quoi que ce soit, quand les termes de sa propre reddition étaient encore si cuisants dans sa mémoire. Mais elle était une femme adulte à présent, et la pétulance juvénile n'était plus de mise. Vu les circonstances, elle ne pouvait plus se montrer discourtoise à l'égard de Chase.

Pendant qu'elle réfléchissait ainsi, Milly s'affairait autour d'elle avec une sollicitude de mère-poule, sans lui ménager ses gronderies.

— A-t-on idée de se mettre dans un état pareil ! L'eau doit être aussi froide que de la glace à une heure pareille.

— Mais les médecins recommandent..., tenta d'argumenter Cat.

— Les médecins sont des ânes, l'interrompit Millie, occupée à frotter ses mèches collées par le sel. Et vos cheveux, c'est-il possible ! Jamais je n'arriverai à les démêler.

— Eh bien, il n'y a qu'à les couper, soupira la jeune fille, qui resserra frileusement la couverture drapée sur ses épaules. Cela m'est égal après tout.

— Comme ceux de Lady Caroline Lamb ?

— Mais oui, ce sera parfait. Les cheveux courts sont à la mode, et ils sont tellement plus faciles à coiffer.

Elle grimaça, de nouveau au bord de l'éternuement.

— Servez-vous de mes ciseaux à broder, conseilla-t-elle.

Boucle après boucle, la chevelure auburn tomba sous

les doigts experts de Millie, révélant la nuque gracile de sa propriétaire. Le résultat restait cependant incertain, et il fallut un bon lavage à l'eau chaude, suivi d'un vigoureux séchage, pour que les courtes mèches bouclées retrouvent tout leur ressort. Comme une vaporeuse auréole, elles vinrent délicieusement adoucir le visage de Caterina, soulignant les lignes gracieuses de son cou.

Dûment rhabillée et réchauffée, elle songea sérieusement à ce qu'elle allait bien pouvoir dire à Sir Chase, au cas où elle viendrait à le croiser. Puis elle prit une brusque résolution.

— Descendez au bureau et demandez-leur de faire passer un message à Sir Chase Boston, ordonna-t-elle à Millie. Qu'on lui demande s'il lui est possible de rencontrer miss Caterina Chester dans le salon de l'auberge. Et attendez la réponse, n'est-ce pas ?

Si Millie fut surprise par ce rebondissement, elle n'en montra rien et s'empressa d'obtempérer. Dès qu'elle eut disparu, Caterina s'approcha du miroir suspendu au-dessus de la cheminée et considéra pensivement son reflet. Comment diable s'y prenait-on pour remercier quelqu'un qui vous avait sauvé la vie ? C'était bien la première fois qu'elle était confrontée à une telle expérience !

Aussi, pourquoi Chase avait-il disparu aussitôt après son exploit ? Ou il voulait lui laisser le choix de reprendre ou non contact avec lui, ou il se souciait peu de ce qu'elle pouvait faire. Mais dans ce cas, pourquoi aurait-il pris la peine de la suivre à Brighton et de surveiller ses faits et gestes, comme il avait dû le faire ce matin-là sur la plage ? On ne pouvait certes pas lui reprocher de ne pas faire tout son possible pour gagner son pari…

Lorsque Millie reparut quelques instants plus tard, elle était tout sourires.

— J'ai rencontré Sir Chase en bas, mademoiselle. Il s'apprêtait à regagner son salon particulier et j'en ai profité pour lui transmettre votre message. Il vous attend.

— Mais voyons, Millie, que va-t-on penser si on me voit frapper à sa porte ?

— Qui vous parle de cela ? protesta la soubrette, qui pointa le doigt vers le couloir. Il vous attend ici, dans le corridor.

Caterina porta la main à sa poitrine, dans un vain effort pour calmer les battements précipités de son cœur. Dieu, que la situation était embarrassante ! Chase l'avait vue quasiment nue, dans sa robe de bain mouillée qui collait à sa peau. Il l'avait aidée à regagner la rive en l'agrippant par la ceinture, avant de la soulever pour la déposer dans la cabine, telle une poupée de chiffon. Après tout cela, elle lui devait pour le moins une explication...

D'un geste indécis, elle effleura la minuscule perle qui ornait son oreille.

— Suis-je présentable ?

Millie arrangea le nuage de mousseline bleue qui ceignait le cou de sa maîtresse.

— Vous êtes époustouflante, miss Caterina. Et si cela peut vous rassurer, il a paru ravi de recevoir votre message, chuchota-t-elle en ouvrant la porte.

Ainsi encouragée, Caterina s'avança vers Chase, qui l'attendait dans l'étroit corridor. Un dénivelé de trois marches la séparait de lui, et lorsqu'elle s'engagea sur les degrés, les jambes tremblantes, il lui tendit la main pour l'aider à descendre. Il avait encore les cheveux humides, mais des mèches bouclaient déjà sur son front et sa tenue était irréprochable, comme toujours. Elle lut une indéniable nuance de sollicitude dans son regard noisette aux reflets changeants.

— Sir Chase, commença-t-elle après un instant d'hésitation, je dois vous expliquer…

Elle s'interrompit en voyant l'admiration se peindre dans les yeux de son interlocuteur. De toute évidence, il appréciait sa nouvelle coiffure. Plus pâle que de coutume, elle s'exprimait d'une voix légèrement rauque, consciente de lui révéler un aspect encore inconnu de sa personnalité, comme elle venait de découvrir une facette inattendue de la sienne. Il semblait bien qu'une nouvelle phase venait de s'ouvrir dans leurs relations.

D'un geste tendre, il lui saisit les deux mains et l'attira vers lui, incapable de dissimuler la lueur de triomphe qui brillait dans ses prunelles. Leurs lèvres se rencontrèrent dans un bref mais réconfortant baiser. Comment aurait-elle pu lui refuser cette petite privauté, après la mésaventure qu'ils venaient de vivre ?

— Voulez-vous que nous descendions ? proposa-t-il. Prenez mon bras, nous irons doucement.

— Oui, merci.

Pas un mot de reproche ni même un froncement de sourcils réprobateur pour sa récente incartade : c'était plus de délicatesse qu'elle n'en espérait.

— Voulez-vous que je fasse apporter du thé… ou du chocolat, peut-être ? proposa-t-il, lorsqu'il eut refermé sur eux la porte du salon. J'espère que vous avez mangé depuis…

— Depuis mon bain ? Oui, j'ai avalé un peu de soupe.

Mais j'avoue que je n'étais guère en état de l'apprécier, murmura-t-elle.

Elle se laissa tomber avec plaisir dans le fauteuil qu'il lui avançait, et apprécia le geste de Chase, qui plaça une petite couverture sur ses genoux.

— Une tasse de chocolat me ferait grand bien.

Il tira le cordon de la sonnette, tout en ajoutant :

— Et une journée de repos, ne croyez-vous pas ? Ensuite, une petite promenade pour vous détendre les jambes, avant une bonne nuit de sommeil…

Une servante pénétra dans la pièce, et il commanda un pot de chocolat et des biscuits avant de prendre place en face de sa visiteuse. Il semblait parfaitement serein, comme si un sprint sur la plage suivi du périlleux sauvetage d'une demoiselle en détresse faisait partie de son programme quotidien.

— Je vous dois d'abord des remerciements, Sir Chase, commença Caterina, soulagée de constater que les mots lui venaient aisément, après tout. Sans vous, je n'aurais jamais pu regagner la rive. Je… je me sens vraiment contrite, vous savez. Je prenais du plaisir à nager et ne pensais à rien d'autre, c'est aussi simple que cela.

Ce qui était en partie faux, puisqu'elle songeait à lui. Et son image ne l'avait pas quittée depuis lors…

— Sans votre aide, je n'aurais pas pu m'en tirer seule, avoua-t-elle.

— Bien sûr que si, miss Chester. Vous vous en seriez tirée seule, parce que votre amour de la vie est plus fort que vous ne le pensez. C'est lui qui vous aurait portée jusqu'à la rive. Vous auriez peut-être mis quelques minutes de plus, voilà tout…, concéda-t-il avec un sourire. Il est vrai que j'ai une petite tendance à être pressé, dès qu'il s'agit de vous. Et maintenant, si nous oubliions cet épisode une bonne fois pour toutes ? Nous avons des sujets bien plus intéressants à aborder.

— Il vous est peut-être aisé de bannir l'incident de votre esprit, Sir Chase, mais c'est plus difficile pour moi. Personne ne m'avait sauvé la vie avant ce matin. C'est une nouveauté pour moi !

— Je comprends… et j'espère bien que l'événement restera sans exemple dans votre vie. Figurez-vous que la situation est exactement l'inverse en ce qui concerne les demandes en mariage. C'est une nouveauté pour moi, alors que vous êtes déjà un vétéran, si j'ose dire…

Il fut interrompu par des coups frappés à la porte.

— Entrez ! fit-il en se retournant.

L'un des vantaux s'ouvrit, livrant passage à la servante, qui disposa sur la table le chocolat et les tasses, accompagnés d'un assortiment de biscuits et de gâteaux aux dimensions impressionnantes. Les instants qui suivirent furent consacrés à la dégustation de ces merveilles culinaires, ce qui laissa à Caterina le temps de digérer ce que Sir Chase venait de lui apprendre.

— Vous n'aviez donc jamais demandé personne en mariage ? s'enquit-elle en reposant sa tasse.

— Jamais, je vous en donne ma parole. Je suis un complet novice en la matière.

— En ce cas, vous avez peut-être des regrets. Il est toujours temps de vous raviser, vous savez.

Chase lui jeta un regard interrogateur par-dessus sa tasse.

— On dirait que c'est ce que vous espérez… Regretteriez-vous déjà d'avoir donné votre assentiment ? En ce cas, je dois vous dire qu'il est trop tard, ma chère amie. Je ne suis pas charitable au point de vous laisser changer d'avis.

— Ce n'était pas mon intention, murmura-t-elle. Vous m'avez mal comprise, monsieur.

Il se pencha en avant et lui prit les mains, l'obligeant à le regarder.

— J'ai l'impression que vous êtes encore en colère contre moi, et que vous n'avez pas pardonné non plus à votre père. Est-ce que je me trompe ?

— Non. C'est parfaitement exact.

Il hocha la tête.

— Mais vous allez tout de même devenir ma femme pour lui complaire ?

— Est-ce là ce qu'il vous a dit ?

— Il m'a assuré que vous étiez une fille de devoir, même s'il vous arrive de faire la forte tête.

— En ce cas, il vous a induit en erreur. Je n'ai pas fait cela pour lui, mais pour ma sœur. J'ai été suffisamment claire avec lui sur le sujet.

— A vrai dire, je ne suis pas non plus pour la soumission au devoir filial en toute chose, particulièrement dans les affaires de cœur. Je préfère que vous m'épousiez par amour pour votre sœur, plutôt que par sens du devoir. Peut-être découvrirez-vous un jour une meilleure raison, mais en attendant, je peux me contenter de celle-là. Est-ce parce que vous vous êtes disputée avec Sir Stephen que vous avez brusquement décidé de partir ?

— Il n'y a pas eu de dispute. J'avais déjà pris ma décision.

— A Sevrington Hall ?

— Oui, avoua-t-elle, avant d'avoir eu le temps de se censurer.

A quoi songeait-elle de se livrer ainsi ? A présent, il risquait fort de deviner pourquoi elle avait fini par lui accorder sa main, indépendamment de Sara. Mais la réponse de Sir Chase la surprit.

— Vous avez encore un choix à faire, vous savez, et je m'en voudrais de vous en priver.

— De quel choix parlez-vous ?

— Votre père est persuadé que vous avez quitté Richmond pour aller demander conseil à votre ancienne gouvernante. Mais à présent que nous nous sommes retrouvés dans des circonstances plutôt... euh... inhabituelles, vous craignez probablement que je ne vous lâche plus une seconde.

— Oui... je... j'avoue que cette pensée m'est venue.

— A tort. Je ne vous imposerai pas ma compagnie, pour peu que vous désiriez être seule. Avez-vous une préférence ?

La réponse fusa avec une éloquente spontanéité :

— Oh, oui, Sir Chase. Je crois que j'aime autant être avec vous. Je ne me sens guère à l'aise depuis mon arrivée ici. Mon plan ne s'est pas déroulé comme je l'escomptais, et à présent, voilà que Millie n'est pas très bien et je ne saurais lui demander de m'accompagner dans mes sorties.

— J'avoue que j'espérais un autre motif, mais il me faudra bien me satisfaire de celui-là.

— Oh, je suis désolée ! Je ne voulais pas me montrer si abrupte. Pour être tout à fait honnête, il est vrai qu'en découvrant votre présence ici, j'ai failli m'en retourner sur-le-champ dans cette horrible chaise de poste rose...

— Mais vous avez résisté à la tentation, observa-t-il, caustique. C'est très courageux à vous.

— C'est seulement que j'ai réalisé que... euh... vous n'essaieriez peut-être pas de...

— De vous brider, eh ? acheva-t-il avec une nuance de tendresse dans la voix. On m'avait prévenu que vous risquiez fort de prendre la poudre d'escampette. Mais ce n'est pas en enfermant une pouliche à l'écurie qu'on lui fait passer le goût des gambades. Vous êtes libre de courir où bon vous semble jusqu'à notre mariage, et même après. Vous aurez votre liberté de mouvement, n'ayez crainte.

— Vous allez donc repartir, afin que je me débrouille seule ?

— Je ne dis pas cela. Il n'est pas question que je vous laisse dans l'embarras.

— Oh...

Les mains dans les mains, ils restèrent un instant silencieux, absorbés par des questions encore trop litigieuses pour être prématurément abordées.

— Il y a encore une chose, reprit-elle enfin avec embarras. Cela concerne mon séjour ici, à l'Auberge du Château. Je n'en parlerais pas si ce n'était pour moi une source d'inquiétude...

— De quoi s'agit-il ? Je peux peut-être vous aider.

— Eh bien, j'avais l'intention de demeurer chez miss Vincent, voyez-vous, et n'avais donc emporté qu'une toute petite somme d'argent. Je crains bien qu'il ne me faille rentrer à Richmond plus tôt que je n'escomptais.

Sir Chase accueillit la confidence d'un visage impassible.

— J'ai une confession à vous faire, déclara-t-il à son

tour. Figurez-vous que j'ai intercepté votre message à Lady Adorna et suis donc parfaitement au courant de vos intentions. Mais vous ne retournerez pas chez vous dans ce voyant équipage.

Et comme elle esquissait un mouvement de protestation :

— Je suis désolé, mais il n'est pas question que ma future épouse s'exhibe dans cette monstruosité à pompons et à fanfreluches. Vous retournerez à Richmond avec moi et je réglerai toutes vos factures. Vous n'avez aucun souci à vous faire.

Mais la jeune fille secoua la tête.

— Je ne puis vous laisser faire cela. Je ne vois pas d'inconvénient à rentrer à Richmond avec vous, mais il n'est pas question que vous payiez à ma place. Tout ce que je vous demande, c'est un petit emprunt que je vous rembourserai dès que…

Il l'interrompit, péremptoire.

— Miss Chester, avez-vous accepté de m'épouser, oui ou non ?

Elle cilla.

— Eh bien… euh… je le crois.

— C'est bien ce que je pensais.

Il lui lâcha la main et prit sur la table un petit paquet enveloppé de papier brun, qu'il déposa dans le giron de Caterina.

— J'espère alors que vous me ferez la grâce de porter cela, juste pour vous remettre la chose à la mémoire s'il survenait d'autres malentendus pour savoir qui paie quoi… J'aime les situations claires, afin que chacun sache où il en est. N'allez pas vous imaginer que vous pourrez me fausser compagnie à l'autel, ma fille !

Et comme elle demeurait immobile, les yeux fixés sur le paquet :

— Qu'attendez-vous pour l'ouvrir ? Cela ne mord pas, vous savez !

Devinant déjà de quoi il s'agissait, elle déchira le papier et déballa une petite boîte de bois précieux au couvercle incrusté de nacre, qu'elle souleva avec circonspection. Sur un fond de velours blanc scintillait un anneau d'or orné d'une superbe émeraude, que mettait en valeur tout un cercle de petits diamants aux reflets d'arc-en-ciel. Le joyau semblait presque trop précieux pour qu'on osât y toucher.

Devant son hésitation, Sir Chase sortit lui-même la bague de l'écrin et la glissa à l'annulaire gauche de la jeune fille.

— Voilà qui rend les choses plus officielles, observa-t-il avec malice. Vos deux précédents fiancés étaient-ils allés aussi loin ?

Elle secoua la tête. En fait, il était déjà allé plus loin que les deux autres de bien des façons ! Mais pourquoi tenait-il tant à le savoir ? Il fallait que subsiste chez lui un esprit de compétition, pour qu'il évoque ainsi ses précédents engagements…

— Parfait, commenta-t-il avec satisfaction. Cette bague vous appartient, quoi qu'il advienne. La porterez-vous pour l'amour de moi ?

— Je le ferai, si cela peut vous être agréable. Merci beaucoup.

— Mais ? Je sens bien qu'il y a un « mais »..., fit-il en lui soulevant le menton du bout du doigt.

— Oh, rien... C'est vraiment une très belle bague, murmura-t-elle.

Ce n'était pas là exactement ce qu'elle aurait voulu dire, s'avoua-t-elle.

— Vous comprenez maintenant pourquoi j'ai tenu à vous ramener sur la rive ce matin, déclara-t-il avec malice. Il aurait été dommage que vous ratiez la chance de la porter, vous ne trouvez pas ? Cela valait la peine de nager de toutes vos forces...

Elle sourit à sa plaisanterie.

— Je n'ai pas réalisé que c'était vraiment vous, expliqua-t-elle, en se remémorant la scène avec un frisson. J'entendais votre voix résonner sans relâche dans ma tête, mais je pensais que...

Elle s'interrompit, les joues roses de confusion.

— Oh, mon Dieu, quelles sottises suis-je en train de raconter ?

Mais les sottises en question ne semblaient pas pour déplaire à Chase.

— Dans votre tête ? Ce n'est pas un mauvais endroit en attendant mieux, fit-il d'un ton badin. Quant à cette histoire d'emprunt, je ne veux plus en entendre parler. Pour l'instant, c'est moi qui gère le département des finances, entendu ?

Caterina se tut, le regard fixé sur le magnifique joyau dont les reflets jouaient sur sa peau. Pour une fois, elle était prise de court par les événements et ne savait trop comment réagir. Elle avait été fiancée à deux reprises, certes. Mais c'était différent cette fois, pour d'obscures raisons.

— Je n'ai rien à vous donner en échange, Sir Chase. Du moins puis-je vous assurer que je ne reprendrai pas ma parole au dernier moment, comme je l'ai fait lors de mes engagements précédents. Je suis allée trop loin pour me dédire.

— Ecoutez-moi, Caterina. Je sais fort bien ce qui vous tourmente. Tout ne se passe pas comme vous l'auriez voulu et vous vous sentez flouée et déçue. Mais en dépit des circonstances, je pense que nous nous entendrons assez bien, une fois que les choses se seront un peu calmées. Nous quitterons Richmond dès que nous aurons prononcé le oui fatidique, faites-moi confiance.

— Vous souhaitez vraiment que les noces aient lieu aussi vite ?

— Oh, oui. Il me tarde de vous emmener loin de cette pétaudière de Paradise Road.

Il n'ajouta pas qu'il brûlait d'impatience de la tenir enfin dans ses bras et qu'il se sentait incapable d'attendre plus longtemps.

Frissonnante, Caterina reprit sa tasse et avala une gorgée de chocolat froid.

— C'est bien précipiter les choses, commenta-t-elle. Mais je suppose que Hannah s'en réjouira. Elle a besoin de ma chambre assez rapidement.

— C'est ce qu'elle vous a dit ? Décidément, elle ne manque pas de tact, ironisa-t-il.

— Oh, ce n'est pas ce que vous pensez. Elle attend un nouvel enfant.

Il accueillit cette information d'un bref silence, puis exhala un soupir.

— En ce cas, notre programme ne pouvait mieux convenir. Y a-t-il autre chose que vous souhaitiez éclaircir ? A moins que vous ne préfériez attendre d'être vraiment remise pour discuter des détails…

En fait, elle se sentait presque déçue. Sans vouloir se l'avouer vraiment, elle avait espéré que Chase scellerait leurs fiançailles d'un baiser, certaine qu'un homme comme lui ne laisserait pas passer l'occasion. Mais il n'en fit rien. Peut-être parce qu'elle était encore faible ? Ou n'en avait-il tout simplement pas envie ?

— Oui, ce sera mieux, convint-elle en posant sa tasse.

Elle toussota, gênée.

— Puis-je monter l'un de ces gâteaux à Millie ? Il va falloir aussi que je passe chez l'apothicaire. Elle a une vilaine toux qui a grand besoin d'être soignée.

— Faites-moi la liste des médicaments dont vous avez besoin et j'enverrai mon valet les chercher.

Elle acquiesça de la tête et leva la main dans la lumière, heureuse de sentir la pression inaccoutumée de la bague à son annulaire. Dieu, qu'elle était belle ! Une exquise promesse d'avenir, en somme…

— Vous l'aimez vraiment ? chuchota-t-il.

Lorsqu'elle releva enfin les yeux, des larmes brillaient au bout de ses longs cils.

— Oh, oui. Elle est vraiment merveilleuse. Merci, Sir Chase.

*
* *

D'une certaine façon, les événements de la matinée avaient complètement changé la donne. « Tenir la dragée haute » à Sir Chase semblait bien futile et mesquin, après la détermination qu'il avait montrée à la suivre à Brighton, lui sauvant même la vie. Décidément, il n'avait pas usurpé sa réputation de gagneur…

D'un autre côté, les jeux n'étaient pas faits pour autant. Oh, elle n'avait pas l'intention de se dédire au dernier moment, comme elle l'avait déjà fait avec ses deux fiancés précédents. Mais le cadeau symbolique de la bague n'avait pas suffi à dissiper son ressentiment, ni à faire d'elle la femme réceptive que Chase semblait désirer. Certes, il se comportait en parfait gentleman, et s'il se montrait ouvertement protecteur, elle aurait eu mauvaise grâce à s'en plaindre vu les circonstances. Mais elle ne pouvait s'empêcher d'être froissée par sa hâte et se sentait autorisée à traîner des pieds.

Aussi réticente qu'elle fût, il lui fallait pourtant compter avec ses propres émotions, exacerbées par sa sensibilité d'artiste. Elle avait beau essayer de l'ignorer, toute une partie d'elle ne demandait qu'à répondre aux avances de Chase. Et pis encore, elle avait eu la sottise de le laisser entrevoir au principal intéressé…

Lorsqu'ils seraient mari et femme, il lui deviendrait bien difficile de se prétendre indifférente à ses gestes d'amour. Sa dernière arme s'en trouverait anéantie… D'un autre côté, la retenue dont il avait fait preuve ce matin-là allait-elle continuer à dominer sa conduite ? En résumé, lui laisserait-il l'initiative ou la prendrait-il littéralement d'assaut, avec l'impétuosité dont il avait fait preuve dans les jardins de Sevrington Hall ?

Quelle que soit la réponse, leur relation avait changé, elle devait bien l'admettre, et cette constatation n'était pas pour lui déplaire. Mais son besoin de romantisme restait insatisfait, mal servi par les circonstances. Un prétendant tout feu tout flammes et une bague de rêve, c'était très bien, mais cela ne suffisait pas. Sir Chase était un joueur et un viveur, elle ne pouvait l'oublier un seul instant. Combien de temps lui faudrait-il pour se lasser d'elle et partir à la conquête d'une autre femme ?

« Et toi, combien de temps seras-tu capable de le tenir à distance ? »

Après avoir pris un peu de repos et administré à Millie les médicaments appropriés, Caterina accepta l'invitation de Sir Chase de faire une « petite promenade » ensemble. Avec lui, elle n'aurait du moins pas à redouter les importunités des miliciens.

— Marcher un peu avec Sir Chase vous fera le plus grand bien, miss, déclara Millie.

La compagnie de Chase n'avait effectivement rien de désagréable, comme elle l'avait déjà découvert lors de leur première promenade à Richmond. Plus ses propres défenses tombaient, plus elle se prenait à songer que le temps s'enfuyait vite quand on était près de lui. Ce premier après-midi de fiançailles lui procura une indéniable sensation de liberté, d'autant plus qu'elle se sentait en sécurité à son côté.

En la voyant au bras de Chase, les jeunes officiers se tinrent à respectueuse distance. Ils purent tous deux déambuler tranquillement sur la Steyne, visiter les boutiques de

Castle Square et explorer les environs du Pavillon Royal en l'absence du prince-régent retenu à Londres.

— J'en remercie le ciel, sans quoi j'aurais été tenu de l'informer de mon arrivée, observa Chase. Puis il m'aurait fallu accepter son invitation à un dîner auquel il serait lui-même arrivé en retard et éméché, et qui se serait achevé le lendemain à l'heure du petit déjeuner. Et bien entendu, pas question de refuser !

— En avez-vous déjà eu la tentation ?

— Pas au début. Lorsque j'étais de service à Brighton, c'était une agréable manière de passer la soirée. Mais j'ai découvert depuis d'autres façons de me distraire.

Caterina, qui redoutait d'en apprendre trop sur les *façons* en question, s'abstint de l'interroger davantage.

Parvenus devant les écuries royales, une impressionnante bâtisse érigée quelques années plus tôt, ils s'arrêtèrent pour admirer l'architecture exotique du bâtiment couronné d'un dôme.

— Voulez-vous jeter un coup d'œil à l'intérieur ? proposa Chase. On peut y voir les chevaux de Prinny.

Caterina ayant volontiers acquiescé, ils franchirent le portail sculpté et se retrouvèrent dans une vaste salle éclairée par une coupole de verre. La lumière tombait à pic sur une fontaine centrale, dont le jet retombait dans un bassin octogonal. Caterina poussa une exclamation à la vue des portes finement ouvragées dans le style indien et des morceaux de miroir qui jouaient avec le soleil en d'éblouissantes frises. Des passages voûtés conduisaient aux innombrables stalles et aux remises, qui voisinaient avec des selleries et des forges. Le premier étage, orné de balcons, abritait les quartiers du personnel.

— C'est absolument incroyable ! On se croirait dans un palais indien.

— Le lieu peut abriter plus de quarante chevaux. Il a coûté trente mille livres et Dieu sait à combien s'élèvent les frais quotidiens… Certains mauvais esprits assurent que les chevaux sont mieux logés que le Prince lui-même.

Impressionnée par la taille et la splendeur du lieu, Caterina le suivit dans une salle adjacente où les boxes abritaient six magnifiques juments, dont les beaux yeux noirs se tournèrent avec curiosité vers les intrus.

— Elles vont aller demain courir aux Downs, la renseigna Chase, en caressant la tête du premier animal. Voudrez-vous aller les regarder ? Nous pouvons nous y rendre en curricle, à moins d'emprunter deux d'entre elles.

Il ne la quittait pas des yeux, tout en flattant les naseaux veloutés de la jument. Dans cet espace tranquille, loin des grooms et des valets d'écurie, ce fut tout à coup comme s'ils étaient transportés dans un autre univers, intime et étrangement érotique avec son décor de harem mauresque. Troublée par la présence de Chase, Caterina sentit une étrange faiblesse amollir son corps, une onde de désir si puissante qu'elle en défaillit presque. De nouveau, elle aurait voulu sentir l'étreinte de ses bras autour de son buste, la pression de sa bouche sur la sienne… et davantage encore, Dieu lui pardonne !

Incapable d'articuler un son, elle lui abandonna sa main gantée qu'il prit doucement dans la sienne. « Ordonnez, et j'accéderai aussitôt à votre désir », lui disait son regard. De toute évidence, il ne voulait plus la contraindre et attendait qu'elle fît elle-même le premier pas, peu désireux d'encourir son blâme de nouveau.

Délaissée par Chase, la jument secoua sa crinière et hennit doucement pour quémander leur attention.

— Eh bien, ma fille, qu'y a-t-il ? murmura-t-il, sans quitter Caterina des yeux.

Le message était clair et elle comprenait bien ce qu'il lui demandait. Mais elle préféra ignorer l'invite. Lui céder trop tôt n'était pas le meilleur moyen de le tenir en haleine.

— Pourquoi ne pas faire les deux ? suggéra-t-elle, en réponse à sa précédente question. Nous pouvons faire le tour de Brighton demain matin en curricle et nous rendre à cheval aux Downs après le déjeuner. Croyez-vous qu'on me permettra d'emprunter celle-ci ? C'est une telle beauté…

Le charme était rompu et Chase eut un sourire qui en disait long.

— Pourquoi pas ? Aidez-moi maintenant à choisir une monture pour moi, voulez-vous ?

Caterina, qui avait presque renoncé à vivre la romance qu'elle avait toujours espérée, fut ravie de constater que les méthodes de Chase n'avaient rien à voir avec celles de ses deux précédents fiancés.

Cet après-midi-là, des roses firent leur apparition dans sa chambre, et au dîner, leur table s'ornait d'une ellébore, une plante synonyme de protection dans le langage symbolique des fleurs. D'autres petits cadeaux suivirent le premier : une paire de gants brodés, un mouchoir de dentelle, un recueil de poèmes de William Blake et deux billets de théâtre pour le samedi suivant.

— Mais moi, je n'ai rien à vous donner, objecta-t-elle en ouvrant une boîte de bonbons fins.

— Bien sûr que si, répondit Chase. Mais je peux attendre, vous savez…

Il avait parfaitement conscience d'avoir affaire à une vierge et ne voulait pas profiter de cette impétuosité qui avait failli la jeter plusieurs fois dans ses bras ces derniers jours. Il avait observé le combat qu'elle menait contre ses propres impulsions et avait vu le désir assombrir son regard, en même temps que la crainte. Effrayée mais curieuse, elle avait hâte d'apprendre les rudiments de l'amour, tout autant qu'elle brûlait de fuir Paradise Road et ses contraintes.

Mais Chase était décidé à prendre son temps et à lui montrer son meilleur côté. Aussi se livra-t-il à une cour en règle jusqu'à leur sortie du samedi soir, qui devait être la dernière avant leur départ pour Richmond.

Comme souvent à Brighton avant la Saison, le Théâtre Royal de New Street fonctionnait encore au ralenti. Au début du mois de mai, le programme manquait sérieusement de têtes d'affiche et les musiciens d'expérience. Après avoir suivi avec un soupçon d'ennui la première partie de la représentation, Chase suggéra à sa compagne de partir à l'entracte. Mais elle se refusa à déserter les lieux avant la fin du spectacle.

— Ce ne sont peut-être pas les meilleurs acteurs du monde, mais ils ne méritent pas que toute la salle se lève avant la fin, assura-t-elle.

— Vous exagérez, répliqua-t-il avec un brin de sécheresse. Deux personnes sont loin d'être « toute la salle ».

Caterina fut vexée par le reproche.

— Je *suis* excessive, que voulez-vous.

— Ce que je trouve excessif, c'est votre loyauté à l'égard de ce groupe d'amateurs. Si j'avais su qu'ils seraient aussi mauvais, je vous aurais plutôt invitée au Château. On y donne des réunions charmantes.

— Oh, non, j'aime bien mieux être ici, assura-t-elle. Mais le fait est que *vous* vous ennuyez. Les tables de jeu vous manquent, je suppose. Vous avez dû vous sentir privé de divertissements tous ces derniers jours.

— Plus que vous ne le pensez, fit-il en bâillant ostensiblement. Dieu, que mes occupations habituelles m'ont manqué : le jeu, l'alcool, la débauche et les femmes... Comment ai-je pu me passer de tout cela un seul jour ?

— Qui est-ce qui exagère à présent ?

Chase ne s'offusqua pas de cette petite querelle. Il avait déjà remarqué que la jeune fille trouvait dans ces prises de bec un exutoire à ses tensions. Elle allait bientôt devoir affronter son père après son escapade, et son temps de jeune fille était compté. Deux raisons pour elle de se sentir nerveuse ! De toute évidence, elle avait besoin d'un bouc émissaire pour se défouler et il était prêt à assumer ce rôle... pour l'instant.

— Vous n'avez pas pu chanter ces derniers temps, observa-t-il, comme ils reprenaient place dans leur loge. Combien de leçons avez-vous manquées ?

— Deux, répondit-elle avec sécheresse, comme si elle l'en tenait personnellement pour responsable.

— Et quand doit avoir lieu votre prochaine prestation, si je ne suis pas indiscret ?

Elle haussa les épaules, étonnée par sa question.

— Je n'en sais rien.

Mais tout en le rabrouant ainsi, elle ne pouvait s'empêcher d'être réceptive au charme physique qui rayonnait de son compagnon, dont la virilité se tempérait d'une aisance à couper le souffle. A la promenade, à table ou au théâtre, elle s'enorgueillissait d'être vue à son côté et avait revêtu ce soir-là ses plus beaux atours pour ne pas détoner avec l'élégance de Chase. Quel dommage qu'il ne fît plus la moindre tentative pour l'embrasser comme dans les jardins de Sevrington Hall ! Visiblement, il attendait qu'elle le sollicite d'abord. Mais ce n'était pas elle qui allait lui donner cette satisfaction !

— Et où doit avoir lieu la représentation ? insista-t-il.

— A Chiswick House, tout près de Paradise Road. Vous n'avez pas besoin d'y assister.

— Je viendrai, répliqua Chase. Rappelez-vous ce qui s'est passé la dernière fois. Vous pourriez avoir encore besoin d'un accompagnateur.

— Oh, il n'y a aucun danger que l'incident se renouvelle. Le duc de Devonshire a son propre orchestre, dont les musiciens demeurent sur place. Le signor Cantoni sera également avec moi.

— J'y serai aussi. Le duc est l'un de mes amis.

— J'aurais dû m'en douter !

La seconde partie du spectacle ne fut pas meilleure que la première, et Caterina aurait regretté d'être restée, si la grande main de Chase ne s'était à un moment emparée de la sienne avant de se poser dans son giron, où elle se nicha sans plus de façons.

Effarée, la jeune fille sentit les longs doigts caressants glisser à l'intérieur de sa cuisse, où ils se livrèrent à une secrète besogne, dissimulés par les plis de sa robe de mousseline. Une légère exclamation s'échappa de ses lèvres, mais comment protester sans attirer l'attention, quand elle pouvait être vue de tous les autres spectateurs ?

Tous les sens en éveil, elle le laissa faire, les nerfs vibrant d'un indicible plaisir. Il avait fait le premier pas, en fin de compte, et elle n'avait plus à assumer la responsabilité de ce qui allait suivre. Mais son tacite acquiescement à ses caresses en disait suffisamment long et il ne se méprit pas sur son silence.

— Petite hypocrite ! chuchota-t-il, profitant d'une scène particulièrement bruyante qui couvrait ses paroles. Je commence à bien lire dans votre jeu, vous savez…

— Combien de temps cela va-t-il durer encore ? interrogea-t-elle, les yeux fixés sur la scène.

L'ambiguïté de cette remarque amusa Chase.

— Drôle de question…, répondit-il avec un sourire.

La représentation enfin achevée, les deux jeunes gens reprirent à pied le chemin de l'auberge, située à cinq minutes de marche du théâtre. Le trajet s'effectua dans un silence tendu, qui laissait présager un imminent changement dans leurs relations.

Parvenu à la porte de Caterina, Chase se tourna vers sa compagne.

— Où dort votre soubrette ?

— Dans la chambre voisine. Elle a déménagé, car sa toux m'empêchait de dormir.

— Parfait. Le temps de me changer, et je vous rejoins d'ici une petite demi-heure.

— Sir Chase… euh… Excusez-moi, mais ce n'est pas possible, vraiment.

— Pourquoi donc ?

Elle se mordit la lèvre dans l'obscurité.

— Je ne sais pas.

— Alors je vais venir. D'accord, Caterina ?

La réponse lui parvint dans un balbutiement :

— Oh, je… Eh bien oui… céda-t-elle enfin, les joues empourprées.

6.

Désirer Sir Chase était une chose. Mais s'offrir à lui comme enjeu d'un pari était une tout autre affaire. Lorsque trois légers coups retentirent dans le silence de la chambre, signalant l'arrivée du visiteur, Caterina portait encore sa robe du soir en mousseline crème et elle avait envoyé Millie se coucher.

Chase pénétra dans la pièce, revêtu d'une robe de chambre de soie grise et enveloppé des effluves de son eau de toilette. S'il fut surpris de la trouver en tenue de ville, il n'en manifesta rien. Refermant la porte derrière lui, il attendit tranquillement.

— Je… euh… j'ai changé d'avis, bredouilla Caterina. Je suis désolée, mais essayez de comprendre. Ce serait me trahir moi-même, n'est-ce pas ? Vraiment, je ne peux pas faire cela. La chose attendra jusqu'à… eh bien, le temps qu'il faudra !

Elle écarta les mains dans un geste d'impuissance. A la faible lumière du chandelier, elle vit briller dans les yeux de Chase une lueur d'amusement, au lieu du dépit qu'elle attendait. N'avait-il donc pas compris ? Irritée, elle renouvela sa déclaration d'un ton plus acéré :

— Allez-vous-en, je vous prie. J'ai passé une excellente soirée, mais à présent, je voudrais me coucher. Bonne nuit, Sir Chase…

Elle recula en le voyant s'avancer résolument vers elle. D'un geste prompt, il s'empara des gants qu'elle tenait encore à la main et les jeta sur une chaise.

— N'avez-vous pas compris ce que je viens de dire ? protesta-t-elle. J'ai changé…

— D'avis, je sais. Je commence à connaître le refrain ! Vous êtes sur le point de faire quelque chose, vous hésitez, puis vous vous dédisez… Cette fois, vous ne pouvez supporter l'idée de vous soumettre, ou même de consentir, malgré l'évident désir que vous éprouvez pour moi. Ce n'est pas dans votre ligne de conduite, n'est-ce pas ? Farouche et fière créature ! A moins que vous ne soyez mue par un sentiment beaucoup plus banal après tout…

— Le… lequel ? fit-elle en battant en retraite à tâtons dans la pénombre.

— L'orgueil ! lui assena Chase, qui la suivait comme un félin traquant sa proie. C'est compréhensible, après tout. Mais j'ai un moyen de contourner le problème à notre mutuelle satisfaction. Voulez-vous que je vous montre ?

— Non ! s'écria-t-elle.

Acculée contre la table de nuit, où vacillait la flamme de la chandelle, elle voulut lui échapper en bondissant sur le côté. Mais elle ne fut pas assez prompte pour l'éviter. Ses bras se refermèrent sur elle avec une rapidité déconcertante, lui arrachant un petit cri. Elle voulut se débattre, mais il l'avait déjà jetée sur le lit, où il l'immobilisa en pesant sur elle de ses cuisses musclées. Puis il emprisonna ses mains pour l'empêcher de lui marteler la poitrine.

— Non ! s'insurgea-t-elle. Ce ne sont pas des façons de faire. Nous devrions au moins discuter comme des personnes civilisées. Mais bien entendu, tout cela ne signifie rien pour vous… Alors lâchez-moi, bonté divine !

— Doucement… Arrêtez de gigoter et écoutez-moi, voulez-vous ?

— Je ne veux pas vous écouter, haleta-t-elle.

Il était si près qu'elle aperçut tout un pan de son torse dans l'échancrure de sa robe de chambre, tandis que la chaleur troublante de son corps la pénétrait à travers l'étoffe de ses vêtements. Une délicieuse vague d'excitation déferla dans tout son corps et elle sentit son cœur s'emballer dans sa poitrine.

— Je… je ne veux pas faire cela avec vous, chuchota-t-elle avec une absence totale de conviction.

— Vous préférez que j'insiste pour vous imposer ce dont votre corps meurt visiblement d'envie ? Vous aurez ainsi la conscience nette, n'est-ce pas… Oui, oui, je sais tout cela, inutile de m'en conter. Mais si vous croyez que cela ne signifie rien pour moi, vous vous trompez, ma belle. Si une autre femme soulevait autant d'objections que vous, je ne perdrais pas mon temps avec elle une seconde de plus. Et maintenant, voyons si nous pouvons débloquer la situation avec un brin de persuasion…

Il lui lâcha les mains pour dénouer le lacet de sa robe et lui dégager les épaules. Les coudes collés au corps, Caterina se cramponna aux deux pans de son corsage comme si sa vie en dépendait.

Pourquoi cette résistance, quand elle savait fort bien qu'en dépit de son refus, tout en elle n'attendait que cet instant ? Seul un homme aussi expérimenté que Chase pouvait passer outre à ses protestations insincères pour accepter ce qu'elle avait à donner : un étrange assortiment de fierté, d'abandon et de passion. Lui seul pouvait comprendre ce qu'elle désirait en retour. Non pas les fades approches habituellement réservées aux vierges, mais la vraie chose, avec un homme dans toute la force du terme. Comme lui…

D'un regard inquisiteur, il plongea dans ses yeux et y lut la réponse qu'il cherchait. Oui, elle était bel et bien consentante. En dépit de ses objections purement formelles, ses bras déjà se relâchaient, las de le repousser. La tête inclinée vers elle, il se mit à l'embrasser, taquinant ses lèvres du bout de la langue.

Il cherchait à susciter une réponse et ne fut pas déçu. Cette fois encore, elle s'embrasa littéralement sous son baiser, contredisant ses propres affirmations.

— Oh, Chase…, gémit-elle.

D'un geste impatient, il se redressa pour ôter sa robe de chambre, qu'il jeta par terre avant de se pencher de nouveau vers elle, cherchant du regard le moindre signe de révolte ou de détresse. Mais non… Elle restait étendue devant lui, les yeux mi-clos, prête à s'abandonner à son ardente approche, comme elle l'avait déjà rêvé tant de fois.

Elle vibrait toute à le sentir nu tout près d'elle. Si solide, si puissant… Du bout des doigts, elle explora son corps musclé aux larges épaules et aux hanches étroites, dont l'anatomie ressemblait si peu à ses propres formes éminemment féminines. A la lueur de l'unique chandelle qui brûlait sur la table, il ressemblait à un dieu antique, avec ses traits à la perfection olympienne. Elle ne lui marchanda pas son admiration. « Voyez, j'ai cessé de protester ! » lui dit clairement son regard.

Il s'empara de nouveau de sa bouche pour distraire son attention tandis qu'il lui retirait son corset, libérant deux seins au galbe parfait dont sa main épousa le contour. Puis il fit glisser la robe jusqu'à ses hanches. Le contact de sa peau contre la sienne arracha un gémissement de désir à la jeune fille. Elle se cambra vers lui et plaqua ses hanches sur les siennes tandis qu'il approfondissait son baiser. Elle le désirait, acceptant de lui tout ce qu'il avait le pouvoir de lui offrir.

D'un geste aveugle, elle empoigna sa robe qu'elle acheva d'ôter avec l'aide de Chase. Puis elle entrelaça ses jambes aux siennes, impatiente de découvrir la géographie de son corps. Mais elle s'arrêta net en sentant un étrange objet dur se presser contre son ventre. Stupéfaite, elle lui retira sa bouche, une lueur d'appréhension dans les yeux. Elle avait bien vu cette partie de l'anatomie masculine sur des statues antiques, ou chez ses minuscules demi-frères, mais certains détails de fonctionnement lui étaient demeurés pour le moins obscurs. Jamais elle n'avait imaginé pareil phénomène…

Sir Chase ne fut pas étonné de sa réaction. Il avait affaire à une innocente, après tout. Aussi sensuelle et passionnée qu'elle fût, elle ignorait tout des hommes. Elle en avait rencontré beaucoup, mais il était le premier à accéder à son intimité.

— Tout va bien, chuchota-t-il. Rien ne nous presse, ma chérie. Allons tout doucement, voulez-vous ? Je vais vous montrer, n'ayez crainte…

Joignant le geste à la parole, il laissa sa main descendre

le long de son épaule et de sa gorge, abreuvant sa peau satinée d'une averse de baisers. Caterina ferma les yeux de ravissement, trop affamée de lui pour acquiescer à sa proposition. Elle voulait tout, tout de suite… Poursuivant son exploration, la main de Chase descendit jusqu'à ses seins, légère comme une brise.

— Ooooh…, s'exclama-t-elle, lorsque sa paume effleura l'un de ses mamelons.

Attentif à sa réponse, il emprisonna la pointe palpitante entre ses lèvres et l'excita du bout de la langue. Avec un gémissement, elle écarta les genoux, et il comprit qu'elle était déjà prête à aller plus loin.

— Je… je ne sais pas ce que je dois faire à présent, lui murmura-t-elle à l'oreille d'une voix vibrante de désir. Guidez-moi, je vous en prie…

Elle faisait déjà tout ce qu'un homme pouvait attendre d'une femme, et plus encore, songea-t-il avec délices. Renonçant à tous les préliminaires, il passa un bras sous sa taille et la souleva vers lui. Puis il la pénétra en douceur, lui arrachant une exclamation de surprise. Il s'immobilisa aussitôt pour lui laisser le temps de se remettre.

— Respirez, chuchota-t-il.

Elle lui obéit tant bien que mal.

— Ce… ça va bien… Est-ce tout, Chase ?

— Pas tout à fait, ma jolie sauvage…

— Qu'y a-t-il d'autre ? Oh, je sens… C'est donc cela ? exhala-t-elle dans un souffle. Oh, oui, continuez…

Il avait repris son incursion et s'immisçait en elle par de lentes et voluptueuses poussées, tout en faisant pleuvoir les baisers sur son visage.

Elle gémit doucement, partagée entre la douleur et une

félicité qu'elle n'avait jamais osé rêver, enfin révélée par ce bel homme arrogant qui semblait comprendre ses désirs mieux qu'elle-même. Oui, c'était bien lui qu'elle voulait, le seul dont elle souhaitât ainsi l'étreinte… S'étirant sous lui, elle sentait pleinement chacun de ses coups de boutoir et anticipait le suivant avec une excitation croissante, tandis qu'il l'emplissait de sa virile plénitude.

— Oh, ne cessez pas…, supplia-t-elle dans un chuchotement d'extase.

Chase, qui ne s'attendait guère à une si prompte réponse, comprit au son de sa voix qu'elle approchait de l'instant qui allait bouleverser sa vie de femme. Dans un paroxysme de passion, elle tendit les hanches vers lui en exhalant un cri rauque.

— Chase…

Accélérant le tempo, il la rejoignit juste à temps pour atteindre avec elle les sommets de l'extase, aussi parfaitement accordés que s'ils avaient fait l'amour ensemble depuis des années. Dieu savait que Chase ne s'attendait pas à cela…

Pour Caterina, la jouissance fut un véritable tremblement de terre qui la laissa tremblante, dans un état d'euphorie comme elle n'en avait jamais connu de sa vie. L'espace de quelques instants, elle flotta dans un étrange brouillard entre sommeil et veille, tandis que Chase demeurait immobile à l'intérieur d'elle, la respiration encore haletante.

Puis il se tourna vers elle et enfouit le visage dans la masse fauve de ses boucles.

— Quelle créature étonnante vous faites ! Vous ressemblez à du vif-argent… ou à un arc-en-ciel. Arriverai-je jamais à vous connaître vraiment ? Vous êtes incroyable, vous savez…

Elle sourit sans répondre et ne protesta pas lorsqu'il se retira doucement d'elle et l'attira dans ses bras. Elle se sentait incomplète tout à coup, mais si délicieusement épuisée… Elle aurait tant voulu le garder en elle pour toujours ! Oh, il fallait qu'elle trouve un moyen de le retenir, afin qu'il ne s'éloigne pas d'elle comme la plupart des hommes après avoir engendré un héritier. Imprévisible, avait-il dit ? Eh bien, il fallait qu'elle se fasse encore plus inattendue, pour captiver son attention à chaque instant du jour et de la nuit. Apparemment, elle ne s'y était pas trop mal prise jusque-là…

— Il semblerait que nous ayons quelque peu bousculé le rituel, commenta-t-il avec un sourire nonchalant.

— Comment cela ?

— Eh bien, je pensais que vous préféreriez quelque chose de moins… précipité. En fait, je m'étais préparé pour un très, très long processus de séduction.

Elle écarquilla les yeux.

— Mais *c'était* très lent !

Le sourire de Chase s'élargit.

— Certainement pas, miss Chester. Selon les standards habituels, ce fut même d'une vitesse quasi météorique !

— Mais alors, vous êtes déçu ?

Il se souleva sur un coude pour plonger dans les beaux yeux de topaze dont le regard avait quelque chose de presque enfantin.

— Déçu ? répéta-t-il en riant. Non, tout au contraire. Surpris indéniablement, et même fasciné, mais en aucun cas désappointé. Je sais à présent jusqu'où peut vous conduire la passion. C'est bien ce que j'avais senti en vous dès le premier instant où je vous ai vue. Soupe au lait, impulsive, et prête à vous montrer sans honte telle que vous êtes… C'est une forme d'honnêteté que j'admire, même quand elle s'exerce à mon encontre. Je vous ai désirée tout de suite, Caterina. Et je vous désire encore davantage aujourd'hui. Je veux découvrir toutes les facettes de votre personnalité, de votre passion. Savoir ce qui se cache derrière ces beaux yeux…

Tout en parlant, il jouait avec les courtes boucles de ses cheveux.

— Il va vous falloir du courage, je le crains, soupira-t-elle. Je suis parfois un peu… euh… un peu trop prompte dans mes réactions.

Cet aveu ne manqua pas d'amuser Chase.

— Je sais… Je commence à prendre votre mesure, jeune impétueuse. Et j'ose espérer que je suis à votre hauteur. Je l'ai déjà un peu prouvé, n'est-ce pas ?

C'était indéniable, s'il se référait à la scène de la baignade… Mais pensait-il s'en tirer à si bon compte ?

— Prouvez-le-moi davantage. Montrez-moi ce *processus* qui est censé durer si longtemps… Oh, oui, rendez-le cent fois plus long, si c'est possible !

La main de Chase, qui avait commencé à s'égarer bien avant cette invite, descendit le long de son ventre et alla se poser sur le doux renflement qui abritait les secrètes profondeurs de sa féminité. Elle exhala un soupir, l'invitant à approfondir sur-le-champ ses investigations.

— Ce qui va être très intéressant, c'est de découvrir comment *vous* freiner, ma beauté.

Et se penchant vers elle, il s'empara de nouveau de ses lèvres.

Caterina était venue à Brighton pour faire une démonstration d'indépendance et prendre de la distance avec son propre avenir. Mais le destin en avait décidé autrement, et son voyage de retour fut aussi différent de l'aller que possible. Foin de l'affreuse chaise de poste framboise de Lady Dorna ! Le curricle de Chase était le summum du bon goût, et s'ils se firent tout autant remarquer, ce fut surtout pour l'indéniable beauté de leur attelage.

Tandis qu'ils gravissaient la colline qui montait à Reigate, Caterina se laissa persuader de passer la nuit au relais de poste, sous prétexte de laisser les chevaux se reposer. Mais la jeune femme ne fut pas dupe du motif. De toute évidence, celui qui avait besoin d'un lit était bel et bien Chase !

Leur première nuit ensemble avait laissé peu de place au sommeil et il devait avoir grand besoin de réparer ses forces… en sa compagnie, bien entendu.

Quant à Millie, elle les suivait dans une chaise de poste louée pour la circonstance, avec le valet de Sir Chase et les bagages. La malheureuse chambrière n'était pas encore remise du choc qu'elle avait éprouvé ce matin-là, en trouvant sa maîtresse couchée avec l'homme qu'elle prétendait détester. Du moins sa bronchite était-elle en bonne voie de guérison, songea Caterina en guise de consolation.

*
* *

Le temps était nuageux lorsqu'ils quittèrent Reigate le lendemain matin, dans l'intention d'atteindre Richmond vers midi. Dieu seul savait quelle réception les attendait au 18, Paradise Road. Mais Caterina ne se faisait guère de souci à ce sujet, plongée qu'elle était dans les délicieux souvenirs d'une nuit où le sommeil, encore une fois, n'avait joué qu'un rôle très mineur. Sir Chase lui adressa à plusieurs reprises un sourire complice, mais ne chercha pas à rompre le cours de ses réminiscences, qui devaient rejoindre les siennes.

Contrairement à lui, Caterina manquait trop d'expérience pour se livrer à des comparaisons. Mais elle se doutait bien qu'il devait être un amant exceptionnel pour lui avoir donné coup sur coup tant de plaisir. Si le vilain rôle joué par son père n'était pas venu tempérer sa joie, elle se serait sans doute considérée comme la plus fortunée des femmes. En attendant, elle se réjouissait à la perspective de quitter Paradise Road dans moins d'une semaine.

La question se posait à présent de savoir laquelle des nombreuses résidences de Sir Chase les accueillerait après leur mariage.

Tous deux hésitaient encore, mais ils finirent par convenir qu'un petit séjour dans la maison londonienne de Halfmoon Street s'imposait d'abord. Caterina pourrait ainsi se livrer à des emplettes indispensables dans les boutiques de la ville. Il lui faudrait aussi remplir ses engagements en donnant un concert à Chiswick House, l'une des demeures du duc de Devonshire. Après quoi, ils seraient tous deux libres de transporter leurs pénates où bon leur semblerait. C'était là une perspective réjouissante pour Caterina, qui finissait presque par en oublier le côté sombre de l'affaire.

— Pourquoi ne prendrions-nous pas votre professeur de chant avec nous ? suggéra tout à coup Chase, comme ils dévalaient une route ombragée de grands arbres. Il y a des pianos dans toutes mes maisons, et ce n'est pas bon pour vous de devoir compter sur des musiciens de passage, comme ceux dont les Ensdale avaient loué les services. Le Signor Cantoni appréciera sans doute la proposition. Devenir notre professeur de piano attitré lui assurera une position plus stable.

— *Notre* professeur ? répéta-t-elle d'un air interrogateur, bien qu'elle connût d'avance la réponse.

— Mais oui ! J'espère bien que nos enfants seront tous musiciens… Nous pourrions donner régulièrement des concerts familiaux.

— En ce cas, je lui soumettrai l'idée. Merci d'y avoir pensé, c'est très aimable à vous.

— J'aime faire plaisir, assura-t-il avec un sourire à double entente.

Comment aurait-elle pu ne pas approuver, quand il en faisait davantage pour lui plaire que ses deux précédents fiancés réunis ? Dommage qu'elle dût à présent regagner Paradise Road et affronter son père…

Contrairement à ce qu'elle avait pu craindre, M. Chester ne chercha pas à savoir pourquoi elle avait quitté la maison sans les informer de son départ. Son accueil et celui de Hannah fut aussi chaleureux qu'elle pouvait le souhaiter, de la part de parents conscients que le temps qu'elle avait à passer avec eux était désormais compté.

Après être resté enfermé une heure avec son futur beau-père, Sir Chase sortit du bureau avec le sourire et un hochement de tête rassurant. Manifestement, les choses s'étaient passées le mieux du monde. Caterina lui fut reconnaissante de lui avoir évité l'embarras de devoir s'expliquer sur les circonstances de leur séjour à Brighton. Personne ne lui posa la moindre question, si ce n'est sur des détails d'organisation pratique concernant les jours qui allaient suivre.

La cérémonie fut fixée au vendredi suivant, Sara devant être de retour juste à temps pour y assister.

— Mon Dieu, c'est si proche ! observa Hannah, qui s'inquiétait des préparatifs.

Et d'ajouter avec un sourire :

— Votre bague est vraiment superbe. Et cette nouvelle coiffure vous va très bien, vous savez.

— Ravissante, renchérit Sir Stephen, ravi de voir son vœu le plus cher sur le point de se réaliser.

Dans l'attente du jour fatidique, les parents du promis furent dûment invités à dîner au domicile de la future. Après quoi, les fiancés commencèrent une tournée réglementaire de visites, qui les menèrent de Sheen Court, où tante Amélie et Lord Elyot les félicitèrent chaleureusement, jusqu'à Mortlake, chez Lady Dorna. Aussi curieuse que fût celle-ci d'apprendre ce qui s'était passé à Brighton, Chase trouva le moyen d'esquiver ses questions avec tant d'habileté que Caterina l'aurait volontiers embrassé pour sa discrétion.

Tous deux se rendirent ensuite à l'église, où ils mirent au point avec le pasteur le déroulement de la cérémonie.

— Pourquoi tant de tintouin, alors que tout pourrait être si simple ? observa Chase ce soir-là, quand ils furent de retour Paradise Road.

— Trois jours, c'est un peu court pour toutes les démarches, admit Sir Stephen.

Et Hannah de hasarder avec une pointe d'irritation :

— Evidemment, si Cat ne s'était pas enfuie à Brighton…

Caterina retint juste à temps la réponse acerbe qui lui était montée aux lèvres.

Vu la somme de tâches à accomplir, les choses en fin de compte se passèrent remarquablement bien. Le dîner avec Sir Reginald et Lady Fitzsimmon, le beau-père et la mère de Chase, se déroula dans une atmosphère de cordiale intimité, les deux invités connaissant Hannah depuis son enfance. Lorsque Caterina eut clôturé la soirée en chantant un lied, accompagnée par Sir Chase au piano, ils furent convaincus pour la première fois que leur fils avait enfin choisi la bru idéale en la personne de cette jolie jeune fille qui réunissait tous les talents. Quant à la principale intéressée, elle éprouva pour ses futurs beaux-parents une sympathie sans réserve, bien qu'elle les soupçonnât de faiblesse à l'égard de leur trop séduisant rejeton.

Ce soir-là, veille de son mariage, elle fut incapable de trouver le sommeil. Sara avait bavardé très tard, tout excitée par la perspective du lendemain et surtout par les perspectives d'avenir qu'allait lui ouvrir le mariage de sa sœur.

— C'est merveilleux, Cat. Constantin va pouvoir demander ma main à présent. Oh, j'attends ce moment avec tant d'impatience !

Et de détailler complaisamment ses projets, jusqu'au moment où elle avait fini par s'endormir au beau milieu d'une phrase.

Les yeux ouverts dans l'obscurité, Caterina entendit les horloges de la maison sonner minuit, bientôt relayées par le beffroi de la ville. Trop nerveuse pour rester au lit, elle se leva silencieusement, s'enveloppa dans un châle et descendit au rez-de-chaussée, un chandelier à la main.

La porte du bureau de son père était entrouverte, et elle ne put résister à la tentation de revoir l'endroit où elle avait rencontré Chase pour la première fois. Aucun des deux hommes n'avait évoqué avec elle la question de la dot et des autres arrangements financiers. Peut-être aurait-elle dû s'enquérir de la reconnaissance de dette de Harry, mais elle n'avait pas trouvé un seul instant pour cela.

Projetant une faible lumière sur les objets familiers, la chandelle éclaira successivement le dessus marqueté du bureau de noyer, une boîte en acajou semblable à celle du chronomètre marin de Lord Ensdale, et le cadre doré d'un tableau suspendu au mur. Curieusement, Caterina n'avait jamais remarqué cette peinture, qui représentait un navire voguant vers la haute mer, toutes voiles dehors. Depuis combien de temps son père s'intéressait-il aux bateaux ? Curieuse, elle leva le candélabre pour lire le titre de l'œuvre. *Le Caterina quittant le port de Liverpool*, déchiffra-t-elle.

Le *Caterina* ?

Intriguée, elle posa le chandelier sur le bureau et s'assit dans le fauteuil de son père, d'où elle jeta un coup d'œil machinal sur les piles de papiers bien rangés qui s'étageaient devant elle. Son attention fut attirée par une lettre pliée en quatre et adressée à M. Stephen Chester. Elle reconnut aussitôt l'écriture familière de Harry. Pourquoi son père n'avait-il parlé à personne de cette missive ? Le sujet lui était-il donc pénible à ce point ?

Sans hésiter, elle saisit le papier et le déplia, espérant y trouver l'expression des regrets de son frère pour les désagréments que cet étourneau leur avait causés à tous. Mais ce qu'elle lut n'était pas tout à fait de la veine qu'elle attendait :

« Mon cher père,

Conformément à votre demande, voici un compte rendu de ce que j'ai trouvé ici à mon retour de Richmond, que j'ai dû quitter hâtivement à mon grand regret. »

On pouvait à peine appeler cela des excuses, songea-t-elle, réprobatrice.

« Vous serez sans doute heureux d'apprendre que le *Caterina* est rentré au port en mon absence, en avance sur la date prévue. Les douaniers sont montés à bord pour fouiller le bateau, mais comme ils n'avaient aucune raison de soupçonner que des Africains avaient séjourné dans la cale, leurs recherches n'ont rien donné et j'ai eu le plaisir de verser leur rapport dans le dossier, sans que nul soupçonne mon implication dans vos affaires. Vos instructions ont été suivies à la lettre par le capitaine Bowes, un homme très fiable qui a livré les 422 hommes et 30 femmes à notre agent en poste à St Kitts, où il a chargé ensuite le sucre en provenance de nos plantations. Il a complété la cargaison en route avec du café, du coton et du brandy de Rio de Janeiro. Après avoir payé l'équipage et réparé d'éventuelles avaries, je pense que la vente des diverses marchandises devrait nous rapporter autour de 135 pour cent de bénéfice net.

Je suis bien conscient que ma dette de jeu était cette fois exceptionnellement élevée. Mais même si j'avais voulu être raisonnable, ce Boston ne m'aurait pas laissé faire. Il m'a fait boire pour m'inciter à parier plus que je ne le voulais. L'homme a une chance insolente, hélas. Mais heureusement pour nous, les profits du *Caterina* et le retour du *Hannah*, puis du *Welldone* en septembre, si Dieu le veut, nous permettront d'acquitter ma dette sans problème, comme les précédentes.

Soyez sûr en tout cas que vos intérêts ici sont bien protégés. Le capitaine Bowes est le moins bavard des hommes et il paie si bien les membres de l'équipage qu'aucune indiscrétion n'est à redouter de leur part. Comme il a chargé les cales avec des cotonnades de Manchester en repartant, nul ici ne soupçonne le second côté du triangle. Espérons que cela durera et que nous pourrons continuer à échapper à la vigilance de l'Escadron de la British West Africa qui patrouille près des côtes.

Je vous préviendrai dès que les fonds seront en sécurité à la banque Chester de Manchester. En attendant, transmettez mes affectueux souvenirs à Mme Chester et à mes sœurs.

Votre fils respectueux,

Harry Chester.

PS : Un paquet contenant du gingembre, de la vanille et

du tabac a été adressé pour vous à notre agent à Londres, M. Snell. »

Abasourdie, Caterina reposa la lettre, le regard fixé sur la flamme vacillante de la chandelle. Ses pensées étaient littéralement en déroute. Comment concilier ce qu'elle savait de son père avec cet aspect inconnu de sa vie que venait de lui révéler la missive sans le moindre doute possible ? Si ce papier tombait entre les mains des autorités, Sir Stephen serait immédiatement accusé de trahison. Et Harry n'avait même pas eu l'élémentaire bon sens de l'écrire dans un code convenu d'avance !

De toute évidence, la situation était pire que tout ce qu'elle aurait pu imaginer, bien plus grave en fait que si Sir Stephen avait été simplement trop pauvre pour honorer la dette contractée par Harry. La vérité, c'était qu'il était parfaitement en état de payer les frasques de son fils, même quand le montant atteignait de tels sommets. En d'autres termes, il n'avait aucun besoin de vendre sa fille pour s'acquitter. C'était là une traîtrise qu'elle n'était pas près de lui pardonner.

Mais il y avait pire encore. La lettre de Harry révélait chez le père et le fils un appétit d'argent qu'elle n'avait jamais soupçonné chez eux. Avides de s'enrichir à tout prix, ils n'hésitaient pas à se livrer au trafic des vies humaines, violant ainsi la loi britannique. L'Acte promulgué par le Parlement en 1807 interdisait le commerce des esclaves à tout navire en provenance des ports anglais. Mais beaucoup de marchands et de propriétaires de bateaux contournaient l'édit sans vergogne, sachant qu'il existait plus d'un moyen de dissimuler cette entorse au règlement.

L'année précédente, la loi s'était faite plus sévère, et les contrevenants encouraient jusqu'à quatorze années de déportation en Australie, ainsi que la confiscation de tous leurs biens. Le risque était d'envergure. Comment son père pouvait-il ainsi mettre en danger tout ce à quoi il tenait, en échange d'une fortune qu'il était trop avare pour partager, même avec les êtres les plus chers à son cœur ?

Caterina se sentait quasiment assommée. Autour d'elle, la pièce était parfaitement silencieuse, comme si les objets eux-mêmes retenaient leur souffle. Aucun bruit ne troublait la maisonnée endormie. Mais peu à peu, la jeune fille faisait le tri dans ses pensées. Logique et froid comme celui d'un avocat, son esprit rassemblait les morceaux épars du puzzle, même si beaucoup de questions demeuraient encore sans réponse. Sa colère et sa douleur dépassaient tout ce qu'elle avait connu jusqu'alors, car la trahison de son père ne la concernait pas seule, c'était leur existence à tous qui était en jeu. Il fallait qu'elle tirât la situation au clair, ne fût-ce que pour Hannah.

Froidement, elle envisagea les solutions immédiates qui s'offraient à elle.

Bien entendu, elle pouvait brandir la lettre devant son père et exiger une explication. Mais elle rejeta l'idée d'emblée. Sir Stephen prétendrait que ce n'était pas ses affaires et que le jour de son mariage était mal choisi pour aborder de tels sujets.

Dans ce cas, peut-être devait-elle repousser la cérémonie jusqu'à ce que les choses soient éclaircies ? Mais non, elle avait donné sa parole qu'elle n'en ferait rien. En outre, tout le monde voudrait en connaître la raison, et ce serait les exposer tous au déshonneur et à la ruine.

Mais était-ce là sa seule raison de ne pas vouloir reporter le mariage ? Force lui fut de reconnaître que non. Sir Chase était en passe de devenir le seul élément sécurisant dans sa vie, et elle savait à présent qu'elle le désirait plus que tout au monde, qu'il fût ou non le mari idéal. Il lui était impossible de rompre ces fiançailles, comme elle l'avait déjà fait dans le passé.

En ce cas, pourquoi ne pas se confier à son futur époux ? Mais elle secoua la tête derechef. C'était trop risqué. Qui lui disait qu'il n'était pas déjà au courant du commerce illicite de son père et n'avait pas exercé sur lui une sorte de chantage ? Après tout, Chase était un joueur, et Sir Stephen était apparemment prêt à tout pour garder son argent. Avait-il vendu la main de sa fille en échange du silence de Boston ?

Décidément, mieux valait qu'elle gardât cette sordide histoire pour elle, en attendant d'être sûre que Chase n'était pas de mèche avec son père. La seule pensée qu'il pût en être ainsi lui brisait le cœur, mais elle s'était fait le serment de ne plus jamais pleurer pour un homme. D'autant plus qu'elle avait besoin de garder l'esprit clair pour résoudre un problème d'une pareille envergure…

Devait-elle toutefois en parler à Hannah ? Non, il était préférable de n'en rien faire, songea-t-elle. Sa belle-mère était déjà dans une position assez délicate, et une pareille nouvelle ne pourrait que l'accabler.

Elle exclut également Lord Rayne, qui avait été absent trop longtemps pour être de bon conseil, ainsi que tante

Amélie. « N'en parle à personne, décida-t-elle enfin. Mène ta propre enquête, puis exige des explications de père dès que tu en sauras davantage. C'est toute la famille qui est en danger. »

Dieu savait jusqu'où la situation des siens était menacée ! Elle songea aux mines de plomb que possédait Sir Stephen dans le Derbyshire. Réussirait-elle à attirer Chase là-bas sous un prétexte, afin de savoir de quelles ressources son père disposait exactement ?

Quant à ses activités de négrier, c'était là un aspect du problème qu'elle ne pouvait envisager sans le plus profond dégoût. Que Sir Stephen pût bâtir une fortune secrète au prix de tant de souffrance humaine lui semblait bien pire que la traîtrise dont il avait fait preuve à son égard. Elle était encore en vie, après tout, et il lui restait un avenir. Les malheureux esclaves ne pouvaient en dire autant.

Le souvenir de la reconnaissance de dette signée par Harry lui revint brusquement à la mémoire. Qui détenait ce papier à présent ?

Avec une froide détermination, elle se mit à fouiller méthodiquement les piles de factures et de lettres amoncelées devant elle. N'ayant pas la moindre idée de la forme que pouvait revêtir ce genre de document, il lui fallut un moment pour retrouver le fameux papier plié en quatre dans l'un des compartiments du bureau. Il avait été griffonné d'une main manifestement avinée, ce qui ne lui enlevait rien de son authenticité, hélas.

— Voilà qui m'appartient de droit, père, murmura-t-elle entre ses dents. Si vous voulez reprendre la lettre de Harry et ceci, vous n'aurez qu'à venir les chercher.

Le chandelier à la main, elle quitta la pièce et remonta

silencieusement jusqu'à sa chambre, où elle dissimula les précieux documents dans le tiroir secret de l'écritoire que lui avait offerte la veille tante Amélie.

Puis elle se glissa dans le lit à côté de Sara endormie, mais ne parvint pas à trouver le sommeil. Heure après heure, elle tâcha de se persuader qu'elle avait pris la bonne décision, ne fût-ce que pour l'avenir de sa sœur. Avec un père condamné à la déportation, la malheureuse Sara n'aurait plus la moindre chance d'unir son sort à celui de Constantin Ensdale. Quant à son propre sacrifice, il deviendrait parfaitement vain.

Avec un soupir, elle tourna les yeux vers la porte du placard où était accrochée la délicieuse robe blanche brodée de clochettes de muguet qu'elle allait endosser le lendemain pour son mariage.

Un mariage avec un homme qui lui avait volé son cœur en échange de vingt mille guinées...

D'une certaine façon, ce jour qui aurait dû être le plus beau de sa vie était devenu le plus difficile à vivre, assombri qu'il était de questions sans réponse et de terribles soupçons. La colère de Caterina, qui s'était apaisée ces derniers jours dans les bras de Chase, se raviva avec force, assortie d'un violent désir de vengeance. Rares furent les invités qui ne remarquèrent pas son attitude contrainte.

Elle ne parvint à surmonter ces émotions négatives qu'au moment où elle se tint devant l'autel à côté de Chase et prononça le *oui* qui devait l'unir à jamais à cet homme exceptionnel. Que pouvait-elle demander de mieux ? D'une vitalité sans limites, chevaleresque et hardi à la fois, il savait exactement ce qu'il voulait et comment l'obtenir. Exactement comme elle ! Quel autre homme se serait précipité à Brighton sur ses traces et se serait jeté à la mer pour la ramener sur la rive ? Pendant toutes ces journées, sans doute les plus ardues de leur relation, il avait su accepter ses caprices et ses accès de mauvaise humeur, tout en se montrant le plus merveilleux des professeurs d'amour…

Emue, elle lui tendit sa dextre et sentit les doigts de Chase se refermer sur les siens en une rassurante étreinte. Le geste ne faisait pas partie du rituel, mais il s'en moquait autant qu'elle. Dès que les formules et les anneaux eurent été échangés, il lui reprit la main d'autorité et une ostensible expression de triomphe étincela dans son regard.

— Je vous tiens enfin ! chuchota-t-il.

Tous deux échangèrent un sourire profondément intime et complice. Ce fut l'un des moments les plus émouvants de la cérémonie, et il se prolongea jusqu'à ce que le pasteur émette une petite toux discrète derrière sa main.

Grisé par le succès et l'usage inconsidéré de sa boisson favorite, Sir Stephen rayonnait visiblement de satisfaction lorsqu'il accueillit un peu plus tard les convives.

Depuis la découverte de son terrible secret, Caterina avait le plus grand mal à regarder son père en face, et on aurait vainement cherché en elle le moindre reste de cette tendresse qu'elle éprouvait pour lui une semaine plus tôt. Elle avait encore du mal à croire qu'il puisse se livrer à des activités pareilles, car il s'était toujours montré un père affectueux, même s'il n'avait jamais fait preuve d'une indulgence excessive. Comment avait-il osé lui faire la leçon en lui prônant l'obéissance et l'altruisme, lui qui exploitait la vie des autres sans la moindre vergogne ?

Quant à Harry, il ne s'était même pas donné la peine d'assister au mariage de sa sœur. Apparemment, ses devoirs le retenaient ailleurs.

Avec sa franchise habituelle, tante Amélie prit sa nièce à part après la cérémonie.

— Est-ce que vous m'évitez, par hasard ? fit-elle avec un tendre sourire. Non, n'est-ce pas ? Alors que vous arrive-t-il, ma chérie ? Lorsque je vous ai vue l'autre jour, vous sembliez pourtant tout à fait réconciliée avec l'idée de ce mariage… S'est-il passé quelque chose depuis votre dernière visite ?

Ravissante dans sa robe blanche, dont les longs rubans flottaient sur ses épaules, Caterina rougit jusqu'aux oreilles. Son tourment était-il donc si visible ? Dieu savait qu'elle n'avait pas eu l'intention d'en faire étalage…

— Absolument rien, affirma-t-elle. Je crois que Sir Chase fera un excellent mari.

Lady Elyot hocha la tête.

— Je suis heureuse de l'entendre, ma chérie. Je craignais qu'il n'y ait un problème.

Elle posa un doigt ganté sur la joue empourprée de sa nièce.

— En fait, j'aurais été surprise qu'il en soit autrement. Sir Chase et vous avez beaucoup de choses en commun, vous savez.

Connaissant sa nièce mieux que quiconque, elle sentit parfaitement que Caterina avait esquivé sa question. Aussi la prit-elle dans ses bras avec une sollicitude toute maternelle.

— Promettez-moi que vous ferez appel à moi si vous avez besoin d'aide ou de conseils, chuchota-t-elle. Je serai toujours là pour vous entendre, vous le savez bien. Aussi ne manquez pas de m'écrire souvent. Vous me le jurez ?

— Oh, oui, tante. Vous avez toujours été ma confidente, n'est-ce pas ? Je vous raconterai tout et ne manquerai pas de solliciter votre avis. La belle écritoire que vous m'avez offerte me suivra partout.

— Parfait. Mais voici Seton qui vient vers nous. Je crois qu'il voudrait échanger quelques mots avec vous.

Lord Rayne prit la mariée par la main et l'enveloppa d'un regard admiratif où elle lut tant de nostalgie et de regret qu'elle en rougit derechef. Souriant à ses propres pensées, Lady Elyot les laissa pour retourner vers son mari.

Rayne entraîna la jeune femme loin des oreilles indiscrètes.

— Eh bien, ma délicieuse Cat, combien de cœurs aurez-vous brisés aujourd'hui ?

— Cessez de proférer des sottises !

— Disons *blessés* en ce cas… Je vous aurais volontiers épousée moi-même. Le savez-vous ?

— Chut, Seton !

— Non, je ne me tairai pas. Je veux que vous sachiez que j'aurais fort bien pu demander votre main. Mais à présent, il est trop tard. Je ne ferai plus rien de bon dans la vie, je le crains. J'espère au moins que vous vous sentirez un peu coupable, Lady Boston.

— Cessez, voyons ! protesta-t-elle. Vous ne devez pas parler ainsi. Plus maintenant.

Et secouant la tête avec gravité :

— Vous croyez que vous et moi aurions pu nous entendre, mais ce n'est pas vrai, Seton. Et ce n'est pas parce que c'est trop tard, vous savez. Simplement, nous avons changé tous les deux. Mais cela ne m'empêche pas de vouloir de vous pour ami. C'est ce que vous serez, n'est-ce pas ? Dites-moi que vous serez là lorsque j'aurai besoin de vous…

— Cela va de soi, Cat. Vous n'aurez qu'à m'envoyer chercher.

— Merci. Et maintenant, trouvez vite une femme merveilleuse qui vaille la peine d'être épousée !

Seton se pencha sur sa main pour y déposer un baiser, et le regard qu'ils échangèrent était aussi éloquent qu'ils pouvaient se le permettre dans ce salon rempli d'invités où tout le monde avait les yeux fixés sur eux.

— J'en avais trouvé une, fit-il avec mélancolie. Mais j'ai été trop long à saisir ma chance…

— Souhaitez-moi tout de même d'être heureuse, implora-t-elle.

— Volontiers. A part moi, Chase Boston est bien le seul homme qui pouvait vous convenir. Je vous souhaite à tous deux beaucoup de bonheur.

Il était étrange d'entendre ces paroles sortir de la bouche de l'homme qui lui avait presque brisé le cœur et pour qui elle avait versé jadis des larmes amères. Mais elle avait vraiment changé depuis lors. Elle savait à présent que ces premiers balbutiements de passion n'étaient rien comparés à la flamme qui s'éveillait en elle chaque fois que Chase Boston la regardait. Seton finirait bien par trouver une épouse, à moins qu'il ne prît une nouvelle maîtresse. Quel dommage de le voir perdre ainsi son temps, lui qui avait tout pour faire un merveilleux mari et un père de famille accompli !

Chase vint interrompre leur entretien en s'emparant du bras de sa femme.

— J'espère que je vous dérange ?

Lord Rayne adressa un clin d'œil à Caterina.

— Absolument. Voilà que vous me soufflez encore une femme sous le nez. Empêchez-le d'être tout le temps dans mes jambes, Cat, pour l'amour du ciel ! Sinon comment trouverais-je une épouse ?

Sir Chase éclata de rire et enlaça Caterina pour l'attirer contre lui d'un geste ostensiblement possessif.

— Vous n'avez plus rien à craindre de moi, mon vieux. A compter d'aujourd'hui, les autres femmes ne m'intéressent plus. Vous pouvez aller de l'avant, je n'irai pas sur vos brisées.

— Oh, je ne suis pas un mordu de vitesse comme certains..., fit Seton en s'éloignant.

Mais la boutade n'amena pas le moindre sourire sur les lèvres de Caterina. Sir Chase remarqua son expression fermée.

— Nous allons bientôt partir, la consola-t-il. Dites-moi quand vous vous sentirez prête.

— Tout de suite, si vous voulez. Nous pouvons prendre congé de Hannah et de mon père. Désirez-vous lui parler en privé ?

— A quel sujet ?

— Oh, n'importe lequel, répondit-elle, évasive.

— Je doute fort qu'il soit en état d'entendre quoi que ce soit.

Elle comprit qu'il faisait allusion à l'état d'ébriété de son père et se sentit rougir de honte.

— Partons tout de suite en ce cas.

— Vous semblez toute retournée. Seton vous aurait-il dit quelque chose de désagréable ?

— Mais non. Je vais très bien, je vous assure.

— Avez-vous fait vos adieux à miss Chester ?

Caterina acquiesça. La séparation des deux sœurs s'était faite sans excès d'émotion, Sara étant tout absorbée par ses propres espérances.

— Partons vite, alors, murmura Chase.

Sensible aux humeurs de son épouse, il s'était vite rendu compte que la jeune femme était submergée par une nouvelle vague de ressentiment, comme elle n'en avait pas ressenti depuis le début de son séjour à Brighton. Aussi ne l'avait-il pas crue un seul instant, lorsqu'elle lui avait affirmé que tout allait bien.

Mais la question que lui posa Caterina pendant le trajet de Richmond à Londres acheva d'éclairer sa lanterne.

— Savez-vous ce qu'est ce « triangle » que parcourent certains navires à destination de Liverpool ?

Chase crut deviner la cause de son malaise. Mais il n'en laissa rien paraître, et n'exprima ni inquiétude ni particulière curiosité.

— C'est un voyage en trois étapes. Avant la promulgation de l'Acte, les vaisseaux chargés de marchandises quittaient les ports anglais pour gagner la côte ouest de l'Afrique, où ils échangeaient leurs marchandises contre une cargaison humaine. Ensuite, ils transportaient les esclaves aux Caraïbes ou sur la côte est des Etats-Unis et les vendaient aux planteurs de sucre et de coton. Puis ils remplissaient de nouveau leurs cales avec du café, du coton brut et de la mélasse…

— De la mélasse ?

— Du sucre à l'état naturel. On le raffine ensuite, ou on en fait du brandy. Ainsi chargé, le navire reprenait la direction de l'Angleterre. Il avait alors parcouru les trois côtés du *triangle*.

— Cela veut-il dire qu'à présent nous ne pouvons plus acheter de sucre et de coton ?

— Si, bien sûr, mais les marchands anglais ne sont plus autorisés à utiliser les esclaves comme monnaie d'échange. Les prix de ces denrées ont monté en flèche, bien entendu.

Cette information laissa Caterina pensive.

— Je me demande si les filatures Carr, de Manchester, en ont été affectées. Elles appartenaient aux parents de tante Amélie et continuent à imprimer les étoffes de coton.

— Le contexte ne leur est pas favorable, c'est certain.

— Je vois, murmura la jeune femme, qui parut s'enfoncer dans une profonde rêverie.

Chase ne lui demanda pas à quelle occasion elle avait entendu parler du *triangle* et respecta son silence. En guise de concession aux usages, les alezans de l'équipage portaient des rubans blancs entrelacés à leurs crinières et à leurs harnais, suscitant les sourires des promeneurs qui agitaient la main au passage du curricle.

— Aimeriez-vous conduire ? lui proposa Chase, espérant la tirer ainsi de sa léthargie.

— Pas cette fois, je vous remercie.

— Puis-je vous demander à quoi vous pensez ?

Mais Caterina secoua la tête, esquivant la question.

— Et vous, à quoi pensez-vous ? interrogea-t-elle.

La réponse de Chase fusa sans la moindre hésitation :

— A la nuit qui vient.

— Il ne faut pas, murmura-t-elle.

— Comment pourrais-je ne pas y songer ?

— Je... je crois que je préférerais la passer seule, si... si vous n'y voyez pas d'inconvénient.

— Non, bien entendu. Je comprends très bien. Nous avons eu une journée éprouvante et... il y aura beaucoup d'autres nuits.

Et comme elle ne répondait pas :

— Vous êtes enfin libre, ma chérie. Vous pouvez apprendre à voler à présent. Nous ferons tout ce qu'il vous plaira.

Caterina avait encore des doutes sur le *nous*. Aussi le mit-elle sur-le-champ à l'épreuve.

— Je me demandais si nous ne pourrions pas aller bientôt à Buxton... J'aimerais jeter un coup d'œil à la maison familiale et revoir de vieux amis.

— Pourquoi pas ? Vous voulez exhiber votre nouvel époux, c'est cela ?

Il tourna la tête pour lui sourire, puis se concentra de nouveau sur la route, en voyant venir vers eux une diligence qui allait à fond de train.

— Mais oui, répliqua-t-elle. Je suis impatiente de vous montrer à tout le monde.

— En ce cas, nous irons. Le Derbyshire est très beau en mai.

— Vous connaissez la région ?

— Comme ma poche. Nous pouvons passer le week-end Halfmoon Road et rester un jour ou deux de plus à Londres pour vous permettre de faire vos emplettes. Ensuite, fouette cocher en direction du Derbyshire. Inutile de retourner à Richmond si vous n'en avez pas envie, à présent que le Signor Cantoni est avec nous. A moins que vous n'ayez des affaires à prendre Paradise Road ?

L'hésitation de Caterina ne dura qu'une seconde, mais elle ne fut pas perdue pour Chase.

— J'ai tout ce qu'il me faut, merci.

— En ce cas, rien ne nous retient ici.

Caterina hocha la tête, encore incertaine. Et si son père voulait l'interroger sur les documents disparus ? Eh bien, il attendrait, décida-t-elle. Si seulement elle pouvait découvrir quel rôle exact avait joué Chase dans cette histoire ! Les questions qui la taraudaient ne lui laissaient pas de répit. Décidément, à peine un obstacle était-il surmonté qu'un autre surgissait devant elle…

Située juste à côté de Picadilly, la maison de Halfmoon Street était une grande bâtisse munie d'une terrasse, aussi élégante que Caterina l'avait imaginé. Haute de quatre étages, elle était entourée de grilles peintes en noir et or, et quelques marches permettaient d'accéder à la porte où étincelait un heurtoir de cuivre en forme d'étrier. Les nouveaux époux furent accueillis par un majordome chauve qui s'inclina devant eux, puis les fit entrer dans un immense vestibule blanc, tendu de tapis de Perse vieux rose. Un baromètre était accroché à l'un des murs, en face d'une grande horloge au cadran orné de lunes, dont le tic-tac tranquille résonnait dans la pièce.

— Votre nouveau foyer londonien, annonça Chase, qui

la prit par la main pour la conduire dans le salon vert pâle donnant sur la façade. Je n'ai pas eu le temps de changer l'ameublement, mais s'il n'est pas à votre goût, nous pouvons y remédier.

— Oh, non, c'est charmant ainsi. J'étais seulement en train de me dire…

— Oui ?

— Eh bien, à présent que j'ai un époux — *que cela me plaise ou non*, faillit-elle ajouter — il serait bon que j'en sache un peu plus sur lui. Si l'on venait à me poser des questions, je n'aurais pas grand-chose à répondre. Je ne sais même pas quel âge vous avez et… Oh, quel magnifique piano ! s'interrompit-elle abruptement.

Ouvrant une porte de chêne à deux vantaux, Chase venait de l'introduire dans une pièce adjacente de belles proportions, dont les fenêtres à guillotine donnaient sur une allée bordée de pommiers en fleur. Un grand piano de bois de rose était disposé au centre du parquet poli, avec une pile de partitions qui semblaient attendre le retour du propriétaire.

— C'est une acquisition récente, expliqua Chase. Fera-t-il l'affaire pour vos répétitions ?

Muette d'émotion, elle acquiesça de la tête.

— Bien sûr, articula-t-elle enfin. Le Signor Cantoni va bientôt arriver, je suppose. Aura-t-il sa propre chambre ?

— Cela va de soi. La maison est assez spacieuse pour qu'il ait ses aises et il sera traité comme un membre de la famille. Je vais vous montrer les autres pièces, mais d'abord…

Il la prit dans ses bras et lui releva le visage pour pouvoir lire dans ses yeux.

— D'abord, il nous faut parvenir à un accord. Je sais ce que vous pensez, ma chérie. Vous êtes persuadée qu'à présent que j'ai gagné mon pari, je vais reprendre mes habitudes de célibataire et vous laisser à vous-même. Mais ce n'est pas *du tout* ce que j'ai l'intention de faire. Vous êtes tourmentée par des interrogations que vous êtes la seule à pouvoir résoudre le moment venu. Mais je ferai de mon mieux pour vous aider. Après tout, c'est dans mon intérêt.

— Je ne sais pas.

— Bien sûr que si ! Je veux tout de vous, Caterina. Pas seulement votre compagnie, mais aussi votre respect et votre amour. Vous ne pensiez pas m'entendre prononcer ce mot aussi vite ? C'est que je ne suis pas l'homme des demi-mesures, comme vous verrez.

C'était si évident qu'elle ne put s'empêcher de se dérider.

— Enfin un sourire ! Que vous ne vouliez pas de moi dans votre lit est le prix que j'ai à payer pour vous avoir par trop bousculée. J'attendrai donc votre bon vouloir. Il nous est arrivé tant de choses en si peu de jours ! Peut-être était-ce un peu trop rapide… Mais à présent, nous pouvons prendre le temps de nous divertir ensemble, comme nous l'avons fait à Brighton. Vous avez apprécié notre séjour là-bas, n'est-ce pas ?

— Bien entendu, admit-elle.

— Les nuits aussi ?

Elle rougit légèrement.

— Oui, les nuits aussi.

— Et voilà que vous boudez de nouveau, même si cela vous fait du mal à vous-même ?

— Je ne vois pas d'autre moyen de montrer mon mécontentement.

— En ce cas, faites-moi savoir quand vous ne serez plus en colère et nous reprendrons là où nous nous sommes arrêtés. D'accord ?

Caterina savait qu'elle jouait un jeu dangereux. Si elle mettait trop de temps à découvrir jusqu'où allait son implication dans les affaires de Sir Stephen, il risquait de se lasser d'attendre. Il était compréhensif, certes. Mais on ne pouvait guère attendre d'un homme qu'il se montre obligeant quand ses droits de mari étaient en jeu.

— Vous n'êtes pas censé vous montrer si coopératif. Pourquoi êtes-vous si tolérant ?

La réponse de Chase fut éminemment spontanée et virile. D'un geste ferme, il l'attira dans ses bras.

— Parce que j'ai dépensé une petite fortune pour vous avoir ici avec moi malgré vos protestations incessantes et que je ne veux pas tout gâter à présent par une hâte inconsidérée. Si le jeu m'a appris une chose, c'est à être patient et à ne jamais abandonner.

Sa voix était rauque de désir. Si elle s'était imaginé un seul instant qu'il se souciait peu du moratoire qu'elle venait de lui imposer, elle s'était trompée du tout au tout. C'était bien loin de lui être égal !

Inclinant la tête vers elle, il lui prit sans crier gare le baiser qu'elle avait eu l'intention de lui refuser… un baiser qui exprimait si bien l'intense besoin qu'il avait d'elle après ces trois jours de privation qu'elle en resta littéralement hors d'haleine. Instantanément excitée, elle fut saisie de vertige et dut se cramponner à lui pour ne pas perdre l'équilibre.

La réponse de son corps avait été si immédiate qu'elle faillit en oublier sa colère. Mais elle se rappela l'expression satisfaite de son père, lorsqu'il avait serré la main de son gendre en leur souhaitant bon voyage. Son cœur s'endurcit derechef à cette image. Non, il lui fallait découvrir d'abord la part qu'avait jouée Chase dans ce douteux imbroglio. L'affaire, hélas, était bien plus compliquée qu'un simple pari...

Si Caterina entendait bien user de son droit à suspendre les rapports conjugaux jusqu'à nouvel ordre, il ne lui était pas venu à l'esprit de bannir Chase complètement de son lit.

Après avoir passé une heure à se tourner et retourner dans son alcôve sans parvenir à trouver le sommeil, ses belles résolutions fondirent comme neige au soleil. Quittant sa couche confortable, elle alla toquer doucement à la porte de son époux, qui occupait la chambre voisine de la sienne. Chase lisait dans le cercle de lumière que diffusait la lampe posée sur sa table de chevet.

A la vue de Caterina, il laissa tomber son livre et se leva d'un bond. Puis il s'avança vers elle, et sans le moindre étalage de triomphe, lui tendit les mains pour l'attirer vers son lit. En un clin d'œil, elle se retrouva confortablement nichée sous les couvertures, tandis que Chase se recouchait près d'elle.

Sans même qu'elle ait eu besoin de s'expliquer, il avait parfaitement compris ce qu'elle désirait, et aussi ce dont elle ne voulait pas. La nuit qu'ils passèrent ensemble dans les bras l'un de l'autre, si elle les réconforta tous deux, fut parfaitement chaste. Elle fut aussi la preuve que Chase savait exercer sur lui-même un parfait self-contrôle. Discipline méritoire pour un homme nanti de la plus désirable des épouses !

Le lendemain soir, les deux époux dînèrent avec le Signor Cantoni, et leur conversation permit à Caterina d'en apprendre davantage sur son époux, dont la culture était encore plus étendue qu'elle n'avait pu l'imaginer. De nombreux sujets furent abordés, depuis la musique et les voyages jusqu'à la politique, en passant par la vie à l'armée et la guerre d'Espagne. Si le Signor Cantoni trouva étrange qu'un professeur de chant fût invité à partager l'intimité de deux nouveaux mariés, il n'en montra rien, et sa sensibilité naturelle ainsi que son sens inné des bonnes manières firent de ce dîner une parfaite réussite.

Caterina l'aimait beaucoup. Il avait une voix remarquable, des traits expressifs, et des mains souples qui ponctuaient de grands gestes chacune de ses paroles. C'était avec joie qu'il avait accepté la proposition de Sir Chase. Pour la première fois depuis qu'il avait quitté l'Italie, il allait avoir un foyer et un salaire confortable, et s'estimait béni des dieux pour cette chance.

Au détour de leur échange, Caterina apprit que Chase appartenait à la très sélecte Société des Dilettantes, dont les membres fort riches patronnaient généreusement les artistes. Elle ne fut pas étonnée de cette découverte, ayant remarqué dans le bureau de son mari plusieurs tableaux de

Turner, Reynolds, et une toile de Thomas Lawrence, qui avait peint aussi le portrait de tante Amélie. La profusion d'instruments scientifiques disposés sur les étagères lui avait aussi rappelé que Chase appartenait à la Société Royale. Pourtant remarquable, son érudition n'était connue que de quelques intimes, les gens préférant jaser sur ses multiples liaisons…

Mais elle eut beau ouvrir tout grands les yeux et les oreilles, elle ne découvrit pas le moindre indice qui pût laisser supposer qu'il était impliqué de près ou de loin dans le commerce des esclaves.

Après l'épisode de la nuit précédente, elle s'attendait à quelque commentaire de Chase sur la façon dont elle avait failli à sa propre décision. Mais il n'en fut rien. Au moment du coucher, il se contenta de soulever ses boucles pour déposer un doux baiser dans son cou. Puis il lui tint la porte tandis qu'elle regagnait sa chambre, avant de se retirer lui-même dans son appartement. Restée seule, elle sentit longtemps une excitante brûlure à l'endroit où s'étaient posées ses lèvres…

Le lendemain, les deux jeunes gens rendirent visite au duc de Devonshire, qui ne s'étonna pas de voir de nouveaux époux rechercher la compagnie d'autrui pendant leur lune de miel. Agé de vingt-deux ans et fort éloigné lui-même du mariage, le jeune duc parut trouver ce comportement tout naturel et les accueillit à Chiswick House avec la plus chaleureuse cordialité.

Familièrement nommé Hart par ses amis et sa famille, le duc ne jouissait de son héritage que depuis une année à peine. Généreux et prodigue, il adorait les fêtes et les divertissements. Situé à proximité de Londres, Chiswick était le lieu idéal pour de petites manifestations artistiques et c'était pourquoi il avait invité Caterina à chanter.

Ravi de voir arriver deux de ses amis ensemble, il les accueillit au pied de l'impressionnant escalier de sa *villa*, comme il aimait à appeler son imposante demeure. Le Signor Cantoni, qui le rencontrait pour la première fois, fut salué par leur hôte dans sa langue natale. Chase se joignit à la conversation, et pour la première fois, Caterina l'entendit s'exprimer en italien avec une parfaite aisance. Décidément, chaque jour lui réservait une surprise !

Grand et mince, le duc était l'élégance et l'affabilité mêmes. Ce fut lui qui les conduisit à l'intérieur de la maison, construite dans le style d'une villa italienne et entourée de vastes jardins parfaitement entretenus.

— Mes musiciens sont à votre disposition, madame, dit-il à Caterina.

Après leur avoir fait traverser une galerie ornée de statues antiques et de fragments de fresques en provenance de Pompéi, il les introduisit dans la salle de musique, où Frédérick Hændel en personne était souvent venu jouer.

Comme souvent, dès que les riches accents de la voix de Caterina s'élevèrent sous le dôme, des auditeurs furtifs se glissèrent dans la pièce sur la pointe des pieds pour écouter la cantatrice. La répétition achevée, ils applaudirent comme s'il se fût agi d'une véritable représentation.

Caterina s'inclina en riant.

— Voilà la surprise éventée ! plaisanta-t-elle. Maintenant que vous avez tout entendu, vous n'aurez plus envie d'assister au récital. Quel dommage !

Mais déjà plusieurs personnes s'avançaient vers les deux époux pour les féliciter de leur récent mariage. Dieu savait que la nouvelle avait de quoi les surprendre, assura l'un des invités.

— Et pourtant, nous connaissons tous Chase ! observa-t-il avec un petit rire.

— Bah, qui ne le connaît ? fit un autre. Il est comme le loup blanc.

Parmi leurs amis communs, Caterina reconnut le fameux George Brummell, qui prit Chase à partie avec son humour habituel.

— Eh bien, Boston, voilà que vous en faites encore de belles. Du diable si je tolère plus longtemps votre néfaste habitude de nous couper l'herbe sous le pied ! J'étais sur le point de voler à Richmond pour demander la main de la céleste miss Chester, et voilà que vous avez trouvé le moyen de me devancer…

— Que ne vous êtes-vous pressé davantage ? persifla Chase.

Le célèbre dandy leva les yeux au ciel.

— Impossible, j'avais un rendez-vous avec mon tailleur. Vous ne me voyez tout de même pas remettre un essayage ?

Et se tournant vers Caterina :

— Quand avez-vous épousé cette fripouille de Boston, miss Chester ?

— Hier, monsieur Brummell.

— Que vous disais-je ? C'est précisément hier que je me suis décidé à faire ma demande. Vraiment, Chase, vous n'auriez pas dû !

Et lorgnant la cravate de son interlocuteur à travers son face-à-main :

— Qu'on m'apporte un verre, avant que je ne provoque ce gandin en duel !

Un serviteur en livrée apparut aussitôt, avec un plateau d'argent sur lequel étaient disposés des coupes de cristal et un bol de punch aux fruits, qu'il déposa sur une petite table près de Chase. L'homme avait la peau couleur d'ébène, et une chevelure crépue surmontait son beau visage à l'expression solennelle. Caterina accepta un verre, qu'elle alla déguster sur un canapé à côté de Brummell.

— Je suis étonnée que le duc emploie des serviteurs noirs, murmura-t-elle. Je croyais que ses principes le lui interdisaient…

Le dandy haussa les sourcils.

— Pourquoi cela ? L'homme n'est pas un esclave et il est ici sur le même pied que les autres valets. Le cas n'est pas rare de nos jours.

— Auriez-vous un serviteur noir chez vous, monsieur Brummell ?

— Grands dieux, non. Mes moyens ne me permettent pas d'embaucher un domestique de plus. Mais Chase en a un… ou plutôt une.

Caterina écarquilla les yeux.

— Je vous demande pardon ?

Brummell la dévisagea avec étonnement. Etait-elle vraiment surprise, ou feignait-elle de ne pas savoir ?

— Oh, je vois…, murmura-t-il enfin. Vous n'avez pas encore eu le temps de découvrir tous ces détails, n'est-ce pas ?

Et jetant un regard vers la silhouette bien découplée

de Chase, qui se tenait à quelques pas d'eux parmi les autres invités :

— Votre mari emploie une jeune Africaine, ma chère enfant. Si elle n'est pas à Londres, c'est qu'il a dû la cacher dans l'une de ses autres résidences. Ne me regardez pas ainsi, voyons ! C'est une servante, rien de plus. Demandez-le-lui, voici justement qu'il vient vers nous.

— Non, non, ne lui en parlez pas, pria-t-elle. Je lui poserai moi-même la question, au moment opportun.

— Très bien, acquiesça le dandy.

Et comme Chase les rejoignait :

— J'étais justement en train de m'enquérir de vos projets auprès de votre épouse. Assisterez-vous à la réception de Prinny la semaine prochaine ?

— Non, répondit Boston, intrigué par l'expression renfrognée de sa femme. Si tout va bien, nous devrions être à des centaines de kilomètres de là.

La conversation se poursuivit sur un ton léger, malgré la morosité de Caterina, chez qui Brummell venait innocemment de semer le germe de la méfiance et de la jalousie.

Comment Chase pouvait-il employer une Noire, à moins de l'avoir achetée, ou pis encore, d'en avoir fait sa maîtresse ? Il ne lui vint pas une seconde à l'esprit que la présence de cette femme parmi la domesticité pût tenir à d'autres raisons. Pourquoi, sinon, lui aurait-il dissimulé sa présence ? Ou il était un négrier, comme Sir Stephen, ou c'était un abolitionniste qui cherchait à ruiner son père en le faisant chanter, par pur esprit de vengeance. Dans les deux cas, quel rôle jouait-elle dans cet étrange jeu de pouvoir ?

Dans un suprême effort de volonté, elle refoula ses préoccupations à l'arrière-plan de son esprit pendant toute la durée de sa prestation, de sorte que personne ne soupçonna son état d'esprit. Sa contribution à la soirée musicale fut un tel succès que le Signor Cantini et elle durent bisser plusieurs morceaux, jusqu'à ce que Chase, la voyant fatiguée, l'emmenât d'autorité prendre un rafraîchissement.

Malgré tous les doutes qu'elle nourrissait sur lui, Caterina dut s'avouer qu'elle adorait être à son côté. C'était si merveilleux d'être ainsi sa femme au vu et au su de tous… Si seulement elle avait pu lui faire totalement confiance !

Qu'il ait multiplié les conquêtes par le passé ne l'inquiétait guère. Mais de là à accepter l'idée qu'il eût encore une maîtresse, il y avait bien du chemin. Sans parler de la peine déchirante qu'elle en aurait ressentie, c'était une situation inacceptable pour elle. Bien entendu, elle n'avait jamais abordé ce sujet avec Chase, ce qui aurait été de la dernière inconvenance. Une épouse honnête était censée ignorer les liaisons de son mari. Ç'aurait été s'abaisser que d'en faire seulement mention !

Pour contrebalancer la cynique confidence de Brummell, Caterina eut l'occasion de découvrir un talent de plus chez son étonnant mari. Chase était un excellent danseur et maîtrisait parfaitement l'art du quadrille, dont ils exécutèrent tous deux les figures les plus compliquées avec un brio qui leur attira les compliments de l'assistance. Puis vint la valse, une nouveauté que pas une femme n'eût osé danser avec un autre que son mari ou un parent très proche, tant elle était réputée indécente.

Mais valser dans les bras de Chase Boston devait être le rêve secret de bien des invitées. Plus de changements de partenaires comme dans le quadrille, mais deux corps pressés l'un contre l'autre, l'homme conquérant et la danseuse au buste arqué, les bras largement ouverts dans un geste d'abandon…

Cette nuit-là, dans les chambres voisines qu'ils occupaient à Chiswick House, tous deux restèrent longtemps éveillés à se remémorer les détails de la valse, conscients de l'ardent désir qui les poussait l'un vers l'autre. Mais comment envisager un rapprochement quand le fossé qui les séparait semblait se creuser de jour en jour ?

S'il n'avait promis à Caterina quelques jours de shopping à Londres avant leur départ, Chase l'aurait emmenée tout de suite dans le Derbyshire, loin des regards de leurs connaissances qui ne se privaient pas de supputer avec scepticisme les chances de leur mariage.

Il se méfiait en particulier de George Brummell, qu'il connaissait pourtant depuis l'université et avec qui il avait partagé plus d'une escapade, du temps où ils appartenaient au même régiment.

Mais il avait beau avoir de l'affection pour George, il sentait chez le dandy une pointe de jalousie à son encontre. Ses remarques sur Caterina n'avaient pas été aussi innocentes qu'elles le semblaient et Chase aurait mis sa main à couper que la subite froideur qui s'était emparée de la jeune femme était le résultat de son entretien avec Brummell. De toute évidence, celui-ci lui avait raconté quelque chose qui avait influé sur son humeur et il aurait donné cher pour savoir de quoi il s'agissait.

Quoi qu'il en fût, leur séjour à Chiswick House avait eu au moins un heureux résultat, le duc les ayant invités à séjourner dans sa résidence du Derbyshire, Chatsworth House, pour tout le temps qu'il leur plairait. La perspective enchantait Caterina, et Chase se sentit d'autant plus enclin à hâter leur départ. Plus vite il se retrouverait seul avec elle, mieux ils s'en porteraient tous deux.

Mais une rencontre inattendue survint pendant leur court séjour londonien. Les deux époux sortaient de chez Jackson, une boutique de Covent Garden. Ils s'apprêtaient à remonter dans le phaéton, quand leur attention fut attirée par un groupe de jeunes dandys qui se pavanaient de l'autre côté de Tavistock Street. Ils les auraient tout bonnement ignorés, si l'un d'entre eux ne les avait brusquement avisés.

— Bonté divine ! grommela Chase. Regardez qui est là. On n'en croit pas ses yeux…

Oh, mais si ! songea Caterina. Même sans la cravate qui lui faisait cinq fois le tour du cou, le gilet brodé, l'habit bleu aux pans démesurés et les pantalons moulants, la démarche affectée du jeune homme aurait suffi à le classer dans la catégorie des dandys londoniens. De toute évidence, il les avait reconnus, à en juger par les mimiques qu'il adressait à ses compagnons, désignant du menton l'élégant phaéton et ses propriétaires.

Ni Chase ni Caterina ne se souciaient d'être abordés par M. Tam Elwick, le plus jeune frère de Hannah. Impulsif et irréfléchi, le jeune homme avait eu l'occasion de mettre Cat dans l'embarras en une mémorable occasion. Ayant appris par sa belle-mère que Tam était en voyage, elle avait espéré ne pas le revoir de sitôt. Mais il était de retour apparemment, et il était trop tard pour l'éviter.

Balançant sa canne à bout argenté, le gandin s'avança vers eux et souleva son immense chapeau en forme de baquet, découvrant une forêt de boucles châtaines aux reflets de cuivre. Les années n'avaient guère été clémentes avec lui, songea Caterina à la vue de son visage grimaçant. Où était le sourire malicieux qu'il arborait quand il avait vingt et un ans et qu'elle était elle-même une impressionnable jouvencelle de dix-sept printemps ?

— Tamworth Elwick, pour vous servir, fit-il en s'inclinant avec raideur, comme s'il portait un corset. Eh bien, Boston, en voilà une heureuse rencontre ! ajouta-t-il en replaçant le baquet sur sa tête. Comment va notre chère Cat ?

— Merci, Elwick. Sir Chase et Lady Boston se portent bien tous deux, répliqua Chase avec une morgue tout à fait inhabituelle chez lui.

Bien que leurs parents fussent voisins à Mortlake, il n'avait jamais entretenu avec le cadet des Elwick une relation assez amicale pour l'appeler par son petit nom ni tolérer la moindre familiarité de sa part.

— Mariés ? fit Tam avec un petit rire niais. Quelle surprise ! Après tout ce tintouin, vous voilà tout de même casée, milady, ajouta-t-il en adressant un clin d'œil à Caterina. Quant à moi, il faut vraiment que je me mette à jour avec les événements. Je ne sais plus rien de rien, parole d'honneur.

— Vous voilà donc de retour à Mortlake ? interrogea

poliment Caterina. J'espère que votre « grand tour » s'est bien passé.

Le jeune homme roula des yeux, et son visage prit une expression exagérément dramatique.

— Oh, le grand tour ! J'ai dû me limiter à notre bonne vieille Angleterre. Mon père a pensé qu'il était trop dangereux pour moi de traverser la Manche. Il n'a pas voulu non plus que je m'engage dans l'armée. Il en avait assez de m'avoir dans les jambes, mais ne souhaitait tout de même pas ma mort. Hum… Je suppose que votre régiment d'élite n'a jamais pris le bateau de sa vie, *Sir* Chase ?

Le ton d'amertume dont il avait prononcé ces paroles n'échappa point à Chase. Visiblement, le jeune Elwick en voulait à son géniteur de lui avoir interdit de rejoindre l'armée, quand il espérait y faire la preuve qu'il valait bien ce cerveau brûlé de Boston.

— Je suis allé un certain nombre de fois en Europe et j'en suis revenu vivant, comme vous voyez, répliqua Chase sans la moindre aménité.

Tam aurait bien voulu adopter ce ton désabusé de l'homme qui a bourlingué partout dans le monde et que plus rien n'étonne.

— Que faites-vous donc ici, tous les deux ? reprit-il. Vous habitez Londres, je suppose ? Rien à voir avec Bath, hein, Cat… euh… Lady Boston ? Ah, c'était le bon temps, n'est-ce pas ?

Il y avait maintenant une lueur malfaisante dans son regard.

— Vous vous rappelez votre petite fugue là-bas, quand votre père et Seton ont dû courir partout avant de vous remettre la main dessus ? Et vous, pauvrette, le cœur brisé… Quelle histoire, n'est-ce pas ? J'aurais bien aimé vous consoler, mais…

— Vous ne devriez pas faire attendre vos amis, Elwick, coupa Chase d'un ton sec. Très heureux de vous avoir rencontré. Veuillez transmettre nos meilleurs souvenirs à vos parents, quand vous regagnerez Mortlake.

— Oh, mais Lady Boston et moi avons tant d'agréables souvenirs à partager ! s'exclama l'impertinent, qui se rapprocha encore d'eux avec une suicidaire imprudence. C'était l'époque où elle et moi aurions pu…

Mais il ne devait pas aller plus loin dans ses réminiscences. Déjà, Sir Chase l'avait agrippé par sa haute cravate et le plaquait violemment contre le mur de la maison voisine, où il le maintint quelques secondes sans proférer un mot.

— Lâch… lâchez-moi, v… voyons ! bredouilla Tam, la respiration coupée.

Suffoquant, il tenta en vain de se dégager, jusqu'à ce que ses yeux se mettent à saillir dangereusement de leurs orbites. Lorsque Chase le relâcha enfin, il resta un instant à reprendre son souffle, tout en tâtonnant pour arranger sa cravate. Puis il tourna les talons et rejoignit ses compagnons d'une démarche nettement moins affectée qu'à l'aller.

Caterina aurait pu profiter de la circonstance pour éclaircir avec Chase les propos de Tam, ou même le gronder de sa réaction inutilement brutale. Mais en femme avisée, elle décida de n'en rien faire et garda le silence pendant que Chase conduisait le phaéton d'une main sûre à travers les rues encombrées de Londres. Il ne lui posa pas non plus la moindre question sur Bath et sur Lord Rayne, à qui il venait d'être fait imprudemment allusion. Elle en fut réduite à se demander si son mutisme était dû à une absence totale d'intérêt, ou à la colère. Malheureusement, elle ne connaissait pas encore assez bien son mari pour prendre le risque de s'en assurer…

7.

Un visiteur s'annonça au moment où Chase était sur le point de se retirer pour la nuit. Curieux de savoir qui pouvait venir les voir à une heure pareille, le maître de maison traversa le vestibule, un chandelier d'argent à la main.

— Sete ? Qu'est-ce qui vous amène ? s'exclama-t-il, à la vue de la personne que le majordome venait d'introduire.

Depuis tant d'années qu'il connaissait Lord Rayne, il n'ignorait pas que lorsque celui-ci était en état d'ébriété, la seule chose qui le trahît était son élocution ralentie et précise, comme s'il donnait une leçon.

Or, Seton avait précisément ce ton-là.

— Puis-je vous dire quelques mots... en privé ? commença-t-il avec lenteur. Miss Chester est déjà montée, je présume ?

Chase ne prit pas la peine de corriger l'appellation défectueuse.

— Oui. Souhaitez-vous lui...

— N... non, répondit Rayne. Ce n'est pas *elle* que je suis venu sermonner.

Sa tenue était irréprochable, comme toujours. Mais son hôte sentit d'indéniables remugles d'alcool et de tabac s'exhaler de ses vêtements, dès que la porte se fut refermée derrière lui.

— Merci pour l'avertissement, murmura-t-il.

Levant le chandelier, il conduisit son ami dans le salon et attendit que le majordome eût disparu.

— Asseyez-vous, Sete. Ce n'est pas si terrible que cela, n'est-ce pas ? Vous prendrez bien un doigt de vin ou un brandy...

Il se dirigea vers une petite table et remplit deux verres. Décidément, l'inhabituelle gravité de Seton l'intriguait.

— Ce n'est peut-être pas terrible pour vous, rétorqua Rayne. Mais en ce qui me concerne, c'est sûrement la pire chose que j'aie jamais entendue. Et Dieu sait pourtant que j'en ai entendu dans ma vie ! Comment avez-vous pu faire ce stupide pari avec le fils de Sir Stephen, quand vous saviez très bien que le garçon n'aurait jamais les moyens de s'acquitter ? Cela me dépasse !

— Au nom du ciel, Sete, de quoi me parlez-vous ? Asseyez-vous et buvez ceci avant de perdre complètement le nord. D'où sortez-vous ? Du White ?

Seton haussa les épaules.

— Bien sûr que non. Un gars comme Tam Elwick n'aurait jamais été autorisé à entrer dans un endroit aussi sélect.

— Qu'est-ce que ce godelureau vient faire là-dedans ?

— Dans quoi ?

— Dans ce que vous êtes venu me raconter, idiot !

Lord Rayne se posa lourdement sur le canapé, prit le

verre que lui tendait son ami et en absorba le breuvage ambré d'une seule lampée.

— Je suis venu... arrgh ! Je suis venu vous dire... ce que je pense de vous, mon vieux.

— Très bien. Mais avant de commencer, dites-moi où vous étiez et avec qui.

— Au Timson's Club. C'est là que j'ai rencontré Tam Elwick. J'aurais mieux fait de ne pas y mettre les pieds.

— Je ne saurais vous contredire sur ce point. Vous avez beaucoup perdu ?

— Vous n'y êtes pas. J'ai complètement ratissé cette cervelle d'oiseau. Il l'avait mauvaise, bien entendu. Aussi m'a-t-il raconté qu'il était là quand vous avez plumé cet imbécile de Harry Chester de vingt mille guinées. Je me suis souvenu alors que vous aviez demandé la main de miss Chester juste après...

— Et alors ? Y a-t-il une loi qui empêche cela ?

— Qui empêche quoi ?

— De demander la main d'une femme.

— De cette femme-là, oui ! Du moins devrait-il y en avoir une.

— Mais enfin, Sete, où est le problème ?

Lord Rayne plissa le front et jeta un regard morose sur son verre vide.

— Le problème ? Eh bien, oui, il y en a un. Vous ne pouviez pas ignorer que le fils de Chester n'était pas en mesure de s'acquitter. Le saviez-vous, oui ou non ?

— Disons que je m'en doutais. Mais pour être franc, Sete, cela m'était égal. Je savais qu'il apporterait immédiatement la reconnaissance de dette à son père.

— Et vous vous êtes jeté sur celui-ci, sachant fort bien

qu'il ne pourrait pas payer non plus ! Alors vous lui avez proposé d'épouser sa fille en échange. C'est cela, n'est-ce pas ? A présent, je comprends pourquoi Cat était si furieuse contre vous à la réception des Ensdale. Elle n'a pas dû apprécier votre stratagème. Comment aurait-elle pu accepter de gaieté de cœur l'idée de devenir Lady Boston, pour la seule raison que son sac à brandy de père avait jugé bon de lui imposer ce mariage ? Ai-je deviné juste ou pas ?

— Un peu plus d'alcool ? proposa Chase.

Lord Rayne leva son verre d'une main tremblante.

— Juste un peu. Vous pensez que je suis complètement ivre, mais ce n'est pas vrai. Merci, ajouta-t-il, lorsque son ami lui eut versé une rasade. A vous dire la vérité, je suis venu la sortir de vos griffes. Vous ne pouvez pas user d'un pareil ch… chantage pour avoir une femme. Non, Chase. Pas même vous.

Impassible, Chase s'assit dans le fauteuil disposé contre le mur et observa son ami en silence.

— Qu'étiez-vous l'un pour l'autre ? interrogea-t-il soudain. Vous avez eu une histoire ensemble, je crois ?

— Je vous en ai déjà parlé.

— Racontez-moi de nouveau. J'aimerais savoir par exemple ce qui s'est passé à Bath.

— Ne vous l'ai-je pas déjà dit ?

— Vous m'avez seulement appris que Caterina avait déjà fait une fugue. Etait-ce pour vous fuir ?

— Plutôt le contraire. Je me trouvais à Bath à cette époque. Elle a cru que… bah, c'était une erreur.

— Je vois. Elle était amoureuse de vous, c'est cela ?

— Laissez tomber, Chase.

— Je suis son mari. J'ai besoin de savoir.

— Peut-être. Mais je ne suis pas soûl au point de radoter. Je voudrais pouvoir vous dire que nous avons été amants, mais ce serait un mensonge. Ce n'est pas une raison pour que je laisse qui que ce soit lui faire du mal sans bouger le petit doigt. Je lui ai dit de m'envoyer chercher chaque fois qu'elle aurait besoin d'aide.

— Et vous a-t-elle appelé ?

— Euh... Non. Je suis venu de mon propre chef. Elle a besoin d'être sauvée.

— De moi.

C'était une affirmation plutôt qu'une question.

— Oui, de vous. Vous ne pouvez contraindre une femme ainsi, je vous l'ai dit.

— Vous avez été clair sur ce point, en effet. Mais dois-je comprendre qu'elle aurait accepté de vous épouser, si je n'avais insisté pour qu'elle me prenne à la place ?

— Pour être franc, j'en doute. Pas si j'en crois ce qu'elle m'a affirmé.

— Et que vous a-t-elle dit exactement ?

— Que nous n'allions pas ensemble et qu'elle préférait être seulement mon amie. De toute façon, j'ai bien vu comment elle vous regardait...

— Et vous êtes venu la sauver, sachant qu'elle n'était peut-être pas si hostile que cela à l'idée d'être ma femme ?

Lord Rayne parut sincèrement dérouté.

— Euh...

Chase étouffa un bâillement derrière sa main.

— Voulez-vous que je vous fasse préparer un lit, Sete ? A moins que vous ne préfériez que je vous raccompagne chez vous...

— Ce que je veux, c'est Caterina ! rétorqua maussadement Seton, bâillant à son tour. Pourquoi ne m'en suis-je pas rendu compte plus tôt ? Cela me dépasse.

— Vous étiez au loin, Sete.

— Vous aussi. Ce n'est pas ce qui vous a retenu, n'est-ce pas ? Cette fois, je vais vous envoyer un cartel, Chase Boston. Vous le méritez.

Chase sourit pour toute réponse.

— Vous m'avez affirmé une fois que tout ce que vous souhaitiez, c'était le bonheur de Caterina. Vous souvenez-vous ?

— Je devais être trop sobre pour m'exprimer correctement. Ce que je voulais dire sans doute, c'était que je souhaitais mon propre bonheur... avec elle. Elle est ce que je désire le plus au monde, Chase.

— Le problème, c'est qu'elle est exactement la même chose pour moi. Et si vous pensez que l'histoire se résume à un marchandage entre son père et moi, vous vous trompez. C'est beaucoup plus que cela.

Il se tut en voyant Seton piquer du nez vers son verre, les paupières lourdes de sommeil.

— Et je vais l'emmener loin de vous, mon vieux, reprit-il dans un chuchotement. Et loin de Brummell, d'Elwick, des amis dévoués, des belles-mères enceintes et des papas pochards qui semblent avoir tous leur mot à dire dans cette affaire... Allons, mon gars, cuvez votre chagrin à présent. Ce n'est pas votre genre de vous mettre sens dessus dessous pour une femme.

Ôtant le verre des doigts de Seton, il prit son ami par les épaules et l'aida à s'étendre sur le canapé. Puis il tendit la main vers le mur et actionna la sonnette.

— Occupez-vous de son confort, ordonna-t-il, lorsque son valet eut pénétré dans la pièce. Et faites atteler le coupé demain à la première heure pour le reconduire chez lui, Berkeley Square.

En montant au second, il s'arrêta devant la porte de Caterina, qu'il ouvrit doucement avant de pénétrer dans la pièce. La jeune femme dormait profondément entre les courtines de son lit, la couverture repoussée et les bras étendus sur toute la largeur du matelas. L'espace d'un instant, il resta immobile à la regarder, régalant ses yeux du délicieux spectacle qui s'offrait à lui : les longues jambes, les hanches voluptueuses et la poitrine offerte de la dormeuse, dont les cils ombraient les joues sous le fouillis des courtes boucles étalées sur l'oreiller…

S'arrachant à sa contemplation, il releva la couverture sur les épaules de la jeune femme et regagna sa propre chambre sur la pointe des pieds.

— Non, Seton, elle n'est pas à vous, marmonna-t-il entre ses dents. Allez jouer ailleurs les saint-bernard. C'est de moi qu'elle a besoin, pas de vous, et vous feriez mieux de ne pas vous mettre en travers du chemin…

Bien qu'il fût passablement éméché, il ne fallut guère plus d'une heure à Sir Stephen pour s'apercevoir que deux documents importants avaient disparu de son bureau. Pendant les deux jours qui suivirent, il fouilla la pièce de fond en comble, pensant que dans le remue-ménage qui avait accompagné le mariage de Cat, il avait peut-être rangé les précieux papiers ailleurs sans pouvoir s'en souvenir. Mais ses recherches demeurèrent vaines et une véritable frayeur s'empara de lui.

Comme il ne pouvait requérir l'aide de sa femme en la circonstance, son humeur se fit de plus en plus sombre, au point qu'il se décida un beau matin à partir pour Londres. Heureusement pour lui, Hannah n'éleva aucune objection à son départ et ne lui posa pas la moindre question. Epuisée par ses nausées matinales, elle avait assez à faire à la maison sans s'inquiéter de l'emploi du temps de son époux.

Parvenu en ville, Chester se rendit directement Halfmoon Street, persuadé que c'était Sir Chase qui lui avait dérobé les précieux documents. La seule pensée que la lettre où son stupide fils avait jugé bon d'écrire noir sur blanc les détails de leur négoce puisse être tombée entre des mains malveillantes lui donnait littéralement des cauchemars. Or, les diverses conversations qu'il avait pu avoir avec Boston ne lui laissaient aucun doute à ce sujet : l'homme était parfaitement capable d'avoir subtilisé la missive et de s'en servir contre lui.

Ah, le scélérat s'était bien moqué de lui, en fin de compte ! De toute évidence, il avait comploté sa ruine, s'emparant à la fois de sa fille *et* de la reconnaissance de dette, dont il allait certainement réclamer l'acquittement en échange de la lettre compromettante. A quel chantage n'allait-il pas se livrer, à présent qu'il n'ignorait plus le double jeu de Harry, qui se servait de sa position au bureau des douanes de Liverpool pour couvrir le trafic de son père ?

— Une véritable épée de Damoclès…, maugréa-t-il en descendant de voiture.

Mais il arrivait une demi-journée trop tard, comme le lui apprit le majordome des Boston. Sir Chase et madame étaient partis le matin même pour le Nord…

— Et quand reviendront-ils ?

— Pas avant plusieurs semaines, monsieur.

Sir Stephen tirailla sa cravate d'une main nerveuse.

— Où sont-ils allés exactement ?

— Je crois qu'ils ont l'intention de séjourner dans le Derbyshire, monsieur.

— Il leur faudra plusieurs jours de voyage, je suppose.

— Oh, oui, monsieur. D'autant plus qu'ils ont l'intention de faire halte en route.

— Où cela ?

Le digne majordome cilla à peine devant la brusquerie de son interlocuteur. Aussi irrité que lui parût le beau-père, il faisait confiance à son maître pour gérer la situation.

— J'ai entendu Sir Chase prononcer le nom d'Ampthill, monsieur.

— Ampthill ? Où diable est-ce ?

— Dans le Bedfordhire. Une charmante petite…

— Parfait ! Merci beaucoup, interrompit abruptement le visiteur, qui avait déjà franchi la porte et descendait deux à deux les marches du perron.

Escaladant le marche-pied de son vieux coupé fatigué, il se laissa tomber sur la banquette de cuir usé.

— Grand-Route du Nord, ordonna-t-il au cocher. Et que ça saute !

*
* *

Caterina n'avait pas élevé la moindre objection, lorsque son mari lui avait suggéré de quitter Londres promptement. Millie et elle avaient fait les bagages en un tournemain, et il était à peine midi quand leur vaste berline avait pris la direction du nord, suivie d'un coupé où avaient pris place Millie, le Signor Cantoni et Pearson, le valet de Chase.

L'heure du dîner approchait lorsque les voyageurs atteignirent Ampthill, où Lady Fitzsimmon, la mère de Chase, possédait un *cottage*, comme disait son fils.

A la grande surprise de Caterina, le prétendu cottage était en fait une grande maison de style Tudor, située au milieu d'un beau parc et tout près d'un ravissant village dominé par un château. C'était là que Catherine d'Aragon avait séjourné pendant que son époux Henri VIII effectuait les démarches qui devaient aboutir à leur divorce, et un mémorial avait été élevé en souvenir de la reine infortunée.

La maison, où séjournait à demeure toute une équipe de domestiques, était tendue de tapisseries anciennes et de meubles massifs, dont les surfaces luisantes reflétaient la lumière qui coulait à flots par les portes-fenêtres.

Quant aux deux grands pianos disposés dans la galerie, ils étaient plus beaux que tout ce que Caterina avait pu espérer, et leur vue lui fit enfin oublier tous ses soucis.

Ce soir-là, après un repas composé des légumes du jardin et d'un savoureux morceau d'agneau à la menthe, Sir Chase, le Signor Cantoni et elle s'en donnèrent à cœur joie, alternant duos et trios dans un joyeux désordre d'écoliers en vacances. Le concert improvisé se prolongea bien après le crépuscule, pour la plus grande satisfaction des serviteurs qui écoutaient en cachette.

Au moment de se retirer dans sa chambre, Caterina était si transportée qu'il lui sembla tout naturel de prolonger les adieux avec Chase en lui rendant ses baisers avec une ardeur qui augurait bien de l'avenir. De toute évidence, elle se languissait de lui tout autant qu'il la désirait, songea-t-il avec satisfaction, tout en regagnant ses propres appartements.

Aucun des deux époux ne pouvait se douter qu'au même instant, Stephen Chester descendait de son vieux coupé dans la cour du Sanglier Blanc, l'unique auberge d'Ampthill. Après avoir été secoué pendant de nombreux miles dans sa méchante guimbarde, Sir Stephen était de fort méchante humeur, et les réponses de l'aubergiste auprès de qui il s'enquit de Sir Chase et de Lady Boston ne furent pas pour l'apaiser :

— Boston ? Non, monsieur, je ne vois pas. Personne de ce nom ne réside à l'auberge, et il n'y a aucune propriété alentour qui appartienne à des Boston…

Après un petit déjeuner très matinal, les voyageurs remontèrent en voiture et prirent la direction du nord-ouest pour atteindre Northampton en milieu de matinée. Là, ils firent halte à la taverne des Chequers, sise tout près de l'église Allhalowes, où ils se rafraîchirent et déjeunèrent avant de reprendre la route. Après avoir traversé Rothwell et Market Harborough, ils se dirigèrent vers un petit village nommé Wigston Magna, juste au sud de Leicester. C'était la première fois que Caterina empruntait cette route.

— Nous ne passions jamais par ici quand nous venions de Buxton, remarqua-t-elle.

Elle ne précisa pas que ce changement d'itinéraire était loin de lui être désagréable. Chase savait ce qu'il faisait, et à présent que la tension s'était un peu apaisée en elle, elle se sentait toute disposée à accueillir avec enjouement toutes les surprises qu'il lui réservait encore.

— Je m'en doute. L'endroit ne doit même pas figurer sur la carte. Nous n'avons pas franchi une seule barrière de péage depuis des miles.

A demi étendue dans une pose fort peu protocolaire, les pieds sur la banquette opposée et son chapeau négligemment posé à côté d'elle, Caterina tourna vers Chase un regard interrogateur.

— Encore l'une des résidences de votre mère ?

— Pas cette fois. Nous allons rendre visite à de vieux amis à moi, Thomas et Alice Tolby. Le mari est marchand à Leicester. Bonnetier, très exactement.

— Oh, un fabricant de bas ! Il a réussi dans son commerce, je suppose ?

— Vous allez pouvoir en juger par vous-même.

Après avoir roulé longtemps entre des collines boisées et des pâturages verdoyants, la berline venait de traverser un charmant village et s'engageait à présent dans une allée qui menait à une imposante bâtisse de style géorgien.

Ami de Chase depuis longtemps, Thomas Tolby fut ravi de l'accueillir à l'improviste et de faire la connaissance de sa toute récente épouse. Grand et jovial, l'homme avait la parole facile et arborait tous les signes extérieurs de la prospérité. Bien qu'il fût à part lui fort étonné du prompt mariage de son ami, après tant d'années de célibat endurci, il n'en montra rien et se montra le plus courtois des hôtes. Son enthousiaste moitié, une femme aux proportions généreuses et au caractère avenant, ne se sentait plus de joie à l'idée d'abriter sous son toit le jeune couple et déplorait seulement la brièveté de son séjour.

Servi dans une salle à manger richement ornée de miroirs et de dressoirs de toutes tailles, le dîner se révéla aussi savoureux qu'abondant. Mais lorsque Thomas Tolby, en marchand qui s'intéresse à tous les aspects du commerce, eut évoqué le problème des conflits sociaux, Caterina regretta que la conversation ne se fût pas portée sur un sujet moins épineux.

— Des séditieux, parfaitement, fit Thomas entre deux bouchées de ris de veau. Les luddites, comme ils se nomment eux-mêmes… Dieu sait les ravages qu'ils peuvent causer : incendies, bris de machines, émeutes… Ils se plaignent des salaires trop bas et de la cherté du pain. L'assassinat du premier ministre est lié à toute cette agitation, vous savez. Ils ont beau dire que le meurtrier était un déséquilibré, le pauvre diable en avait peut-être tout simplement assez de tout cela…

— Thomas, s'il vous plaît ! interrompit Alice Tolby.

— Je vous demande pardon, ma chérie. Du reste, je n'ai jamais été confronté moi-même au problème. Je paie décemment mes ouvriers et ne vends jamais à découvert. Vous me connaissez, Chase ?

L'interpellé hocha la tête.

— Ce qui est sûr, c'est que l'agitation gagne tout le pays, reprit Tolby. Dix ans de mauvaises récoltes, la nourriture de plus en plus chère et l'implantation des machines qui remplacent la main-d'œuvre humaine ont fini par créer un climat explosif. Pour les ouvriers du Leicestershire, le meurtrier du ministre est un martyr. Manchester a perdu ses plus grosses fabriques ces derniers mois, détruites par les incendies et les émeutes, sans parler des grèves. Peu d'industriels peuvent résister à ces exactions.

— Les filateurs sont-ils touchés aussi ? interrogea Caterina, inquiète.

— Comme les autres, soupira Tolby, qui promena sur la tablée le regard du maître.

— Un peu de saumon rôti, Signor Cantoni ? Il est tout frais pêché de notre rivière.

Cantoni s'essuya les lèvres avec sa serviette et accompagna son refus d'un sourire. Il connaissait assez la famille de Caterina pour savoir que sa tante, Lady Elyot, appartenait à la dynastie des Carr de Manchester, propriétaires de l'une des plus grandes filatures de la région. Aussi la question suivante ne le surprit-elle pas.

— Et les filatures de coton, monsieur Tolby ?

Thomas se pencha en avant, comme s'il allait prendre la parole à un meeting de négociants.

— Qu'elles filent, tissent ou impriment les étoffes, toutes les fabriques sont logées à la même enseigne, Lady Boston. Si l'une d'entre elles est hors d'état de marche, toutes les autres se voient contraintes d'arrêter le travail. Le coton brut importé de Liverpool ne peut être travaillé tant que les machines ne sont pas réparées et que les hommes ne se sont pas remis au travail. Les importateurs ne peuvent vendre leur marchandise, qui reste entassée dans les entrepôts. Heureux encore quand ils sont assurés…

— Et s'ils ne le sont pas ?

— Alors ce sont des imbéciles qui méritent ce qu'il leur arrive, assena Tolby, qui tourna la tête vers sa femme. Alice, ma chérie, n'est-il pas temps de faire desservir ?

L'humeur de Stephen Chester se serait encore assombrie s'il avait pu entendre ce verdict, tandis qu'il traversait Leicester dans son véhicule cahotant. Il venait en effet de faire entrer une importante cargaison de coton brut dans le port de Liverpool et espérait la vendre au meilleur prix.

N'ayant pu glaner aucun renseignement sur les Boston aux divers relais de la ville, il avait renoncé à tout espoir de les intercepter et s'était décidé à prendre le chemin de Buxton. Que la voiture de son gendre l'eût précédé ou non, c'était là-bas qu'il avait les meilleures chances de mettre la main sur Chase, avant qu'il ne fasse mauvais usage des documents qu'il avait dérobés. Pourvu que le lascar n'ait pas jugé bon d'informer sa femme de ce qu'il avait découvert ! Sir Stephen en frémissait d'appréhension. Dieu savait que ses relations avec Caterina étaient déjà suffisamment tendues sans fournir à la jeune femme de nouvelles raisons de se retourner contre lui…

En fait, les sentiments de la jeune femme à l'égard de son père oscillaient entre l'aversion et l'inquiétude. Elle n'avait pas eu besoin de questionner davantage leur hôte pour comprendre que Sir Stephen allait perdre plusieurs cargaisons de coton. A moins qu'il ne trouve un débouché malgré les troubles, ce qui ne semblait guère probable…

Il a ce qu'il mérite, après tout, fut sa première réaction, lorsqu'elle eut compris l'ampleur de la catastrophe financière qui menaçait son père. Aussi sévères que soient les pertes de Sir Stephen, elles seraient moins terribles que celles des pauvres diables dont il faisait commerce sans la moindre vergogne.

Mais malgré tout, il était toujours son père, et emportée par son ancienne affection filiale, elle ne pouvait s'empêcher d'éprouver une certaine compassion à son égard.

Cette nuit-là, Chase et elle durent partager la même chambre, les époux Tolby n'ayant même pas songé qu'il put en être autrement.

— Voulez-vous que je dorme dans la chaise longue ? proposa Chase, lorsqu'ils se retrouvèrent seuls.

Caterina, dont l'esprit était ailleurs, secoua la tête d'un air absent, geste qui le laissa perplexe.

— Qu'y a-t-il, ma beauté ? Vous vous inquiétez pour les filatures de votre tante ?

Assise devant la coiffeuse, la jeune femme se regardait songeusement dans le miroir.

— Oh, elles ne lui appartiennent pas, en fait. C'est un cousin qui en a hérité, moyennant un substantiel dédommagement à tante Amélie.

— Qu'est-ce qui vous inquiète alors ?

Voilà ce qu'elle ne pouvait guère lui expliquer… Elle se sentait trop lasse pour cela, trop effrayée aussi à l'idée des questions qui allaient immanquablement s'ensuivre. Et après tout, en quoi tout cela la concernait-il ? Elle était libre à présent, délivrée de son père et de ses responsabilités à l'égard de Sara. Libre aussi de jouir de la présence d'un homme qui incarnait tous ses rêves…

Au lieu de répondre, elle tendit les bras vers lui et obtint aussitôt la réaction qu'elle escomptait. D'un geste prompt, Chase vint s'agenouiller près d'elle et referma les bras sur ses hanches, tandis qu'elle lui caressait doucement les cheveux.

— Faites-moi confiance, chuchota-t-il.

Elle se contenta de sourire, ayant appris des années plus tôt qu'il ne faut jamais croire un homme qui prononce ces paroles. Mais les circonstances étaient différentes, après tout, et elle ne protesta pas lorsqu'il la souleva dans ses bras pour la déposer sur le lit. Cette nuit-là, elle dormit à son côté, incapable de se donner, mais aussi de se passer du réconfort de sa présence.

Le jour n'était pas encore levé lorsqu'elle s'éveilla en sursaut, tirée du sommeil par un mauvais rêve dont elle ne parvenait pas à se rappeler les détails. Les joues sillonnées de larmes, elle se prit à regretter l'intransigeance de son attitude à l'égard de Chase. Pourquoi punir ainsi cet homme merveilleux que le sort lui avait donné pour époux, au nom d'un ressentiment dont chaque jour semblait affaiblir la force ? Mais s'il lui fallait s'avouer que la réalité qui lui était échue dépassait tous ses rêves, elle avait beau faire, elle ne parvenait pas à lui accorder la confiance qu'il lui demandait. « Et dire que tu t'étais promis de ne plus jamais pleurer pour un homme ! songea-t-elle avec remords. »

Même à moitié endormi, Chase devina sa détresse et l'attira contre lui pour l'envelopper dans le tiède refuge de ses bras. D'un geste tendre, il essuya ses joues mouillées avec un coin de drap.

— Chut... chut, ma douce ! Vous êtes ma merveilleuse petite épouse, et je ne veux pas que vous pleuriez. Demain, nous irons passer quelques jours à Chatswork, chez le duc de Devonshire, au lieu de nous rendre directement à

Buxton. Nous pourrons faire la route à cheval et galoper sur la lande. Cela vous convient-il ?

— Oh, oui. Buxton peut bien attendre, murmura-t-elle en se blottissant contre sa poitrine.

Il était plus tard qu'ils n'avaient escompté lorsqu'ils quittèrent Wigston Magna le lendemain matin, montés sur les deux robustes chevaux que leur avait aimablement prêtés Thomas Tolby. Il avait été décidé que les deux attelages les suivraient jusqu'à Derby. Là, les voitures prendraient la route directe conduisant à Chatsworth House, tandis que les deux cavaliers feraient un détour par Ashbourne, pour une petite chevauchée à travers landes et collines.

— Il est grand temps que vous vous remplissiez de nouveau les poumons avec le bon air frais du Derbyshire, assura Chase en adressant un sourire complice à sa compagne.

Ce qui fut fait. Tandis que les trois occupants du coupé et la berline vide se dirigeaient sur Belper, Chase et Caterina s'élançaient au galop dans la vallée de la Dove.

Ravie par la beauté du paysage, dont les lignes accidentées se fondaient au loin dans le bleu-gris changeant du ciel, Caterina s'emplit les yeux de cette magnificence et se laissa griser par la douceur du vent et le cri des courlis qui planaient au-dessus des rochers. Oubliant enfin griefs et inquiétudes, elle se laissa aller à fredonner dans la joyeuse lumière de ce jour de printemps, et elle chantait une ballade lorsqu'ils firent halte près d'un ruisseau pour reposer les chevaux.

Tout en prêtant l'oreille au chant du cours d'eau, qui

gazouillait entre des blocs de calcaire, elle regarda Chase ôter son manteau et sa cravate, qu'il attacha derrière sa selle. Les manches roulées jusqu'aux coudes et la chevelure en désordre, il n'avait plus rien du dandy londonien. Il ressemblait plutôt à quelque hobereau local habitué à parcourir les collines à cheval, en harmonie avec les éléments.

Leurs montures abreuvées, les deux voyageurs se remirent en selle et bifurquèrent vers le nord-est, en direction de Chatsworth. Parvenus sur un plateau qui surplombait toute la campagne environnante, ils s'arrêtèrent pour jouir de la vue. A quelque distance d'eux s'élevaient des monticules de terre, au centre desquels quelques pierres tombées gisaient dans l'herbe, tapissées de lichen et de mousse. Caterina reconnut aussitôt l'endroit.

— Dans la région, on appelle ce site Arbor Low, expliqua-t-elle en mettant pied à terre. Je venais souvent pique-niquer ici, ou jouer à cache-cache avec ma sœur. Il m'arrivait d'y venir toute seule pour chanter et...

Elle s'interrompit pour franchir le talus et s'avança vers les pierres, submergée par les souvenirs de son enfance. Chase se laissa glisser sur le sol à son tour et attacha ensemble les rênes des chevaux.

— Et quoi d'autre ? interrogea-t-il.

— Eh bien... pour danser, avoua-t-elle timidement. Mais je n'étais qu'une enfant, n'est-ce pas ? Je ne pensais qu'à donner libre cours à ma joie de vivre...

Chase sauta lestement sur le talus pour observer la campagne vallonnée qui s'étendait alentour.

— Incontestablement, ils choisissaient bien leurs lieux de vie, remarqua-t-il.

— Qui donc ?

— Les gens de l'Age de Bronze. Cet endroit est plus ancien encore que Old Sarum. Vous vous rappelez ?

Il s'avança vers elle, souriant à ce souvenir.

— Vous faisiez semblant de ne pas être du tout intéressée, mais il était évident que vous étiez suspendue à mes lèvres, lui rappela-t-il. Du reste, vous avez emprunté un livre sur le sujet à la bibliothèque de Brighton.

— Vous n'étiez pas censé le savoir, fit-elle d'une voix grondeuse.

Malgré ses efforts constants pour se remémorer toutes les raisons qu'elle avait de lui en vouloir, il gagnait du terrain chaque jour, et ils le savaient tous deux.

Il lui enlaça la taille de son bras musclé et elle s'appuya contre lui. Il était si près qu'elle sentait son haleine fraîche lui effleurer la joue.

— Il faut vous faire pardonner à présent, farouche créature.

— Comment cela ?

— Dansez pour moi comme vous le faisiez quand vous ne pensiez qu'à *exprimer votre joie de vivre*...

Elle se récria, confuse.

— Oh, non, je ne peux pas !

— Que dansiez-vous en ces heureux jours ? Le menuet ? La matelote ?

Elle étouffa un petit rire.

— Ce n'était pas ce genre de danse...

— Quoi donc, alors ? Une danse païenne ? En ce cas, je suis votre homme, assura-t-il.

Il la fit asseoir sur la pierre la plus proche et ordonna :

— Enlevez vos chaussures afin de bien sentir la terre sous vos pieds. Allons, ôtez-les !

Tout en parlant, il retira ses propres bottes et la prit par la main pour la conduire de l'autre côté des pierres, où il prit place en face d'elle.

— Chantiez-vous en même temps ?

— Oh, oui, très doucement. Personne n'aurait pu percevoir le son de ma voix.

— Alors chantez doucement pour moi, et seuls les elfes nous entendront…

Joignant sa voix de basse au beau mezzo-soprano de Caterina, il se mit à fredonner avec elle. Emportés par le vent, les sons magiques s'envolèrent tels des papillons sur l'aile de la brise. Les yeux dans les yeux, ils se mouvaient avec grâce entre les pierres, cachés par le talus qui avait dû abriter, bien des siècles plus tôt, les évolutions rituelles d'autres danseurs enivrés par les effluves du printemps.

Il y avait des années que Caterina ne s'était sentie aussi merveilleusement libre et heureuse. Quelle joie de retrouver enfin la sensation de l'herbe fraîche sous ses pieds et de chanter ainsi en pleine nature, avec tant de spontanéité et d'insouciance ! Dieu savait qu'elle n'aurait jamais pensé partager un jour ce plaisir avec un homme qui non seulement la comprenait, mais se livrait sans contrainte avec elle à cet indicible bonheur…

Comme elle s'apprêtait à enjamber une pierre, il la souleva très haut dans ses bras et la fit tournoyer jusqu'à ce qu'ils s'écroulent en riant sur le sol, aussi heureux qu'aux jours bénis de leur enfance.

Après s'être livrés à ce rituel en harmonie avec toutes les forces primitives de la nature, quoi de plus naturel que de faire l'amour ? Caterina n'avait certes pas prémédité cela, mais dès que Chase eut commencé à répandre sur elle la pluie de ses baisers, elle comprit que c'était exactement ce que son corps réclamait. Il était si proche d'elle, si merveilleusement relié à ses plus intimes pulsions... Quel autre homme aurait été capable d'ignorer aussi superbement les conventions ?

Bien des jours s'étaient écoulés depuis qu'ils s'étaient étreints pour la dernière fois, et aucun d'eux ne se sentait capable d'attendre une seule minute de plus. Sans qu'ils aient échangé une parole, leurs corps s'entrelacèrent voluptueusement. Cette fois encore, Caterina bouscula les préliminaires, avec la sauvage ardeur d'un désir impatient de trouver sa satisfaction. Et Chase ne se sentait pas enclin à la retenir. Sentant qu'elle s'abandonnait, il la prit sur-le-champ avec la tendre vigueur qu'elle attendait. Impérieux et puissant, mais attentif à la moindre réponse de sa compagne...

Là, en ce lieu solitaire perdu au milieu des landes, il n'y avait personne pour entendre leurs cris de volupté. Caterina ne regretta pas d'avoir changé d'avis. Ce qu'elle était en train de vivre faisait partie d'elle, au moins autant que ses précédentes réticences. Les paroles étaient inutiles. La chose s'était imposée à eux, voilà tout, et quand la jouissance vint, elle les secoua ensemble comme un séisme, lié aux forces de vie qui émanaient de la terre.

Conscient de sa fragilité émotive, Chase s'abstint de la taquiner sur son revirement. Chère Caterina ! Impulsive et remplie de contradictions, hardie et talentueuse, changeante et fragile à la fois... Mais qu'importait ? Elle était admirable à ses yeux, et aucune autre femme ne pouvait soutenir la comparaison avec elle.

Alanguis par cet intermède, ce fut dans un silence inhabituel qu'ils achevèrent le trajet à cheval, main dans la main. Après avoir traversé le village d'Edensor, construit autour du pont qui enjambait la Derwent, ils découvrirent à perte de vue un superbe paysage, que dominait l'imposante silhouette de Chatsworth House.

Illuminées par le soleil, les pierres dorées de l'édifice brillaient comme un joyau au sommet de la colline. A quelque distance du corps de bâtiment, s'élevait une autre bâtisse de pierre surmontée d'une tour à clocher.

— Ce sont les écuries, expliqua Chase.

— J'ai souvent aperçu la maison, mais je ne l'avais jamais vue d'aussi près. Elle doit être immense, je suppose.

— Pas assez pour Hart, plaisanta Chase. Il projette déjà des extensions pour doubler la surface au sol, ainsi que les jardins.

— Oh, regardez là-bas, fit Caterina, ravie. Une cascade !

Elle désigna une volée de marches creusées à flanc de colline, que dévalait une eau scintillante.

— Croyez-vous qu'on nous permettra d'y barboter ?

— Nous pourrons faire absolument tout ce qui nous chante, assura Chase. Venez à présent. Nos voitures ont dû déjà arriver.

Il sourit de l'enthousiasme de sa compagne, en qui s'était opéré un radical changement depuis le début du voyage. Le Signor Cantoni et Millie allaient-ils le remarquer aussi ?

Mais on les avait aperçus du château tandis qu'ils

chevauchaient dans le parc ombragé où paissaient des troupeaux de biches. Déjà le sixième duc de Devonshire s'avançait vers eux, son visage juvénile tout rayonnant de plaisir. Dès qu'ils eurent fait halte au pied des degrés, il tendit les bras à Caterina pour l'aider à descendre. Puis il l'embrassa fraternellement sur les deux joues avant d'aller serrer la main de Chase.

— Enchanté de vous voir ici… Avez-vous fait bonne route ? Le paysage est grandiose, vous ne trouvez pas ? demanda-t-il en rafale, sans même attendre les réponses à ses questions. Quelle bonne idée vous avez eue de venir à cheval !

— Les deux voitures sont-elles arrivées ?

— Oui, oui. Et les bagages ont déjà été déchargés. Venez, je vais vous montrer votre logis.

Caterina se vit octroyer une immense chambre tendue de velours rouge, tandis que Chase occupait la pièce voisine. Mais dans une demeure aussi vaste que Chatsworth, les services d'un guide auraient été nécessaires pour les conduire jusqu'aux appartements de Sa Grâce à travers un tel dédale de couloirs et de salles. Quant à l'aménagement, il manquait singulièrement de modernité et les deux époux comprirent pourquoi le duc projetait des changements. Ce n'était partout que corniches dorées, tapisseries démodées et tapis mangés aux mites, sans compter une véritable débauche de statues en plâtre, horloges, urnes, et autres monstruosités léguées par les générations qui s'étaient succédé sous ce toit.

— Trop de dorures, commenta le duc. Et les objets ne sont pas à leur place. Je vais devoir faire enlever pas mal de choses.

Outre Caterina, Chase et le Signor Cantoni, l'art musical était dignement représenté à Chatsworth par l'orchestre habituel du château, ainsi que le pianiste hongrois Edouard Schulz, ami du maître de maison. Aussi tout le monde se trouva-t-il bientôt réuni dans la salle de musique où les invités donnèrent sur-le-champ un aperçu de leur talent, pour le plus grand plaisir de leur hôte.

L'heure avançant, ils abandonnèrent enfin le piano, le clavecin et la harpe pour passer dans le salon voisin, où le souper était servi. Tendue de gris, de blanc et d'or, la pièce parut reposante à Caterina. Mais le duc avait l'intention de transformer le lieu en bibliothèque.

— Cela se fera quand j'aurai agrandi les écuries, déclara-t-il. Pour l'instant, je ne peux accueillir au château que quatre-vingts personnes, et il n'y a pas assez de place pour les attelages !

Les chambres des Boston communiquaient par une petite porte si discrète qu'on la distinguait à peine du mur. Leur premier soin fut de l'ouvrir toute grande, afin de pouvoir bavarder d'une pièce à l'autre pendant qu'ils se préparaient pour la nuit.

Mais dès que Pearson et Millie se furent retirés, Chase s'avança sur le seuil et observa sa femme, qui se livrait à ses derniers préparatifs de toilette. Visiblement, elle s'attardait à de futiles détails, qui témoignaient de son incertitude. Elle avait peut-être des doutes sur la conduite à tenir, mais pour un homme expérimenté comme Chase, les messages que lui envoyaient son corps n'étaient que trop explicites !

Sentant son regard sur elle, elle se retourna brusquement et joua la surprise à le découvrir dans l'embrasure de la porte.

— Chase…, murmura-t-elle.

Il n'esquissa pas le moindre geste et demeura muet, lui signifiant du regard que c'était à elle de le rejoindre et non l'inverse.

— Chase, je… je crois que j'aimerais bien passer la nuit avec vous.

Elle baissa pudiquement les paupières sur ses yeux dorés tout assombris de désir.

A la lueur de la bougie, sa fine chemise de nuit formait un halo transparent autour de son corps, et des reflets ardents illuminaient sa chevelure cuivrée. Voyant qu'elle tremblait, il lui tendit la main dans un geste d'invite et elle vola littéralement dans ses bras, comme si elle n'avait attendu que ce signal. Aussi impatient qu'elle, Chase la souleva dans ses bras et la porta sur son propre lit, où ils commencèrent à s'aimer dans toutes les règles de l'art.

Cette fois, Caterina fit bon accueil à tous les gestes tendres, aux lentes et secrètes caresses dont il n'avait jamais eu jusqu'ici l'occasion de la combler. Pendant ces heures de ravissement, elle apprit à attendre et à donner du plaisir comme à en recevoir. En amoureux consommé, Chase joua les professeurs et lui apprit tout ce qu'elle devait savoir sur les zones sensibles du corps masculin. Retardé par de longs préliminaires, leur plaisir n'en fut que plus intense, et leur sublime ascension s'acheva sur un double cri, qui les déposa ensemble sur les sommets enivrants de l'extase.

La tête enfouie dans l'oreiller, presque nez à nez,

ils se regardèrent ensuite avec malice et pouffèrent de concert.

— Me voilà au lit avec Sir Chase Boston, plaisanta Caterina.

— Le regrettez-vous ?

— Pas en ce moment. Mais il y a quelque chose que je dois absolument vous dire…

— Chut ! répondit Chase qui jouait à lui mordiller la lèvre. Dormez à présent. Ce que vous avez à me raconter peut attendre demain matin…

Mais l'occasion de lui parler ne se présenta ni le lendemain ni les jours suivants. Après une semaine presque complète à Chatsworth, Caterina, distraite par leurs multiples occupations, ne songeait plus à son larcin secret. Chase, de son côté, prenait bien soin d'éviter tous les sujets qui auraient pu se révéler litigieux. Et leur emploi du temps surchargé ne laissait guère de place aux confidences.

Un flot croissant d'invités se déversait à Chatsworth, et les réunions animées occupaient une bonne partie de leur emploi du temps. Lorsqu'ils ne se divertissaient pas au château, les deux époux visitaient les lieux autrefois familiers à Caterina, du temps où elle vivait à Buxton avec sa famille. Pour elle, ces journées furent le prélude à une nouvelle vie. Enfin, elle pouvait se livrer à ses occupations favorites sans la moindre restriction ! Sa vie ressemblait désormais à un rêve sans fin.

Quand elle ne répétait pas avec son professeur de chant et les autres musiciens, Chase et elle galopaient dans la campagne sur les chevaux du duc, s'ébrouaient sous la cascade comme des enfants, ou canotaient sur le lac. Ils donnèrent même des leçons d'équitation au Signor Cantoni, et ne dédaignèrent pas de se joindre à leurs compagnons pour des parties de croquet sur la pelouse.

L'un des nouveaux invités était un peintre du nom de Turner, qui s'éclipsait tous les matins pour faire des esquisses des plus beaux points de vue du voisinage et ne reparaissait qu'en fin de journée au château. Bien que son aspect extérieur n'eût rien d'attrayant, il n'en charmait pas moins les convives par toutes sortes d'histoires drôles, leur contant ses propres aventures sur le mode burlesque. Mais si ses commensaux, le jugeant sur les apparences, s'étaient imaginé qu'ils pouvaient acquérir ses œuvres à bon compte, ils ne tardèrent pas à être détrompés. Membre de l'Académie Royale depuis l'âge de vingt ans, Turner ne sous-estimait pas sa valeur et vendait ses peintures au plus haut prix.

Lorsqu'il n'était pas question d'art à la table du duc, on s'entretenait du prix du terrain ou des mines de plomb dans le Derbyshire, beaucoup d'invités étant des propriétaires locaux, comme leur hôte lui-même. Un jour, le duc leur montra une maquette de bois exécutée par son défunt père, où le cinquième duc avait représenté les mines familiales avec un talent certain et une remarquable précision technique.

— Je peux ainsi envoyer des instructions précises à mon agent, sans avoir besoin d'aller voir sur place, expliqua Sa Grâce avec satisfaction.

Parfaitement réalisé, le modèle réduit représentait les filons de plomb qui s'enfonçaient verticalement dans la terre, connectés avec des tunnels creusés à main d'homme, où de minuscules silhouettes avançaient à quatre pattes pour piocher le roc pouce après pouce.

Caterina n'ignorait pas que le travail des mineurs était aussi dangereux que mal rémunéré. Les ouvriers étaient payés en fonction de la quantité de plomb qu'ils parvenaient à ramener à la surface, et leur famille tout entière vivait de ce maigre revenu, le plus gros du profit revenant aux propriétaires des mines. Mais jamais elle ne s'était rendu compte à ce point des terribles conditions de travail qui leur étaient imposées.

— Connaissez-vous les mines Chester ? interrogea-t-elle, faisant référence à l'exploitation dont avait hérité son père.

Elle fut surprise de voir le duc froncer les sourcils, visiblement troublé.

— Seigneur ! fit-il en jetant un regard significatif à Chase. Comment ai-je pu oublier ?... Elles appartiennent à votre père, n'est-ce pas ?

— Y a-t-il un problème, Hart ? interrogea Chase.

— Eh bien... euh...

Le duc jeta un regard incertain à Caterina.

— Le moment est peut-être mal choisi pour en parler, déclara-t-il enfin.

— Je vous en prie, dites-moi ! supplia la jeune femme. Serait-il arrivé quelque chose de fâcheux ?

Hart acquiesça de la tête.

— J'ai appris l'accident ce matin, et je pensais que vous étiez aussi au courant, vu la proximité du lieu. Mais la nouvelle n'a pas dû encore atteindre Richmond, et je suppose que votre père n'est pas au courant. A mon avis, c'est justement là le problème. Il ne doit pas se rendre assez souvent sur les lieux…

— Vous voulez dire qu'il n'y va jamais, rectifia Caterina de plus en plus alarmée. Que s'est-il donc passé là-bas ?

— C'est terrible, hélas. La seule galerie qui demeurait en activité s'est effondrée la nuit dernière, tuant plusieurs ouvriers. Normalement, il aurait fallu faire remplacer régulièrement les étançons, afin que les mineurs puissent creuser en sécurité. Apparemment, le filon qu'ils exploitaient jusque-là était épuisé, et ils étaient à la recherche d'une nouvelle veine. Si votre père leur avait consenti des baux pour qu'ils puissent effectuer des recherches ailleurs sur ses terres, ils n'auraient sans doute pas eu besoin d'aller creuser si profond. A présent, il va devoir purement et simplement fermer la mine. Une sale affaire…

Caterina avait le visage blême.

— Et les familles des victimes ?

— Dieu seul sait ce qu'il va advenir de ces pauvres gens. Je suppose que votre père va venir gérer la situation sur place dès qu'il aura été informé de la catastrophe. Pour l'instant, c'est l'entraide qui prédomine. Il y a une forte solidarité dans ce milieu.

Caterina sentit le bras de Chase se poser sur ses épaules, en un geste muet de réconfort. Décidément, le sort s'acharnait sur Sir Stephen ! D'abord l'immobilisation de ses cargaisons de coton, et à présent la fermeture de ses mines… Qu'est-ce qui allait l'affecter le plus ? Le dommage financier, ou les pertes en vie humaine et la détresse des familles ? Après avoir lu la lettre de Harry, elle se prenait à douter des réactions de son père…

— Je suis vraiment navré de me faire le messager de

si mauvaises nouvelles, reprit le duc. Pardonnez-moi mon indiscrétion, mais la mine était-elle la seule source de revenus de votre père, milady ?

— Non, je pense qu'il en a d'autres, murmura Caterina, la gorge serrée.

Elle songea aux plantations de sucre et aux malheureux esclaves qui y trimaient sans relâche sous la brûlure du soleil. Tout cela pour bâtir une fortune dont Harry était le premier bénéficiaire, avec ses dettes de jeu... Pauvre Hannah qui ne savait rien de tout cela ! Cette pensée lui rappela la lettre compromettante qui risquait de mettre le comble à l'infortune de son père, et elle se prit presque à regretter son larcin.

C'était leur dernière soirée à Chatsworth et Cat était assise sur un banc auprès de Chase, occupée à regarder deux chats flâner parmi les plans de légumes. Des papillons blancs voletaient au-dessus de l'herbe et une légère brise soulevait les franges de son châle. Avec un frisson, elle resserra le cachemire autour de ses épaules.

— J'ai quelque chose à vous confier, Chase. C'est important.

— Alors, racontez-moi, ma chérie.

Il s'empara de sa main et la posa sur sa cuisse.

— C'est à propos de la situation de votre père ?

— Oui, et aussi de vous. J'ai en ma possession la reconnaissance de dette que vous lui avez rendue.

— Celle de votre frère ?

Elle hocha la tête.

— Je l'ai prise sur son bureau. Je sais que ce n'était pas

bien d'agir ainsi, mais j'ai pensé que j'en avais le droit. Et à présent, il doit se faire du souci pour ce papier, en plus de tout le reste. Je regrette de l'avoir subtilisé, Chase. Croyez-vous que je doive le lui renvoyer ?

Délibérément, elle passa sous silence la lettre compromettante de Harry. C'était un terrain trop dangereux pour qu'elle s'y aventurât prématurément. Elle sentit le regard de son mari peser sur elle et se tourna vers lui, inquiète.

— Vous êtes fâché contre moi ?

Il lui caressa doucement la main du bout de son pouce.

— Certes non. Mais il semblerait que *vous* vous en vouliez à vous-même, ma petite furie vengeresse. A quoi cette reconnaissance de dette peut-elle bien vous servir ?

— A rien du tout, sinon à lui rendre en partie le mal qu'il m'a fait...

— En ce cas, ce doit être déjà chose faite. Si cela vous met mal à l'aise, vous avez deux façons de régler le problème. Ou vous lui renvoyez le document, ou vous le déchirez et vous écrivez à votre père que ce papier n'intéresse plus personne. Pour ma part, je ne vois pas ce que j'en ferais.

— En êtes-vous sûr ? insista-t-elle.

— Absolument, ma douce. Il n'est d'aucune utilité à présent, et votre père aurait dû le détruire lui-même.

Oh, mais si, il pourrait encore servir s'il tombait entre de mauvaises mains, songea Caterina à part elle. Et que dire de la lettre ? C'était toute la vie de son père qui serait ruinée, si elle venait à être connue. Chase avait-il la moindre idée des activités de Sir Stephen ? Elle aurait voulu savoir s'il avait ou non conclu quelque marchandage avec lui. Quel dommage qu'elle ne puisse être absolument sûre de lui !

— Je vais le lui renvoyer, décida-t-elle.

— Parfait. Nous serons à Buxton demain en milieu de journée, et vous pourrez l'expédier de là-bas. Dommage qu'il ne nous ait pas offert de séjourner à Chester Hall.

— Oui, ç'aurait été l'idéal. Je pensais qu'il allait nous le proposer, mais il n'en a rien fait et j'ai préféré ne pas le lui demander.

— N'y pensez plus, nous nous arrangerons autrement. Peut-être pourrons-nous passer la nuit à l'auberge. En connaissez-vous une ?

— Oh, oui. Le relais Sainte-Anne. C'est un très bon établissement.

Le vent se leva soudain, tandis que des nuages sombres envahissaient le ciel. Affectée par les nouvelles que lui avait apprises le duc, Caterina se sentit de nouveau la proie des doutes et des inquiétudes.

— Rentrons, murmura-t-elle. Le duc voudra sans doute vous battre au billard pour notre dernière soirée ici. Vous ne croyez pas ?

— C'est possible. Après tout, mieux vaut pour lui qu'il perde au billard plutôt qu'au whist. Cela lui reviendra moins cher !

Au matin, les nuages qui s'étaient amoncelés pendant la nuit crevèrent enfin, abreuvant la terre d'une pluie bienfaisante. La température ayant chuté, les voyageurs durent se munir de lainages et de manteaux. Vêtue d'une pelisse verte bordée de fourrure et chaussée de bottines de chevreau, Caterina s'installa à côté de son mari, après avoir déposé son chapeau sur la banquette comme à son habitude.

Mais la jeune femme ne se sentait pas dans son assiette et ne parla que par intermittence durant le trajet de quelques miles qui les séparait de Buxton. Les paysages qui défilaient derrière la vitre avaient beau être chers à son cœur, la pensée de devoir enquêter sur les détestables affaires de son père lui avait gâché tout le plaisir de retourner dans sa ville natale, dont les habitants étaient plutôt portés sur les ragots...

Mais souhaitait-elle vraiment en savoir plus sur les désastreuses entreprises de Sir Stephen ? La réponse jaillit du fond de son cœur avec la spontanéité de l'évidence. Non, bien évidemment ! La seule chose qu'elle désirât vraiment, c'était en apprendre davantage sur son mari, même si elle devait entendre ce qu'elle redoutait le plus.

Mais déjà la berline pénétrait dans la petite ville de Buxton, dont les trois quarts appartenaient au duc de Devonshire. La cité ne manquait pas de charme ni d'intérêt, avec ses eaux thermales chaudes et froides, aux propriétés curatives reconnues. Hart envisageait d'ailleurs d'en faire une version nordique de Bath dans le Somerset.

Construite par son père, le cinquième duc, sa résidence privée était située en plein centre du *Crescent*, rue en arc de cercle semblable à celles de Bath. En apprenant que les deux époux avaient l'intention de descendre à l'hôtellerie Sainte-Anne, Hart s'était récrié.

— Pas question ! Je ne vous laisserai certainement pas aller à l'auberge, quand ma propre maison est située juste à côté. Vous m'offenseriez en refusant d'y loger...

Impressionnant à première vue, le *Crescent* n'avait pourtant pas les proportions élégantes de ceux de Bath, avec ses arcades étroites auxquelles l'architecte n'avait pas su donner de proportions harmonieuses. Lorsque les voyageurs descendirent devant la maison ducale, un petit groupe de badauds se forma pour les regarder entrer dans la Maison Centrale, comme on surnommait la vaste bâtisse.

C'était une étrange sensation pour Caterina de revenir à Buxton en étrangère, dans une ville où sa famille avait pourtant pignon sur rue. Mais elle était restée si longtemps absente que nul ne semblait la reconnaître. Ne serait-il pas étrange de devoir se présenter de nouveau à ses vieilles connaissances, surtout avec Sir Chase à son côté ?

— J'irai à pied à Chester Hall avec Millie, annonça-t-elle un peu plus tard, comme ils prenaient une petite collation de viandes froides et de compotes, due aux bons soins de la femme de charge.

— Il pleut encore, objecta Chase en passant la corbeille à pain au Signor Cantoni. Je vais vous y emmener en voiture.

— Oh, nous avons des parapluies, et ce n'est pas très loin d'ici.

— Peu importe. J'aimerais voir le lieu où vous avez vécu.

Caterina lui avait si bien parlé de la vaste maison entourée de jardins qui s'élevait à flanc de colline qu'elle avait éveillé sa curiosité. Il était impatient de voir lui-même le lieu idyllique auquel avait renoncé Sir Stephen pour aller s'installer à Richmond. Il était intéressant toutefois de noter que Chester n'avait jamais vendu la maison, pas même pour financer l'achat du 18, Paradise Road. Comment avait-il expliqué cela à son épouse ? L'homme, décidément, avait plus d'une carte dans son jeu.

De l'extérieur, Chester Hall était exactement tel que Caterina et son père le lui avaient décrit. Située à l'extrémité de la ville, l'imposante maison de pierre surplombait une belle vallée boisée. L'allée qui conduisait du portail au corps de logis était bordée de pins, dont la pluie avait exalté le parfum si cher à Caterina.

Mais ce fut seulement après avoir amorcé la dernière courbe qu'ils aperçurent la vieille guimbarde rangée devant le perron. Debout sur le toit de la voiture, le valet de Sir Stephen était occupé à arrimer des bagages, sans souci de la pluie qui lui mouillait les épaules. Des valises encombraient encore le porche, prêtes à être hissées sur le véhicule. Caterina poussa une exclamation de surprise.

— On dirait bien le coupé de votre père, déclara Chase en aidant sa femme à descendre.

Dieu savait qu'aucun d'eux ne s'attendait à voir Chester en ces lieux. Mais la chose après tout était compréhensible, songea la jeune femme. Ou Sir Stephen était à la recherche des documents disparus, ou il était venu régler le problème de sa cargaison de coton, car la nouvelle de l'accident survenu à la mine ne pouvait l'avoir déjà atteint. Quelle que fût la raison de son séjour à Buxton, il était douteux qu'il se réjouît de les voir.

— Il a dû quitter Richmond sur nos talons, commenta Chase en s'emparant de sa main. Venez, ma douce, allons le voir. Il va nous apprendre lui-même les raisons de son voyage.

Mais ils n'eurent même pas besoin de pénétrer dans la

maison. A peine descendaient-ils de voiture que le maître des lieux en personne apparut sur le perron, emmitouflé dans un manteau gris et une serviette de cuir sous le bras. Avisant l'attelage rangé derrière le sien, il fronça les sourcils avec un visible agacement. Puis il reconnut les visiteurs et écarquilla les yeux sous son chapeau à larges bords. Il avait les paupières injectées de sang, signe qu'il avait dû se livrer une fois de plus à d'excessives libations.

— Ce n'est pas trop tôt ! lança-t-il avec colère. Voilà cinq jours que je suis ici à attendre votre arrivée, Caterina. Où diable étiez-vous passée ? Quant à vous, monsieur, ajouta-t-il en se tournant vers Chase, je ne vous félicite pas. Une fripouille, voilà ce que vous êtes. Maintenant que nous sommes face à face, vous allez peut-être m'expliquer votre ignoble attitude au lieu de…

— Assez ! rugit Chase, dont les doigts pressèrent plus fermement la main de Caterina. Si vous avez l'intention de proférer de telles sottises, Chester, nous ferions peut-être mieux d'entrer. Vous ne nous avez pas invités à venir chez vous, que je sache, aussi estimez-vous heureux que nous soyons là.

— Heureux ? répéta Sir Stephen en pivotant sur les dalles mouillées.

— Allons à l'intérieur, intima sèchement Chase.

Et d'une démarche assurée, il passa devant son beau-père pour pénétrer d'autorité dans le vestibule. Caterina fronça les narines, agressée par l'odeur d'humidité qui imprégnait la pièce. Qu'étaient devenues la douce chaleur et l'atmosphère accueillante qui régnaient autrefois sur les lieux ?

Renfrogné, Chester les suivit, ignorant les deux serviteurs qui, après avoir accueilli d'un large sourire miss Caterina et son époux, s'étaient littéralement figés sur place devant l'air courroucé de leur maître. La visiteuse leur effleura le bras en passant d'un geste amical, comme pour les réconforter.

— Apportez-nous du thé, voulez-vous ?

Mais déjà Sir Stephen reprenait sa diatribe.

— Vous avez usé de mensonges pour me prendre ma fille, monsieur ! Puis vous avez violé notre accord de la plus méprisable façon. Donnez-moi le nom de vos seconds, je vous provoque !

Sans répondre à la tirade, Chase suivit sa femme dans le grand salon du rez-de-chaussée, où la poussière n'avait pas été faite depuis des lustres, bien que certains fauteuils aient été visiblement utilisés depuis peu. Autrefois lumineuse et gaie, la pièce sentait à présent le moisi et il y flottait de vagues relents d'alcool.

Caterina profita de l'occasion pour poser les questions qui la tenaillaient depuis des semaines.

— De quel accord parlez-vous, père ? J'ai le droit de savoir.

Elle s'attendait à entendre Chase protester, mais il n'en fut rien.

— N'allez pas prétendre que vous l'ignorez, espèce de sotte ! rétorqua son père. Il a accepté de me rendre la reconnaissance de dette de Harry en échange de votre main. Mais il a repris le document en douce et je me retrouve à la case départ. Je ne me contente pas de l'accuser, ma fille, ajouta-t-il en posant violemment sa serviette sur le bureau poussiéreux. Je veux me battre avec lui. Seul un duel à mort peut laver cette offense.

— Vous voulez vous battre dans cet état ? interrogea Chase sèchement. Un peu de réalisme, s'il vous plaît ! Et pour commencer, surveillez votre langage devant ma femme. Quant à vos suppositions, il suffit d'un peu de bon sens pour se rendre compte qu'elles sont totalement infondées. Asseyez-vous là, je vous prie, et dites-moi pourquoi vous êtes venu à Buxton. Vous n'allez pas me faire croire que c'était seulement pour remettre la main sur cette damnée reconnaissance de dette ?

Abasourdi par le ton sévère de son gendre, qui avait toujours fait preuve jusque-là de la plus grande courtoisie à son égard, Sir Stephen obéit et prit place sur une chaise.

— Vous avez l'impudence de me demander pourquoi j'ai fait tout ce chemin ? interrogea-t-il. Pour vous retrouver, monsieur ! J'exige que vous me rendiez les papiers que vous avez dérobés sur mon bureau. Ou vous me les restituez, ou je reprends ma fille. A vous de choisir, Boston.

— De quels documents parlez-vous, Chester ? s'informa Chase.

Caterina ouvrait déjà la bouche pour s'expliquer, mais il lui pressa la main pour lui imposer le silence.

— Cessez de feindre, Boston, je n'ai pas de temps à perdre à ce petit jeu. Il faut que je sois demain à Liverpool et je devrais déjà être parti. Aussi épargnez-moi vos mensonges. Oserez-vous prétendre que vous ne vous êtes pas emparé de la reconnaissance de dette de Harry et de sa lettre ? Vous êtes la seule personne qui ayez pu commettre ce vol, aussi je vous prie de me rendre immédiatement ce que vous m'avez pris. Je n'ai pas besoin de vous dire pourquoi, ajouta-t-il en jetant un coup d'œil gêné à sa fille.

— Père, je..., commença Caterina.

Mais Chase lui serra de nouveau la main d'un geste impérieux.

— C'est moi qui les ai en ma possession, déclara-t-il tranquillement. Si quelqu'un a un droit sur ces documents, c'est bien Lady Boston. Après tout, c'est elle qui a le plus souffert de l'attitude inconsidérée de votre fils. Vous ne me contredirez pas sur ce point, je suppose.

— Je ne suis pas d'accord ! explosa Chester. Caterina ne *doit* pas voir ces papiers. Vous ne les lui avez pas montrés, j'espère ?

Et comme Chase se taisait :

— Où est la lettre ?

— Dans mes bagages.

Sir Stephen le regarda, horrifié.

— Vous voulez dire qu'elle l'a lue ? s'enquit-il dans un chuchotement à peine audible.

— Bien entendu.

Chester se prit la tête entre les mains et un violent frisson parcourut tout son corps.

— Ruiné..., fit-il dans un sanglot. J'ai tout perdu, même la confiance de ma famille.

Caterina retira doucement sa main à Chase et s'approcha de son père, bouleversée de le voir réduit à un état aussi lamentable. La rancœur et la compassion luttaient encore en elle, mais les liens du sang finirent tout de même par l'emporter :

— Oh, père, pourquoi ? murmura-t-elle.

— Vous savez comment vont les choses... Je ne voulais pas que les miens sachent... surtout pas vous, hoqueta-t-il. Mais tout a mal tourné, Cat.

— Je sais. Nous avons entendu parler des grèves dans les filatures et des problèmes de stock. C'est pour cela que vous allez à Liverpool, je présume ?

Mais à sa grande surprise, Sir Stephen secoua lentement la tête.

— Pas seulement, répondit-il en s'essuyant les yeux du revers de la main. Les histoires de coton ne sont rien comparées à ce que j'ai appris il y a deux heures. Ce qui m'arrive est terrible. Rien ne saurait être pire pour un modeste propriétaire de bateaux…

— Un négrier, père. Pourquoi ne pas employer le mot qui convient ?

Sir Stephen déglutit péniblement.

— Plus maintenant. C'est terminé…

Interloquée, Caterina se tourna vers son mari.

— Que veut-il dire ? Y aurait-il eu encore autre chose ?

— Il semblerait, répondit placidement Chase, qui s'assit en face de son beau-père.

8.

Un serviteur fit diversion en apportant le plateau du thé, et Caterina profita du répit pour se préparer à ce qui allait suivre. Qu'est-ce qui avait bien pu survenir de pire que tout ce qu'elle avait déjà entendu ? s'interrogea-t-elle avec appréhension. De toute évidence, son père faisait allusion à un problème beaucoup plus sérieux qu'un simple retard dans les ventes.

La seule chose dont elle fût sûre, c'était que rien ne pourrait anéantir ni même diminuer son amour pour Chase Boston, quoiqu'il advînt. Dût-elle entendre de son père les plus terribles révélations, cela ne changerait rien à ses sentiments.

Car elle aimait Chase, c'était un fait. Elle l'aimait inconditionnellement. Peut-être s'était-elle éprise de lui dès le premier instant, quand il s'était immiscé de force dans sa vie. A moins que ce ne fût à Bath, lorsqu'il lui avait sauvé la vie... Peu importait après tout. Ce qui était certain, c'était que jamais plus elle ne pourrait feindre pour lui une froideur et une aversion qu'elle était loin de ressentir dans le fond de son cœur. Elle ne pouvait plus vivre sans lui, force lui était de l'admettre enfin. Dieu savait qu'elle n'avait même pas envie d'essayer !

Après avoir servi le thé d'une main tremblante, elle alla porter une tasse à son père, puis se dirigea vers Chase. Il la remercia d'un signe de tête avant de darder sur elle un regard inquisiteur.

— Je crois que vous me devez une petite explication, milady, marmonna-t-il entre ses dents.

— Plus tard. Mon père a de sérieux ennuis. Je... je crains qu'il n'ait enfreint la loi.

— Je sais, fit-il dans un murmure.

Cette simple réponse arracha un frisson à Caterina. Bien entendu, il savait ! En doutait-elle encore ? C'était ce qu'elle soupçonnait depuis la découverte de la lettre. Chase n'ignorait rien du négoce illicite de son beau-père et elle était sûre à présent qu'il avait fomenté sa perte.

— Est-ce que je l'interroge ? demanda-t-elle à voix basse, en jetant un regard furtif à son père.

— Oui. Il faudrait aussi lui apprendre l'accident de la mine.

— C'est là qu'il devrait se rendre au lieu d'aller à Liverpool, observa-t-elle avec acrimonie.

Retournant vers Sir Stephen, elle lui reprit la tasse qui tremblait dangereusement dans sa main et la posa sur une petite table.

— Auriez-vous eu des nouvelles de Harry, père ?

Il hocha la tête, tout en fouillant dans sa poche à la recherche de sa flasque de brandy.

— La poste ne met qu'un jour entre Liverpool et ici, et j'ai reçu sa dernière lettre ce matin. Il faut que je parte tout de suite.

Il voulut boire une gorgée d'alcool, mais Caterina l'arrêta d'un geste.

— Pas ça, intima-t-elle. Vous avez besoin d'avoir la tête claire.

Sir Stephen émit un long soupir et jeta un regard haineux à son gendre.

— Vous avez raison. Mais pouvez-vous persuader cet individu de me rendre mes papiers ? Qu'a-t-il l'intention de faire avec ? Du chantage ?

Caterina lança un coup d'œil à son mari, qui haussa un sourcil éloquent en guise de réponse. Evidemment, c'était une possibilité, admit-elle, vu la supercherie dont son père s'était rendu coupable. Elle aurait dû haïr Sir Stephen et lui souhaiter tout le mal possible. Mais il lui était difficile d'endurcir son cœur contre l'homme à qui elle avait voué pendant tant d'années une respectueuse affection filiale.

— Demandez-lui vous-même, père. Vous êtes bien plus riche que vous n'avez jamais voulu nous le dire, n'est-ce pas ? Quelque chose s'est-il passé qui mette vos biens en péril ?

— Oui, chuchota Chester.

Une expression de honte se peignit sur son visage, tandis qu'il ajoutait :

— Je voulais construire une vraie fortune… Mais à quoi bon vous raconter cela ? Vous ne pouvez pas comprendre mes raisons…

— Surtout si vous ne me les expliquez pas, riposta-t-elle avec aigreur.

— Qu'importe à présent ? C'en est fait de moi, Cat. J'ai

perdu trois navires. Trois ! Vous rendez-vous compte ? Il ne me reste plus que les yeux pour pleurer…

— Mais d'après la lettre de Harry, le *Caterina* est bien arrivé à Liverpool avec sa cargaison intacte. Il l'a constaté de ses yeux.

— C'est exact. Mais on n'avait même pas fini de décharger le coton qu'une bande de fous y a mis le feu. Il ne reste plus rien du navire que la coque à demi carbonisée sur la rive. Et les autres armateurs me réclament des compensations, leurs vaisseaux ayant été endommagés par les étincelles. Harry mettrait sa main à couper qu'il s'agit d'un sabotage.

Un silence atterré suivit ces paroles. Chase le rompit en demandant d'une voix calme :

— Vous étiez assuré, je suppose ?

— Non, hélas.

— Quoi ?

Chester secoua la tête. Il était visiblement au bord des larmes.

— Je n'ai jamais trouvé aucun assureur qui accepte de m'avoir pour client. Ils devaient soupçonner la nature réelle de mes activités. Mais bien entendu, personne n'a jamais pu m'accuser de quoi que ce soit, faute de preuves. J'ai dû prendre le risque…

— Et les deux autres vaisseaux ?

— Pas assurés non plus, marmonna Chester. Et je les ai perdus aussi.

— Comment cela ? s'informa Cat.

— Le *Hannah* a été pris dans un terrible ouragan au large des Caraïbes. On appelle cela un typhon, je crois.

Il semblerait qu'il ait coulé. Pensez donc, un bateau à peine vieux de quelques mois !

— Avec des esclaves à bord ?

— Je ne sais pas…, murmura Sir Stephen en baissant les yeux.

— Et le troisième bâtiment ? s'enquit Chase.

— Le *Welldone* est ancré dans le port de Kingston, sans équipage et sans capitaine. C'est encore ces maudites tempêtes… Apparemment, il a mis six mois au lieu des six semaines initialement prévues pour aller des côtes ouest-africaines à St Kitts. Il transportait une cargaison de cent soixante-huit esclaves, et bien entendu, ils ont vite été à court de vivres et d'eau. Ils ont… ils ont péri.

— Vous voulez dire qu'ils sont morts de faim ? interrogea Caterina, horrifiée.

— Oui. Il a fallu les jeter par-dessus bord. Certains membres de l'équipage ont succombé aussi. Le capitaine a mis le cap sur la Jamaïque et a abandonné le bateau à Kingston. Le reste de l'équipage s'est enfui en volant tout ce qui se trouvait encore à bord.

Il se prit la tête dans les mains et ferma les yeux sous le regard accusateur de sa fille.

Epouvantée par les terribles images qui se bousculaient dans sa tête, Caterina se leva et marcha jusqu'à la fenêtre, d'où elle promena un regard absent sur le verger négligé et les grands pins fouettés par la pluie.

— Comment avez-vous pu, père ? Un tel mépris de la vie d'autrui… Cela me confond, vraiment. Utiliser des êtres humains comme des marchandises, et vous servir d'eux sans vergogne pour accroître votre fortune… Fi, quelle honte ! Et vous mettiez votre propre famille en danger de surcroît. Car vous n'ignorez pas le châtiment encouru, n'est-ce pas ? Avez-vous pensé à Hannah ? Vous pleurez sur la perte de vos biens, mais avez-vous eu une seule larme pour ces pauvres diables dont vous vous êtes servi comme d'une simple monnaie d'échange ?

Elle s'interrompit pour reprendre son souffle.

— Et vos plantations de sucre à St Kitts ? Sont-elles encore une source de revenus ?

— Bien maigre, répondit Chester, piqué par le ton de reproche de sa fille. Le cours du sucre raffiné a chuté, alors que les frais d'exploitation ne cessent d'augmenter. Il faut renouveler souvent la main-d'œuvre, car le travail est très dur. Quant à la mélasse, la demande a baissé ces derniers temps.

— Pourquoi cela ?

— On a découvert une autre façon de produire du sucre. On l'extrait à présent de la betterave, qui peut se cultiver ici à moindre coût. Je vais être obligé de revendre ma part dans l'exploitation.

— Au moins ne serez-vous pas réduit à la famine, commenta-t-elle amèrement. C'est un soulagement pour vous, je suppose.

— Je ne suis pas soulagé, Cat. Je me fais beaucoup de souci pour Harry. Que va-t-il devenir ?

A l'énoncé de ce nom, Caterina laissa exploser sa colère.

— Toujours Harry, bien entendu ! Le malin Harry, qui confie à la poste publique une lettre assez explicite pour vous envoyer au bagne… Cette missive aurait pu tomber entre les mains de n'importe qui, voyons !

Et comme il lui jetait un regard de reproche :

— Je l'ai bien lue, moi !

Sir Stephen bondit sur ses pieds.

— Rendez-la-moi, intima-t-il. Vous rendez-vous compte que cela peut me causer de graves ennuis ?

— Ce dont je me rends compte, c'est que *vous* vous êtes mis dans une situation qui peut vous créer les pires désagréments, ainsi qu'à votre famille. Quant à la lettre, il n'est pas impossible que Sir Chase veuille la garder un certain temps. Si ce n'est pas lui, c'est moi qui la conserverai tant que je n'aurai pas la preuve que vous avez définitivement cessé cet infâme commerce. Si vous ne le faites pas, sachez que je n'hésiterai pas à la montrer aux autorités, et vous serez responsable du malheur qui s'abattra sur Hannah et les enfants. Vous m'avez bien prise au piège, père. Mais la chance a tourné et les rôles sont inversés à présent.

— Je suppose que vous ferez ce que votre mari vous dira, ironisa Chester.

Caterina lança une œillade à Chase.

— Certes. Son pari semblait absurde, mais en l'acceptant, vous avez fait sans le savoir la chose la plus sensée de votre vie — j'excepte votre mariage avec Hannah, qui vous a donné bien plus que vous ne méritiez. Bien que vous n'ayez pas pris la peine de me le demander, sachez que je suis très heureuse avec mon mari, père, plus heureuse que je ne l'aurais jamais cru possible… Il est vraiment tout ce que je pouvais désirer de mieux en ce monde.

Bien que ces paroles fussent destinées à son père, elle ne quittait pas Chase des yeux et elle vit la surprise se peindre sur son visage, avant de laisser place à une douce expression de tendresse nuancée de malice. Il était vrai que la déclaration était plutôt inattendue… surtout après leurs orageuses fiançailles !

Surpris lui-même, Sir Stephen se tourna vers son gendre, comme pour lui demander confirmation de ces propos. Mais il ne recueillit en retour qu'un énigmatique sourire.

— Ainsi, vous l'avez domptée, hein ? lança-t-il d'un ton sarcastique. Mes félicitations ! Que n'aurais-je donné pour avoir une épouse qui chante ainsi mes louanges ? Malheureusement, je n'ai pas cette chance.

Caterina fronça les sourcils.

— Si vous aviez montré à Hannah un peu de cette sollicitude dont vous faites preuve envers Harry depuis tant d'années, elle serait peut-être plus élogieuse à votre égard. Qu'a donc fait mon frère pour votre bonheur ? Il ne vous a jamais donné la moindre satisfaction.

— Il est mon aîné et mon seul fils, Caterina. Il a besoin qu'on l'aide à prendre un bon départ dans la vie, et je l'ai aidé de mon mieux. N'importe quel père en aurait fait autant. Il aura tout ce que je n'ai jamais pu avoir et sera assez riche pour tenir le haut du pavé. Un vrai gentilhomme, en somme. C'était du moins ce que j'avais projeté pour lui, corrigea-t-il avec amertume.

— Pour être un *vrai* gentilhomme, Chester, il faut d'abord qu'il se comporte comme tel, intervint Chase. Peut-être devriez-vous concentrer vos efforts à le lui enseigner, plutôt qu'à lui apprendre à tromper ses employeurs, trahir la confiance de son père et dilapider son argent.

— N'avez-vous jamais dépensé l'argent du vôtre, Boston ?

— Je n'ai jamais gaspillé que le mien. C'était mon choix et cela ne pouvait nuire à personne d'autre qu'à moi. Mais le jeune Chester a beaucoup à apprendre en matière d'honnêteté, de respect des autres et de sens des responsabilités. Sans parler de la discrétion…

— Comment en serait-il autrement ? Il n'a que vingt ans, voyons…

— A vingt ans, monsieur, j'étais responsable de mes actes. Tout comme vous, je suppose.

Chester haussa les épaules.

— Harry est encore immature.

— Raison de plus pour le tenir en bride…

— Que savez-vous de lui ? interrogea Sir Stephen, blessé.

— J'en sais suffisamment. Je lui ai gagné une somme assez conséquente, si vous vous rappelez…

— Pourquoi parliez-vous de Hannah d'un ton si désabusé, père ? interrompit Caterina, qui en avait assez du sujet. Regretteriez-vous de l'avoir épousée ? C'est pourtant une épouse aimante, que je sache…

Une expression lasse se peignit sur le visage de son père, et elle craignit d'avoir posé une question indiscrète. Ce n'étaient pas ses affaires, après tout.

Sir Stephen s'approcha d'elle et jeta un regard songeur par la fenêtre.

— Oh, elle a été un réconfort pour moi, admit-il. Enfin, d'une certaine façon… Mais la vérité, c'est que je n'aurais peut-être pas dû me remarier aussi vite. Hannah n'était qu'un pis-aller, après tout…

— Vous voulez dire après maman ? Elle vous manque donc tant ?

Il soupira, les yeux fixés sur les vitres ruisselantes de pluie et les grands pins dont la cime ployait sous le vent. Lorsqu'il parla enfin, sa voix résonnait différemment, comme s'il parlait du fond d'un rêve.

— Je ne parlais pas de votre mère, Cat. C'est à Amélie que je pense.

La jeune femme le dévisagea, stupéfaite.

— Tante Amélie ? Voyons, père, que me dites-vous là ?

— Ne le saviez-vous pas ? Je croyais que tout le monde avait deviné. En tout cas, Amélie ne l'ignore pas, elle. J'ai été le premier à demander sa main après la mort de votre mère. Avant mon frère Josiah…

— Et pourtant, c'est lui qu'elle a épousé. Pourquoi ?

— Parce que c'était une fille obéissante et que ses parents préféraient qu'elle épouse l'aîné. Il possédait un titre et il était plus riche que moi, sans parler de l'héritage familial qui devait lui revenir un jour… Moi, j'étais un veuf déjà chargé de famille. J'ai dû me retirer devant mon frère.

— Oh, père, je ne savais pas ! Mais après la mort d'oncle Josiah ?

— J'ai fait tout ce que j'ai pu pour aider Amélie à traverser l'épreuve. Ce furent des années terribles pour elle, et je sais qu'elle m'était reconnaissante de tout ce que je faisais pour la soutenir. Mais cela n'est jamais allé plus loin que la gratitude. Ensuite, elle a quitté Buxton, dont elle ne supportait plus les commérages.

— Vous gardiez encore espoir cependant ?

— Un espoir très fragile… C'est alors qu'elle vous a emmenée à Richmond avec elle.

— Je vois. C'était donc pour vous complaire ? fit Caterina avec un serrement de cœur.

— Mais pas du tout ! Elle ne l'a fait que pour vous. A Richmond, elle a rencontré Nicholas Elyot, comme vous savez. Comment aurais-je fait le poids ? Je me suis dit que si j'avais été aussi riche que Josiah et Lord Elyot, j'aurais peut-être eu mes chances... Je me suis remarié quand j'ai compris qu'Amélie était définitivement perdue pour moi, et je suis venu m'installer à Richmond. Officiellement, j'obéissais au vœu de Hannah.

— Mais en réalité, c'était pour vous rapprocher de tante Amélie ?

Chester hocha la tête.

— Et pour habiter la maison de Paradise Road, où elle avait elle-même vécu. Je m'y sentais un peu dans son atmosphère. Mais ce n'était pas la bonne chose à faire et j'aurais dû revenir ici. Je n'ai jamais réussi à m'intégrer dans la société de Richmond.

— C'est donc pour cela que vous n'avez jamais vendu Chester Hall ?

— C'était un éventuel refuge, un lieu pour panser mes blessures, si la vie à Richmond devenait trop difficile.

Il eut un soupir navré.

— Mais je vais être forcé de m'en défaire, en fin de compte, bien que ce soit l'endroit idéal pour abriter une famille nombreuse. Vous aimiez beaucoup cette maison, n'est-ce pas ?

— Je l'adorais, quand j'étais petite. J'ai toujours pensé que vous auriez dû en faire votre foyer, père. Hannah apprécierait le lieu, j'en suis sûre, et les enfants aussi.

Quant à moi, mon foyer se trouve là où est Chase à présent…

De nouveau, les deux époux échangèrent des sourires complices.

— Voulez-vous dire que je devrais vendre le 18, Paradise Road ?

— Mais oui ! Hannah n'y verra pas d'inconvénient, si tel est votre désir. Vous êtes un homme du Derbyshire, père. Oubliez les bateaux et cessez d'enfreindre la loi. A Buxton, vous pourrez commencer avec Hannah une nouvelle vie. Tante Amélie a toujours eu beaucoup d'affection pour vous, mais elle a sa propre famille à présent, et je doute qu'elle apprécierait de savoir comment vous avez fait de l'argent ces dernières années. Ce n'est pas une femme intéressée, Dieu sait. Comment avez-vous jamais pu penser que vous gagneriez son cœur en devenant plus riche ?

— Parce qu'à part l'enlever, j'ai tout essayé, avoua-t-il d'un ton piteux.

Caterina ne commenta pas la remarque. Inutile de rouvrir la blessure, songea-t-elle avec sagesse. Elle n'avait jamais soupçonné les sentiments passionnés de son père pour tante Amélie. Bien que sa confession n'excusât en rien son négoce immoral, elle l'expliquait en partie, ainsi que son addiction à l'alcool.

La voix de Chase s'éleva tout à coup dans leur dos, les faisant tous deux tressaillir.

— Je vous propose de vous acheter la maison de Paradise Road, Chester. Elle nous sera très utile lorsque nous voudrons séjourner à Richmond, Caterina et moi. Que diriez-vous de venir vous installer à Buxton ?

Sir Stephen se retourna lentement et examina son gendre d'un air perplexe. De toute évidence, il s'interrogeait sur les motifs réels de Chase.

— Je serai soulagé si je peux me sortir de cet imbroglio sans perdre tout ce que je possède, déclara-t-il enfin d'un ton prudent. Je ne peux continuer ainsi, de toute façon.

— Non, vous ne pouvez pas, renchérit sévèrement Caterina.

Avec l'habileté d'un pickpocket, elle glissa la main dans la poche de son père et en sortit la flasque de brandy, qu'elle déposa sur le plateau.

— Plus vite vous apprendrez à vous passer de ceci, mieux cela vaudra. Vous aurez assez à faire dans les semaines qui viennent pour vous tirer de ce guêpier, Harry et vous. Le brandy ne vous aidera pas, bien au contraire. Quant à mon frère, je crains qu'il ne vous soit pas non plus d'un grand secours.

Chester jeta à son gendre un regard noir de colère.

— Et ma lettre ? Je ne veux pas que Hannah soit mise au courant, entendez-vous ? Jamais !

— L'alternative est simple, père, intervint Caterina. Hannah sera fatalement informée, et tante Amélie aussi, si vous n'allez pas tout de suite liquider vos affaires à Liverpool et ne fournissez pas à Chase d'ici trois semaines la preuve que vous n'avez plus rien à voir dans ce honteux trafic. Dès que ce sera fait, il entamera les démarches pour vous acheter le 18, Paradise Road, et vous pourrez commencer vos préparatifs de déménagement pour Buxton. N'est-ce pas, Chase ?

L'interpellé croisa ses longues jambes et leva les yeux

au plafond avec un air de résignation trop appuyé pour ne pas être feint.

— Très bien, chère petite virago. Si vous le dites…

— Trois semaines ? protesta de son côté Sir Stephen. Ce n'est pas sérieux, voyons ! Je n'aurai jamais le temps de…

— Oh, mais si, elle est parfaitement sérieuse, interrompit Chase, et je le suis aussi. Je ne permettrai pas que mon beau-père reste mêlé plus longtemps à ce trafic. Il y a des années que je suis un abolitionniste actif, monsieur. Que dirait-on si le père de ma femme devait être déporté en Australie pour un tel délit ? Vous imaginez la boue qui rejaillirait sur moi. Ce serait un peu trop, même pour un homme de ma réputation. Aucun anti-esclavagiste digne de ce nom ne pourrait s'en sortir la tête haute.

Le père et la fille s'entreregardèrent, aussi stupéfaits l'un que l'autre. Sir Stephen était devenu blême.

— C'est donc cela…, chuchota-t-il.

Il avala péniblement sa salive.

— Où… où pourrai-je vous trouver le moment venu ? J'ai besoin de savoir votre adresse.

— A Richmond. Je vous contacterai dès que nous serons arrivés.

— Richmond ? s'étonna Caterina. Qu'allons-nous faire là-bas ?

— Paix, femme ! s'exclama Chase avec emphase. Ne venez-vous pas d'affirmer que votre foyer se trouvait là où je suis ?

Elle battit des cils, malicieuse.

— C'est rigoureusement exact, mon mari. Et à présent,

ne serait-il pas temps d'informer mon père de l'accident survenu à la mine ?

Malgré l'urgence de la situation, Caterina et son mari durent faire preuve de persuasion pour convaincre Chester que son devoir à l'égard des familles des victimes passait avant ses propres problèmes et ceux de Harry. Il finit par se ranger à leur avis de si mauvaise grâce que Caterina eut le plus grand mal à contenir sa colère.

— Vous aurez beau effacer les taches d'un léopard, il restera toujours un léopard, commenta Chase, lorsqu'ils furent de retour à la résidence ducale. A peine aura-t-il fait le strict minimum pour ces malheureux qu'il volera à Liverpool. Cela dit, il est urgent qu'il règle cette affaire, car il me trouvera nettement moins complaisant à ce propos que j'ai pu l'être sur d'autres points.

Caterina ne répliqua pas, encore sous le coup de l'irritation. A vrai dire, elle ne se faisait aucune illusion. Quoi que fasse son père, ce serait pour sauver ses intérêts et ceux de Harry en priorité. Mais il restait un point sur lequel elle souhaitait obtenir des éclaircissements.

— Pourquoi ne m'avez-vous pas dit que vous étiez un abolitionniste ? demanda-t-elle en ouvrant d'un geste sec l'une des fenêtres à guillotine.

Le vent se calmait peu à peu, et les nuages commençaient à se disperser, révélant quelques coins de ciel bleu.

Chase, qui examinait un presse-papiers de verre, le reposa calmement sur la table.

— Parce que, ma chère enfant, vous vous seriez empressée d'en tirer des conclusions on ne peut plus fausses. J'ai remarqué cette propension chez vous depuis le début de nos relations.

— Pas du tout ! protesta-t-elle, vexée. Si vous m'en aviez parlé tout de suite, j'aurais su plus tôt où j'en étais.

— Et à présent que vous savez ?

— Je suis de votre côté, cela va sans dire. Beaucoup plus que je ne l'étais au début en tout cas.

— Oh, mais je ne tenais pas particulièrement à ce que vous soyez de mon avis. Nos prises de bec ne manquaient pas de charme à mes yeux.

— Que cela me plaise ou non, n'est-ce pas ? Merci beaucoup. Comme c'était aimable à vous !

— Mais cela ne vous déplaisait pas non plus. N'allez pas prétendre le contraire.

— Je ne vois tout de même pas pourquoi vous avez jugé bon de me cacher vos activités, comme si c'était un secret.

Chase haussa les sourcils.

— A propos de secrets, la règle s'applique-t-elle aussi à vous, ou bénéficiez-vous d'une dérogation spéciale qui vous autorise à cacher des choses à votre mari ?

— Je suppose que vous faites référence à la lettre que j'ai emportée…

— Que vous avez *dérobée* en même temps que la reconnaissance de dette, madame. Où sont ces documents, au fait ?

— Dans mon écritoire, répondit Caterina, blessée par la sévérité du ton. Je m'apprêtais justement à vous les montrer.

Il la suivit d'un regard froid tandis qu'elle se dirigeait

vers la porte. Parvenue sur le seuil, elle se retourna, encore un peu méfiante.

— Vous n'allez tout de même pas…

Un éclair d'orage brilla dans les yeux de Chase et elle préféra laisser sa phrase inachevée.

Lorsqu'elle revint quelques instants plus tard, il lui prit la lettre des mains sans mot dire et se mit à déchiffrer la missive, le visage crispé. Lorsqu'il eut terminé, il posa la feuille sur la table dans un geste de dégoût.

— Quel spécimen, ce Harry ! J'en arrive presque à plaindre Sir Stephen. Avec un fils pareil, n'importe qui se sentirait accablé par les dieux…

Puis il saisit la reconnaissance de dette, et après y avoir jeté un bref coup d'œil, la déchira tranquillement en petits morceaux. Caterina le regardait faire, fascinée par son sang-froid et son assurance. Aussi impétueuse qu'elle fût, il lui aurait fallu longuement réfléchir avant de se décider à une pareille action.

— Etes-vous sûr qu'elle ne nous servira plus à rien ?

Chase leva les yeux vers elle.

— Quelle que soit la raison qui vous a poussée à prendre ce papier, elle n'est plus de circonstance, ma chérie. Croyez-vous qu'il soit dans mes habitudes de frapper un homme à terre ? Je ne veux plus rien de votre père à présent. J'ai déjà obtenu tout ce que je voulais.

— Oh, je me demandais seulement…

— Eh bien, cessez de vous le demander.

— Mais vous ne savez même pas de quoi je parle, protesta-t-elle.

— Vous croyez cela ? Venez vous asseoir, et je vais vous dire exactement ce que vous pensez.

Obéissant à l'injonction, elle s'installa en face de lui dans une bergère à oreilles et aspira le parfum mouillé qui montait des jardins par la fenêtre ouverte.

— Ce n'est pas par hasard que vous avez poussé mon frère à parier tout cet argent, n'est-ce pas ? commença-t-elle sans préambule. Vous saviez déjà que mon père était un négrier et c'est lui que vous vouliez atteindre à travers Harry. Mais au lieu de cela, vous avez conclu un arrangement avec lui en lui accordant une faveur. Voilà ce que je ne comprends pas.

— C'est à *moi* que j'ai fait une faveur, corrigea Chase. Les sentiments de votre père ne m'intéressaient pas. Si vous voulez le savoir, il est exact que j'ai tout fait pour délester votre frère de la plus grosse somme possible. Ce n'était pas difficile en l'occurrence, d'abord parce qu'il est dénué du plus élémentaire bon sens, et ensuite parce qu'il savait que son père paierait pour lui, quel que soit le montant de ses pertes. Ce que je ne comprends pas c'est pourquoi Chester, si pingre par ailleurs, acquittait sans renâcler les dettes de son fils, année après année. A mon sens, cela va plus loin que le simple désir d'en faire un gentilhomme riche et respecté.

— Je suppose que c'était une façon d'avoir barre sur Harry. Mais dites-moi, qu'auriez-vous fait avec ces vingt mille guinées, si mon père n'avait pas accepté l'arrangement que vous lui proposiez ?

— Si je n'avais pas gagné mon pari, vous voulez dire ? Mais je ne fais jamais un pari de cet ordre quand je ne suis pas sûr de le remporter, ma chère amie. Je vous aurais gagnée de toute façon, même si cela avait dû me prendre un peu plus de temps. Votre père n'aurait pas refusé de m'accorder une prolongation.

— Quel vantard vous faites ! se récria Caterina, qui se releva d'un bond. J'en ai assez entendu. Vous étiez censé me dire ce que je pense et vous n'en avez rien fait. Alors je vais m'en charger, moi ! *Je pense* que vous êtes outrecuidant, infatué de vous-même, tyrannique et...

Du coin de l'œil, elle le vit bondir de son fauteuil et contourna la table pour lui échapper. Mais elle trébucha contre l'un des pieds sculptés et perdit quelques précieuses secondes à rétablir son équilibre.

— Espèce d'individu vaniteux et arrogant ! cria-t-elle. Je n'aurais jamais dû admettre en votre présence que je tenais à vous. Quelle idiote j'ai été, vraiment... Lâchez-moi, je retire tout ce que j'ai dit devant mon père. Vous êtes horrible, et il n'est pas question que je retourne à Richmond avec vous. Bas les pattes, vous dis-je !

Mais elle était déjà prisonnière de ses bras, de ses lèvres qui cherchaient les siennes, étouffant ses protestations d'un baiser. Elle se débattit, sincèrement désolée d'en avoir trop dit à Chester Hall. Pourquoi diable était-elle allée révéler devant Chase que, contre toute attente, elle se sentait heureuse de l'avoir épousé ? Il ne lui avait jamais parlé d'amour, après tout, même s'il lui avait montré par mille signes qu'elle ne lui était pas indifférente. Et voilà qu'elle lui avait fourni un avantage dont il n'avait certainement pas besoin !

Furieuse, elle lutta de toutes ses forces pour le repousser, mais elle n'était pas de taille à l'emporter. Vacillante, elle sentit qu'il la poussait vers le sofa de soie jaune, dont les coussins émirent un soupir lorsqu'elle s'affala sur eux. Pendant quelques secondes, elle tâcha encore de lui échapper, quoique avec de moins en moins de conviction.

Mais déjà il s'étendait sur elle, immobilisant d'une main ferme le poing qu'elle brandissait pour le maintenir à distance.

— On peut toujours quitter quelqu'un, vous savez ! marmonna-t-elle d'une voix essoufflée.

— Est-ce là ce que vous voulez ? J'avais cru comprendre tout autre chose à Chester Hall. Ce que vous avez dit à votre père n'était donc pas vrai ?

Son visage était trop près du sien, son regard assombri de passion la scrutait avec trop d'intensité pour qu'elle pût esquiver la question par un mensonge.

— Je sais ce qui vous rend furieuse, reprit-il dans un chuchotement. Vous pensez que votre père et moi avons conclu un accord secret en dehors du pari que vous connaissez déjà. Mais ce n'est pas le cas, mon amour. Il n'y a rien eu d'autre que ce que vous savez déjà. Je suis allé au 18, Paradise Road pour rendre le phaéton, bien décidé à obliger Chester à honorer la dette de son fils. Je savais qu'il avait les moyens de payer, car je n'ignorais pas à quel genre de négoce il se livrait. J'avais vu l'un de ses bateaux à Liverpool, et j'avais mené mon enquête sur place. J'ai fait boire l'un des membres de l'équipage, qui m'a avoué d'où venait le navire et en quoi consistait réellement sa cargaison. Cette confession a confirmé ce que je soupçonnais déjà.

Il fit une courte pause, tandis que Caterina demeurait suspendue à ses lèvres.

— J'aurais pu dénoncer Chester sur-le-champ, mais ce

n'était pas là mon objectif. La société anti-esclavagiste dont je fais partie bénéficie d'une excellent réseau d'informations. Les nouvelles y vont vite. Mais nous n'ignorons pas non plus que faire déporter tous les contrevenants en Australie est un moyen extrême. Il existe d'autres façons de les inciter à changer d'activité.

Il eut un sourire avant de continuer :

— J'étais donc décidé à jouer les créanciers impitoyables. Mais je vous ai vue… et cela a tout changé. Dès que j'ai posé les yeux sur vous, je me suis mis à vous désirer plus que n'importe quoi au monde. Davantage même que cet argent que j'étais venu réclamer. Je suis tombé instantanément amoureux, ma douce. Follement. Désespérément.

Caterina ouvrit de grands yeux à cette déclaration.

— Redites-moi cela, intima-t-elle. J'ai l'impression d'être en train de rêver.

— Je suis tombé amoureux pour la première fois de ma vie. C'était le sentiment le plus puissant que j'aie jamais ressenti. Vous étiez magnifique. Une créature de feu, une véritable amazone en guerre contre la gent masculine. Vous ne m'auriez même pas laissé approcher de vous si vous n'y aviez été contrainte. Puis je vous ai entendue chanter à Sheen Court, et plus rien n'a compté à mes yeux que de vous capturer coûte que coûte.

Il secoua la tête avant de poursuivre :

— Mais il y avait Seton, qui vous suivait d'un regard enamouré. Je savais qu'il me fallait obtenir votre main avant qu'il ne me dame le pion. C'est alors que je vous ai ramenée à Richmond en curricle. Pendant notre promenade en voiture, vous ne pensiez visiblement plus à rien qu'à cette grisante sensation de liberté qui s'était emparée de vous. J'ai su alors ce qu'il me restait à faire : vous laisser déployer vos ailes, vous donner l'espace dont vous aviez besoin, et tout ce que vous attendiez de la vie : la musique, les rencontres avec des gens intelligents, affables et ouverts. Je vous voulais près de moi à chaque instant, et je n'ai pas changé d'avis. Je me meurs de désir pour vous, Caterina.

Une pause chargée d'intensité suivit cet aveu.

— Je suis désolé que tout cela se soit révélé aussi humiliant pour vous, reprit-il. Je savais que j'aurais fort à faire pour vous conquérir, ma douce. Aussi devez-vous m'excuser si je pavoise un peu à présent. Quand je vous ai entendue dire à votre père que je représentais tout ce que vous pouviez souhaiter de mieux, j'ai cru exploser de fierté. Je suis fou de vous, mon incomparable épouse. Me pardonnerez-vous la façon dont je m'y suis pris pour vous capturer, mon bel oiseau ? Etait-ce vraiment si terrible ?

Elle eut un sourire espiègle.

— Très désagréable à certains moments… et merveilleusement excitant à d'autres. Je dois avouer que…

Elle hésita, submergée par les souvenirs.

— Quoi donc ? insista-t-il.

— Eh bien, dans mes rêves, j'ai cédé indécemment vite à vos approches. Je n'avais jamais rencontré un homme comme vous et ne savais même pas qu'il en existait. Je ne pouvais laisser passer la chance d'observer de plus près le phénomène. Il fallait que je sache ce que je ressentirais à être vôtre. Vraiment vôtre. Je n'ai plus de réticences, mon amour. Je veux simplement être avec vous, avec vous seul. Ramenez-moi à la maison, quel que soit l'endroit où elle se trouve.

— Demain à la première heure, c'est promis. Nous nous envolerons vers la liberté et vous serez mon épouse, ma prima donna, mon joli rossignol impétueux...

— Cela suffira-t-il à votre bonheur, Chase ?

Il plongea dans ses yeux pour y lire les implications de sa question. De toute évidence, elle faisait allusion à son passé de séducteur impénitent.

— Moi aussi, j'ai changé, assura-t-il. J'ai passé ma vie à chercher une femme comme vous. La liberté, c'est parfait, mais j'ai besoin de la partager avec quelqu'un. Vous m'avez assez observé depuis que vous m'avez rencontré. Vous ai-je donné la plus petite raison de douter de moi ?

— Pas une fois, admit-elle en toute honnêteté.

— Et je ne vous en donnerai jamais, promit-il. Pourquoi irais-je chercher ailleurs ? J'ai déjà tout ce que je désire.

— Moi aussi, mon amour, excepté... hum...

Elle sourit, mutine et confuse.

— Que diriez-vous d'une portée de petits Boston, aussi fougueux que leur père ?

— D'accord. A condition qu'ils soient aussi charmants et talentueux que leur mère...

Le sofa jaune avait dû être témoin de bien des scènes d'amour dans le passé. Mais ces deux-là ne formaient pas un couple ordinaire. Eux dont l'invincible passion avait su vaincre tant d'obstacles se souciaient peu de devoir s'ébattre sur une couche aussi inconfortable. Comme sur la lande déserte où seul le chant des oiseaux et des grillons leur avait tenu compagnie, ils firent l'amour avec fougue, dans le doux parfum de verdure mouillée qui pénétrait par la fenêtre ouverte. Les doutes de Caterina s'étaient enfin évanouis, mettant un terme à ses dernières réserves.

A présent, elle pouvait s'ouvrir tout entière aux joies de l'amour. Jamais acte de chair ne s'accompagna de tant de rires et de doux bavardages, jusqu'au moment où les paroles s'éteignirent dans les gémissements du plaisir partagé.

— Oh, Chase, ne me laissez pas..., cria-t-elle en s'accrochant à lui dans le vertige de l'extase.

— Jamais, lui chuchota-t-il. Vous êtes mienne et je vous aimerai jusqu'à la fin des temps.

Comme pour illustrer ce serment, les notes exubérantes de *L'Arrivée de la reine de Saba* de Haendel éclatèrent dans la pièce au-dessus d'eux, exécutées au piano par le Signor Cantoni.

— Jamais musique n'est tombée aussi bien à propos, commenta Chase.

Et les deux époux de s'esclaffer ensemble, saisis d'un irrésistible fou rire.

Caterina n'ayant jamais voyagé vers le nord au-delà du Derbyshire, la découverte du Yorkshire fut pour elle une source inépuisable de plaisir. Après une nuit passée dans la populeuse cité de Leeds, ils traversèrent la rivière Aire pour gagner Harewood House, propriété du baron de Lascelles, un autre ami de Chase.

Ravi d'accueillir les deux époux, le baron leur fit admirer ses collections d'objets d'art, ses livres, ses porcelaines et ses meubles rares. Leur ami commun, M. Turner, avait exécuté plusieurs peintures représentant la maison dans son cadre idyllique de collines verdoyantes. Mais Caterina s'intéressa surtout aux magnifiques plafonds décorés par Angelica Kauffman.

Après Harewood, ils firent halte dans la plaisante station thermale de Harrogate avant de gagner Fountain's Abbey, que Turner avait conseillé à Caterina de visiter. L'abbaye était effectivement splendide et la jeune femme eut du mal à s'arracher à la beauté du lieu consacré, où résonnait le chant des moines invisibles.

De là, les deux époux et leur suite gagnèrent Ripon, où ils admirèrent la beauté de la cathédrale au chœur ancien et aux superbes vitraux. Puis ce fut Masham, Nidderdale, Airedale, et enfin Swaledale.

— C'est à se demander si nous ne sommes pas sur le point de franchir les frontières de l'Ecosse ! plaisanta Caterina, désorientée. J'ai l'impression que nous avons pris le chemin des écoliers pour rentrer à Richmond.

Le soleil était déjà à son déclin, lorsque Chase fit arrêter enfin les attelages au pied d'une colline, où se dressait une énorme forteresse ceinte d'une rivière qu'enjambait un pont de pierre.

— Où sommes-nous ? questionna-t-elle.

— Tout près de chez nous, répondit Chase, qui s'empara de sa main. C'est le Richmond original, dans le comté de Richmondshire. Le Richmond du Surrey tire son nom de celui-ci.

— Un autre Richmond ? s'exclama-t-elle, éberluée. Et vous avez une demeure ici aussi ?

— Oui. Encore un mile ou deux et nous y serons. La montée risque d'être dure pour les chevaux, aussi irons-nous doucement. C'est le mont Richmond de la chanson. Vous souvenez-vous ? « Sur le mont Richmond vit une fille, elle est plus belle qu'une aube de mai », chanta-t-il de sa riche voix de basse.

Caterina ne put s'empêcher de rire lorsque le Signor Cantoni et Pearson se joignirent à Chase, pour la plus grande joie des postillons.

Laissant le château de Richmond derrière eux, ils poursuivirent leur route à flanc de colline, et aperçurent enfin une immense bâtisse de trois étages qui dominait la vallée illuminée par la lumière du couchant. Flanquée de tours et entourée d'immenses pelouses, la façade était percée de multiples fenêtres aux vitres étincelantes, où se reflétaient les rayons du soleil.

— Boston Hall, annonça Chase, tandis que leur attelage s'engageait entre les piliers sculptés du portail d'entrée.

— Mais c'est immense ! s'exclama la jeune femme, sidérée. Il y a de quoi se perdre dans une telle demeure. Comment ferai-je pour vous retrouver ?

— Vous n'aurez pas besoin de me chercher, ma chérie, car je ne serai jamais loin de vous. Vous aimez l'endroit ? Nous pourrons y passer les mois d'été, si cela vous plaît.

— Oh, Chase, mais j'y vivrais volontiers toute l'année ! J'étais loin de me douter que vous possédiez une pareille demeure. C'est un véritable paradis.

— Vous trouvez ? Je dirai plus simplement que c'est un lieu digne de Lady Boston. Venez, mon amour. Entrons dans notre maison.

Construit au XIVe siècle, Boston Hall s'était agrandi au fil des générations en même temps que croissait la fortune de ses propriétaires, qui avaient arrondi leur pécule en épousant de riches héritières. Chase avait été le premier à déroger à cette coutume en s'unissant à Caterina Chester, et Dieu savait qu'il ne regrettait pas d'avoir renoncé à vingt mille guinées pour obtenir sa main !

A la vérité, Caterina se demandait toujours ce qu'il avait eu initialement l'intention de faire avec cette somme. L'aurait-il versée à l'association anti-esclavagiste dont il était membre, ou la réservait-il à un autre usage ? La question l'intriguait au plus haut point, mais elle ne trouva pas un seul moment pour interroger Chase à ce sujet pendant la première semaine de leur séjour à Boston Hall.

Il y avait tant de pièces à explorer dans l'immense demeure, depuis les celliers jusqu'aux combles, sans oublier les écuries, la glacière et le jardin d'hiver, que les journées y suffisaient à peine. Quant à leurs conversations, elles tournaient toutes autour des travaux à accomplir pour améliorer le confort des lieux : pièces à retapisser ou à transformer en chambres d'amis, salles de bains supplémentaires à installer…

Quelques expéditions dans les boutiques de Richmond se révélèrent à la fois amusantes et fructueuses. Mais ce que Caterina aimait le mieux, c'était parcourir la propriété à cheval en compagnie de son mari et discuter avec les employés du domaine. Tous les jours, Chase la faisait monter dans son curricle pour lui apprendre à conduire à quatre mains. Il s'émerveillait de ses rapides progrès, tant dans le maniement du véhicule que dans l'art de rendre heureux son mari adoré…

Bien entendu, certaines heures étaient réservées à la musique et Caterina les passait à étudier avec le Signor Cantoni dans la grande salle consacrée à cet usage. Ravi de posséder son propre appartement, où le soleil matinal pénétrait à flots par les hautes fenêtres, le maître de chant ne regrettait pas d'avoir accepté ce poste de professeur à demeure. La voix de son élève lui semblait de plus en plus ensorcelante, et il était littéralement captivé par la nouvelle richesse de son timbre.

Un matin, pourtant, il la trouva anormalement préoccupée à l'heure de la leçon. Debout devant la fenêtre qui donnait sur un petit lac, Caterina ne remarqua même pas son entrée. Il dut réitérer trois fois son salut avant qu'elle ne lui répondît d'une voix balbutiante. Visiblement nerveuse, elle tourmentait entre ses doigts un petit mouchoir de dentelle.

— Vous ne vous sentez pas bien, milady ? interrogea-t-il avec sollicitude. Peut-être souhaitez-vous annuler notre séance ?

— Euh… comment ? Oh, je vous demande pardon, Signor Cantoni. Annuler ? Non, non, tout va bien, répondit-elle en hâte.

Un imperceptible froncement de sourcils vint contredire aussitôt cette affirmation et le maître, étonné, jeta un coup d'œil par la fenêtre.

— Auriez-vous aperçu quelque chose ? interrogea-t-il en suivant la direction de son regard.

Caterina n'essaya pas de lui dissimuler la vérité. Elle le connaissait depuis si longtemps ! Il était son ami autant que son professeur, et en homme avisé, il saurait peut-être lui donner un conseil.

— Oui, chuchota-t-elle.
— Mais je ne vois rien…
— Oh, pas dehors ! Une femme est entrée dans cette pièce, il y a juste quelques instants.
— Une servante ?
— Je… je ne sais pas exactement qui c'est… C'était une Noire, Signor Cantoni. Une très belle jeune femme au teint d'ébène et aux yeux immenses. Elle portait un turban coloré sur la tête.
— Vous a-t-elle adressé la parole ?
— Non. Elle a paru surprise de me trouver ici et a reculé sur-le-champ. Mais elle avait un enfant avec elle qui lui a échappé pour s'élancer dans la pièce, et elle est revenue le chercher. C'était un adorable petit garçon, au teint beaucoup plus clair que celui de sa mère.
— Un mulâtre, sans doute. C'est ainsi qu'on appelle les enfants dont les parents n'ont pas la même couleur de peau. Ils sont souvent très beaux.
— Un mulâtre, c'est cela.
— Oooh, je vois, fit Cantoni d'une voix chantante, comme s'il modulait une gamme. Et naturellement, vous vous demandez qui est le mari de cette dame. Informez-vous auprès de Sir Chase, il doit le savoir.
— Non, signor. Je ne peux pas.
— Puis-je vous demander pourquoi ?
La réponse lui parvint dans un chuchotement à peine audible.
— Parce que… parce que j'ai peur de ce qu'il pourrait m'apprendre…
L'aimable Italien demeura coi, bien conscient à présent du dilemme qui agitait son élève. La chose en soi n'avait

rien d'étonnant, du reste. Beaucoup d'hommes avaient des liaisons avant leur mariage, et une épouse convenable était censée fermer les yeux sur ces incartades, que cela lui plaise ou non.

— Voulez-vous que je m'en informe pour vous ? proposa-t-il. Je procéderai avec toute la diplomatie voulue.

Caterina n'eut pas une seconde d'hésitation.

— Oh, oui, Signor, s'il vous plaît ! Je sais que vous êtes le plus discret des hommes. Quoi que vous appreniez, cela ne changera rien, bien entendu, et il n'y aura pas de répercussions. Mais j'ai tout de même besoin de savoir. Vous comprenez ?

— Laissez-moi faire. Il est plus que probable que ce n'est pas du tout ce que vous craignez.

— Merci de votre aide, Signor Cantoni, répondit-elle avec gratitude.

Mais lorsqu'elle revit un peu plus tard son maître de chant, elle comprit à l'expression de son visage que les nouvelles n'étaient pas aussi bonnes qu'il l'avait espéré. Comme ils s'apprêtaient tous deux à descendre pour le dîner, Caterina le fit asseoir près d'elle sur le sofa du palier, loin des oreilles indiscrètes.

— Eh bien ? interrogea-t-elle, le cœur battant jusque dans la gorge.

Cantoni secoua lentement la tête.

— Il semblerait que la personne en question n'ait pas de mari, Milady. Elle s'appelle Mara, et elle est arrivée à Boston Hall il y a environ deux ans. C'est ici qu'elle a mis au monde le petit Jack, environ sept mois plus tard. Personne n'a cherché à savoir qui était le père de l'enfant. Mara avait servi comme esclave dans une famille londonienne, et tout le monde a pensé que c'était son histoire, après tout, et que cela ne regardait que Sir Chase et elle. Elle est aimée de tous à Boston Hall et vit dans un petit cottage situé sur les terres du domaine. Mais elle vient tous les jours au château avec son fils pour garnir les vases et faire le chemin de table, en l'absence d'une maîtresse de maison. Sans doute a-t-elle pensé que ce travail était désormais inutile, à présent que vous êtes là. D'après le serviteur qui m'a renseigné, elle était justement venue ici ce matin pour éclaircir ce point avec Sir Chase.

— Je vois..., murmura Caterina d'une voix étouffée. Merci beaucoup, Signor Cantoni.

Ce soir-là, elle examina avec une attention particulière la décoration de la table et dut admettre que l'arrangement composé de fleurs, feuillage, fruits et coquillages était un véritable travail d'artiste. Mais elle ne put se résoudre à demander à Chase qui était l'auteur de ce petit chef d'œuvre, tant elle redoutait de l'entendre prononcer le nom de la belle Noire.

La nourriture, pourtant succulente comme de coutume, lui parut insipide, et elle eut le plus grand mal à avaler le contenu de son assiette.

— Vous avez donc perdu l'appétit ? s'enquit Chase, lorsqu'ils eurent quitté la table.

Caterina allégua le premier prétexte qui lui vint à l'esprit.

— Oh... c'est... c'est seulement mon indisposition mensuelle. Je me sens toujours un peu mal en point le premier jour.

Cette nuit-là, elle se retrouva seule dans sa chambre tendue de blanc et de bleu, au plafond orné de délicieux chérubins. Mais son humeur n'était pas en accord avec la beauté du lieu, et à peine couchée, elle versa des larmes amères sur son oreiller. En dépit de ce qu'elle s'était promis jadis, voilà qu'elle pleurait pour un homme, songea-t-elle avec dépit. Un homme qui lui était devenu plus cher que sa propre vie…

Hélas, la jeune Noire était superbe, et le petit Jack aussi. Comment Chase, en les voyant tous deux à chaque instant, oublierait-il jamais qu'il était le père de cet enfant ? Et elle, sa malheureuse épouse, devrait faire semblant de ne rien remarquer, même si elle avait le cœur littéralement brisé de chagrin…

Pendant qu'elle se désolait ainsi, Chase s'apprêtait à regagner sa propre chambre, après une partie de billard avec le Signor Cantoni.

— Puis-je vous dire un mot en particulier, monsieur ? demanda l'Italien, comme ils atteignaient ensemble le palier du premier étage.

— Je vous en prie, Signor, répondit courtoisement le maître de maison.

L'entretien ne dura que deux minutes, mais c'était assez pour que Chase comprît de quoi il retournait. L'excuse invoquée par sa femme ne lui avait pas donné un seul instant le change et il se doutait bien qu'il y avait anguille sous roche. Aussi écouta-t-il avec toute l'attention requise ce que le maître de chant avait à lui dire.

— Un grand merci, Signor Cantoni, murmura-t-il. Je vais régler cette question sur-le-champ.

*
* *

La porte de Caterina s'entrouvrit juste assez pour laisser passer la haute silhouette de Chase, qui referma doucement le battant derrière lui. Une seule bougie brûlait sur la table de nuit, éclairant les contours de la silhouette recroquevillée au bord du lit, les bras croisés autour des genoux et les épaules secouées de violents sanglots. Absorbée dans son désarroi, la jeune femme ne l'entendit même pas approcher. Chase, ému par la violence de son chagrin, vint s'asseoir près d'elle et la prit dans ses bras.

— Qu'y a-t-il, ma petite chérie ? Pourquoi ces larmes, dites-moi ?

Mais la seule réponse qu'il obtint dans un premier temps fut un gémissement de douleur. Pour Caterina, la désillusion était aussi amère qu'inattendue. Avoir enfin trouvé l'amour de ses rêves et devoir maintenant affronter cette sordide réalité… C'était plus qu'elle n'en pouvait endurer.

Désolé, Chase lui caressa tendrement les cheveux et la berça contre lui comme une enfant qui vient d'avoir un cauchemar.

— Chut, ma chérie, chut… Qu'est-ce qui ne va pas ? Dites-moi…

— Je ne peux pas, hoqueta-t-elle. Vous… vous dites toujours la vérité et cette fois-ci, je crains de ne pas pouvoir la supporter. Je… je vous aime beaucoup trop pour cela, Chase.

Il attendit un instant que ses sanglots s'apaisent et lui essuya les yeux avec un coin du drap.

— C'est pourtant la vérité que vous allez entendre, Caterina. Vous mentir, ce serait vous insulter. Acceptez-vous de m'écouter ?

Elle prit sur elle pour murmurer :

— Je… je suppose que c'est mieux, en effet.

— Beaucoup mieux, assura-t-il d'un ton ferme. Voici donc toute l'histoire. Tout a commencé à Londres, il y a environ deux ans. Je rentrais à pied d'une réunion de la Société Royale avec quelques amis, lorsque nous entendîmes un hurlement résonner à l'autre bout de la rue, bientôt suivi de cris et de vociférations. Comme nous nous regardions, stupéfaits, une femme déboucha tout à coup du premier carrefour. Elle courait comme si elle avait le diable à ses trousses et ne regardait pas où elle allait, si bien qu'elle m'a heurté de plein fouet. Ses vêtements étaient déchirés et tachés de sang, et elle sanglotait, au comble de la terreur et du désarroi.

— Oh, mon Dieu…

— Deux jeunes hommes surgirent bientôt derrière elle, visiblement à sa poursuite. En nous apercevant, ils voulurent battre en retraite, mais mes amis eurent tôt fait de les rattraper et les ramenèrent par le collet. Les deux lascars étaient aussi soûls que des grives et ne manifestaient pas le moindre signe de repentir. D'après ce qu'ils nous expliquèrent, la femme était servante chez l'un de leurs amis, et ils avaient décidé de la tourmenter, sous prétexte qu'elle faisait preuve d'une dignité excessive chez une femme de couleur.

— S'agissait-il de la personne que j'ai vue aujourd'hui ? Une certaine Mara, je crois…

— C'est exact. Les deux gandins l'avaient sérieusement mise à mal et l'un d'eux, un jeune homme de dix-huit ans à l'époque, avait réussi à la violenter. Voulez-vous savoir le nom de son suborneur ?

Elle hocha la tête, les yeux agrandis d'anxiété.

— C'était Harry Chester. Lorsque je suis rentré à Londres cette année, j'ai passé au peigne fin tous les tripots de la capitale jusqu'à ce que je remette la main sur lui. Il ne se souvenait pas de moi, heureusement. J'ai l'impression qu'il a généralement la mémoire courte, sauf quand il s'agit d'extorquer de l'argent à son père.

— Harry ? répéta Caterina en portant la main à sa gorge. Il aurait… violé Mara ? Non, ce n'est pas possible…

— Il nous a avoué lui-même la chose, ce fameux soir. En fait, il fanfaronnait et semblait même très fier de lui. A ses yeux, Mara n'était rien du tout, seulement une esclave. A peine un être humain… Nous avons laissé partir les deux jeunes gens et avons transporté Mara chez moi, Halfmoon Street, où ma gouvernante a pris soin d'elle. Le lendemain, je suis allé voir le maître de la malheureuse et je lui ai *acheté* sa liberté. Puis, quand elle a été suffisamment remise pour voyager, je l'ai amenée ici et lui ai donné pour demeure l'ancien cottage du bûcheron. Les serviteurs sont de braves gens et tout le monde a pris soin d'elle.

Il observa une courte pause et Caterina attendit la suite, tout oreilles.

— Lorsque je suis revenu quelques mois plus tard, j'ai constaté que cette affreuse nuit n'était pas restée sans conséquences. Votre brute de frère avait fait un enfant à cette pauvre fille. Le petit Jack a un peu plus d'un an à présent, et c'est un adorable bébé. Votre neveu, ma chérie. Je suis désolé, je ne voulais pas vous bouleverser. Je comptais vous en parler d'ici quelques jours, lorsque nous aurions été un peu mieux installés. En fait, j'aurais dû demander à Mara de se tenir à l'écart en attendant. Ici, elle est une employée comme les autres, ni plus ni moins.

Caterina pleurait doucement, incapable d'admettre qu'un membre de sa famille ait pu avoir un comportement aussi barbare, surtout à l'égard d'une femme. Elle était en état de choc, c'était certain. Mais qui ne l'aurait été à sa place ?

— Chase… Je suis tellement désolée… La pauvre femme, vraiment ! Croyez-vous qu'elle s'en remettra jamais ?

— C'est une personne très digne et tranquille, et je suis sûr qu'elle est plus heureuse ici, entourée d'amis, qu'elle ne l'a jamais été à Londres. Mais pour le reste, franchement, je ne sais pas. Elle bavarde assez volontiers avec moi, mais il n'y a pas d'homme dans sa vie. Préférez-vous que je lui trouve une autre place ? Je n'hésiterai pas à le faire, si sa présence vous bouleverse trop.

— Oh, non, Chase, surtout pas ! Il faut qu'elle reste ici. je lui confierai des tâches intéressantes, où elle pourra donner libre cours à son talent d'artiste. Il faudra aussi envoyer Jack à l'école, quand il sera plus grand. Nous devons faire tout notre possible pour eux.

Chase déposa un baiser sur ses paupières tuméfiées par les larmes.

— Je suis bien d'accord. Mais je pense qu'il vaut mieux ne pas leur dire que vous êtes apparentée au père de Jack. Cela ne servirait à rien et ne ferait que compliquer inutilement vos rapports. A présent, vous comprenez pourquoi je tenais à soulager votre frère d'une somme aussi conséquente. Je la destinais à Jack et à sa mère. C'était bien le moins qu'il leur devait !

— Oh, oui, mon amour, je comprends. Vous avez agi en gentleman, et je ne saurais vous dire à quel point j'ai honte de mon frère. Quant à moi, je tâcherai d'aider Mara à ma façon.

Elle secoua la tête avant d'ajouter :

— Quel dommage que vous n'ayez pas gagné cet argent, en fin de compte ! Il aurait suffi à les entretenir tous deux luxueusement jusqu'à la fin de leur vie.

— Mais si, ma chérie, j'ai gagné, lui rappela-t-il avec un sourire. Tout a fini comme je l'espérais.

— Et moi qui étais jalouse ! Je ne suis pas fière de moi. Si vous saviez ce que j'ai pensé…

Il lui enserra la tête des deux mains et étudia son petit visage ravagé par les pleurs.

— Savez-vous que c'est la première fois que je vous vois jalouse ? J'imaginais tout de vous, mais pas cela. Je me demandais même si vous étiez capable d'éprouver un tel sentiment. Eh bien, me voilà fixé. Voulez-vous que je vous dise ? Je me sens très flatté en vérité…

— Faites attention, Chase Boston ! J'ai bien essayé de me dire que je ne devrais pas me laisser abattre à ce point si mon mari retournait à ses vieilles habitudes… mais cette seule pensée m'était un supplice. La vérité, c'est que je vous aime trop, Chase.

Les choses ne pouvaient que suivre leur cours après cet aveu…

Cette fois, Chase lui fit l'amour avec une exquise tendresse, et si Caterina était trop épuisée pour atteindre ou même souhaiter éprouver un orgasme, elle trouva dans cette étreinte un merveilleux réconfort, après la crise qu'elle venait de vivre. La rassurante proximité de Chase, la sécurité de ses bras et les mots d'amour qu'il lui chuchotait à l'oreille étaient tout ce qu'elle pouvait souhaiter en cet instant…

Apaisés, ils restèrent ensuite dans les bras l'un de l'autre à évoquer les activités anti-esclavagistes de Chase. Celui-ci conta par le menu l'enquête qu'il avait menée sur Harry, ainsi que sa visite à Liverpool avec deux de ses amis abolitionnistes.

— C'est là que nous avons repéré l'un des bateaux de votre père. Sa cargaison se composait de sucre, de tabac et de coton brut, mais nous n'avons pas été dupes de cette couverture. Seulement, il nous fallait des preuves, et quand on sait qu'il faut jusqu'à deux ans à un navire pour relier les trois escales du « triangle », vous comprendrez qu'il ne nous restait plus qu'à être patients.

Caterina l'écoutait avec attention, profondément choquée par l'attitude de Harry et de son père. Encore sous le coup de l'émotion, elle se demandait désespérément comment elle pourrait en partie racheter la malhonnêteté et l'inadmissible dureté de cœur des deux hommes de sa famille…

La réponse à cette question lui fut donnée inopinément le lendemain soir, lors de sa sortie au célèbre théâtre royal de Richmond, en compagnie de Chase et du Signor Cantoni. Les propriétaires de l'établissement l'inondaient de cartes d'invitation depuis son arrivée à Boston Hall. Visiblement, ils ne se tenaient plus d'impatience à l'idée de rencontrer la nouvelle Lady Boston, que sa réputation de cantatrice avait précédée dans la région.

Pour la circonstance, Caterina avait revêtu l'une de ses plus jolies toilettes, bleu d'outremer et argent, dont la soie frémissait comme une eau miroitante à chacun de ses gestes. L'émeraude qui ornait son doigt était à présent assortie d'un fabuleux collier, complété par un bracelet et des boucles d'oreilles.

Ce fut également l'occasion de sortir les bas de soie brodés que lui avait offerts M. Tolby, ses mules de satin blanc ornées d'une agrafe de diamant, ainsi que la longue étole de soie achetée à Richmond deux jours plus tôt. Le patron de la boutique fournissant aussi le théâtre en costumes, la nouvelle de cette acquisition s'était répandue comme la poudre parmi les abonnés de l'établissement, qui en avaient tiré aussitôt les conclusions adéquates. La belle Lady Boston allait honorer le théâtre royal de sa présence !

Aussi la salle de spectacle était-elle déjà bondée une bonne demi-heure avant le début de la représentation d'*Othello*. Toute la haute société de Richmond se pressait aux premières, et seule la loge des Boston, qui jouxtait celle du maire, demeurait encore inoccupée.

Lorsque le coupé de Sir Chase s'immobilisa devant le grand escalier, une petite foule était rassemblée au pied des degrés et semblait surveiller les alentours.

— Qui attendent-ils donc ? interrogea Caterina, surprise de voir les gens se démancher le cou dans sa direction avec une visible curiosité.

— Mais vous, Milady, fut la tranquille réponse de Sir Chase.

Elle ne le crut pas une seconde et partit d'un frais éclat de rire.

— Allons donc ! Ils doivent guetter l'arrivée du maire et de son épouse, vous ne croyez pas ?

— Pas le moins du monde. Le bruit de votre venue a fait le tour de Richmond.

— Décidément, vous êtes d'humeur à plaisanter, Chase, fit-elle en adressant un clin d'œil complice au Signor Cantoni.

Habituée à l'accueil plus compassé de la société londonienne, elle fut cependant surprise de voir leur trio salué par tant de sourires, révérences et courbettes, tandis qu'ils gravissaient les marches de l'édifice. Ces gens du Nord étaient peut-être des provinciaux, mais ils savaient se montrer chaleureux et mettre les nouveaux venus à l'aise, conclut-elle en pénétrant dans la salle.

Une autre surprise l'attendait là, la décoration du lieu, un camaïeu de bleu-vert illuminé par quelques touches d'or se trouvant parfaitement assorti à sa propre toilette. L'eût-elle voulu qu'elle n'aurait pu mieux choisir ! Même le plafond s'intégrait à cette symphonie de couleurs, avec son rectangle bleu ciel orné de nuages.

A peine s'étaient-ils installés que le maire et sa femme firent leur entrée dans la loge adjacente, un sourire de triomphe aux lèvres.

— Un franc succès ! observa le maire en se tournant vers les Boston.

Rayonnant sous sa perruque, il désigna la foule qui emplissait la salle, depuis le parterre jusqu'à la galerie. Aussitôt, le public se leva et une immense ovation emplit le théâtre, aussi puissante que le déferlement d'une vague.

— Vous voilà chaleureusement accueillis, madame, commenta Caterina, qui éleva la voix pour se faire entendre par-dessus le tumulte. Une part de ces applaudissements doit revenir à Sir Chase, je suppose. J'ignorais qu'il fût si populaire.

L'épouse du maire lui lança un regard surpris.

— Si vous prêtez l'oreille à leurs cris, Lady Boston, vous comprendrez que c'est surtout votre personne qui suscite leur enthousiasme.

Etonnée, Caterina se tourna vers l'océan des visages levés vers elle, puis vers les occupants des autres loges, qui l'interpellèrent de retentissants :

— Hourrah, Lady Boston ! Vive le rossignol ! Une chanson, Milady !

Les vivats du public dénotaient tant de vibrante sympathie que la jeune femme, toute remuée, pressa le poignet de Chase pour lui faire partager son bonheur. Pour la première fois, elle se sentait enfin chez elle en un lieu de la Terre.

Galant, Chase lui saisit la main et l'approcha de ses lèvres pour y déposer un baiser, geste qui porta à son comble l'enthousiasme de l'assistance. Les yeux des deux époux se rencontrèrent, à la fois émus et amusés, tandis qu'une nouvelle vague d'ovations déferlait dans la salle.

— Nous en avons accompli, des progrès..., murmura Chase, fier de son épouse. Vous souvenez-vous ?

Comment aurait-elle pu oublier ? Combats, obstacles, réticences et dérobades, il leur avait fallu tout surmonter pour en arriver là… Leur amour passionné avait fini par triompher de toutes les entraves.

Ce fut en tout cas pendant cette merveilleuse soirée qu'une idée germa dans l'esprit de Caterina. Pendant l'entracte, Chase la présenta à ses nombreux admirateurs. Beaucoup d'entre eux étaient déjà passés à Boston Hall la semaine précédente, pour y déposer leur carte.

— Quand nous donnerez-vous un récital, Lady Boston ? Nous sommes si impatients ! Et le Signor Cantoni ? Nous brûlons de vous entendre tous deux…

Cet empressement fit réfléchir Caterina. Mais oui, bien entendu ! songea-t-elle avec une secrète satisfaction. Ce serait sa façon à elle de racheter en partie les mauvaises actions de ses proches…

L'idée avait déjà pris forme dans son esprit lorsque Caterina, assise devant sa table de toilette, fit observer à son mari :

— Avec une demeure aussi vaste que celle-ci, nous pourrions donner chaque année une série de concerts de charité, comme on fait à Ham House, Syon et Marble Hill, par exemple. Dans le Surrey, personne ne renâcle à payer pour assister à une soirée musicale, quand c'est une occasion de se mettre sur son trente et un et d'échanger les ragots du comté. Pensez à tout ce que cela pourrait rapporter en un mois !

Chase s'approcha d'elle et considéra leurs deux reflets dans le miroir.

— Et à quelle association charitable destinez-vous cet argent, Lady Rossignol ?

D'un geste précautionneux, il tira sur les rubans entrelacés à sa coiffure, libérant une à une ses courtes boucles châtaines aux chauds reflets de cuivre.

Elle se tourna vers lui et lui tendit les bras, tandis qu'il s'agenouillait pour être à sa hauteur. Puis elle lui enlaça tendrement la nuque, non sans admirer la noble beauté de son front et l'auréole de cheveux noirs qui mettait en valeur les traits ciselés de son visage.

— Quelle association ? La vôtre, murmura-t-elle. Je veux que le profit de ces concerts serve à l'émancipation des esclaves.

Et comme il levait vers elle un regard surpris :

— J'ai eu la chance d'obtenir la liberté dont je me languissais. Je voudrais à présent la partager avec d'autres. Si je peux gagner un peu d'argent grâce à mon chant, il est logique de le consacrer à une cause qui nous est chère à tous deux. Nous avons toutes les facilités pour cela, et une liste de mécènes qui ne demanderont qu'à soutenir le projet. Le Signor Cantoni sera ravi d'être notre directeur musical, et il doit bien y avoir un orchestre local qui acceptera de jouer pour nous. Qu'en dites-vous, mon amour ?

Chase leva la tête vers elle et plongea dans les beaux yeux dorés aux paupières alourdies de fatigue.

— Je dis, ma petite fée, que vous êtes la plus tendre et la plus généreuse créature que j'aie jamais rencontrée, ainsi que le plus talentueux, le plus charmant…

— Assez, Chase ! Ce ne sont pas des flatteries que je vous demande…

— … et le plus enchanteur des rossignols, acheva-t-il,

imperturbable. Comment s'étonner que les gens vous recherchent et ne se lassent pas de votre présence ?

Et d'ajouter dans un soupir d'impatience :

— Mais moi qui ai rêvé toute la soirée de l'instant où je pourrais enfin vous tenir dans mes bras, je crains de ne plus pouvoir attendre. Si nous remettions cette conversation à demain, ma douce ?

— D'accord… si vous me promettez de donner votre consentement, chuchota-t-elle, tandis que les doigts de Chase s'activaient déjà sur les rubans de sa chemise pour libérer ses épaules.

Repoussant de ses baisers le volant de dentelle qui finit par glisser complètement, il dévoila la glorieuse plénitude d'un sein dont le mamelon fièrement dressé appelait les caresses, semblable à une noisette mûre.

— Incomparable créature, murmura-t-il d'une voix rauque de désir. Ne m'avez-vous pas promis obéissance en toutes choses ?

— Hum… Je crois en effet avoir vaguement prononcé quelque formule de ce genre, admit-elle avec un sourire langoureux.

— En ce cas, remettons la discussion à plus tard, ou je vais devoir exercer mes droits de mari pendant que vous continuez à bavarder…

— Euh… eh bien, oui…, murmura-t-elle, tandis qu'il dénudait la seconde épaule.

— Oui à quoi ? murmura-t-il en laissant courir ses lèvres gourmandes sur la courbe d'un sein, grisé par la saveur de sa chair satinée.

— Mais oui à tout, mon amour. Sans la moindre restriction…

Chase se releva d'un bond et passa un bras sous les épaules et les genoux de sa femme avant de la soulever avec aisance. Puis il s'arrêta quelques secondes, le temps de laisser son regard voyager de la poitrine au visage de la tentatrice.

— Voilà encore une chose que j'aime en vous, fit-il dans un chuchotement rauque.

— Quoi donc ?

— Votre remarquable aptitude à changer d'avis. Le consentement n'était guère dans vos cordes autrefois, si vous vous rappelez…

— Bah, tout change…, murmura-t-elle. C'est dans l'air du temps.

Et d'un geste voluptueux, elle nicha la tête au creux de son épaule pour s'enivrer de l'odeur de sa peau.

Épilogue

Un mois plus tard, Sir Chase et Lady Boston donnaient leur premier concert de charité, prélude à toute une série promise à un tel succès qu'elle fit salle comble chaque mois, drainant des auditeurs sur plusieurs miles à la ronde.

Ravi de son nouveau rôle, le Signor Cantoni avait plus à faire qu'il ne l'aurait jamais imaginé, et il ne tarda pas à acquérir une popularité bien méritée.

La belle Mara et lui devinrent amis, et le lien qui les unissait réjouissait tout le monde, tant ils se prodiguaient mutuellement d'affection et de respectueux égards. Mais le sentiment qui les rapprochait n'alla pas jusqu'au mariage, contrairement à ce que tout le monde espérait. Caterina n'en nourrissait pas moins l'espoir secret que ces deux-là finiraient par convoler un jour.

Mara occupa bientôt auprès d'elle une place très particulière, plus qu'une servante mais jamais une rivale, dans quelque domaine que ce fût. La belle Noire ne sut jamais quel lien unissait Caterina au père du petit Jack, ayant toujours ignoré le nom de famille de son suborneur.

Quant à Jack lui-même, il devint au fil du temps un vigoureux et superbe petit garçon.

A l'âge de quatre ans, il manifesta pour la musique d'évidentes dispositions, que Caterina et Chase se hâtèrent d'encourager.

Stephen Chester et sa famille en pleine expansion quittèrent Richmond pour s'installer à Buxton, mais Caterina et son mari n'entretenaient quasiment aucun rapport avec eux, non plus qu'avec Harry. Après tout ce qu'elle avait appris sur ces deux-là, Caterina aimait autant maintenir entre eux de saines distances.

Sara et son mari Constantin, fort épris de sa femme, leur rendaient régulièrement visite à Boston Hall, ainsi qu'au 18, Paradise Road, chaque fois que les Boston séjournaient dans le Surrey. Ce fut une grande joie pour Caterina de pouvoir rendre à l'élégante maison sa sérénité d'autrefois, du temps où Amélie et elle y coulaient ensemble de studieuses et paisibles journées.

Quant à Lord Seton Rayne, il descendit la pente pendant quelque temps jusqu'à ce qu'il découvrît enfin une autre femme merveilleuse qui sut lui redonner le goût de vivre.

Conformément à ses espérances, Caterina mit au monde des enfants musiciens, qui dès leur âge le plus tendre, prirent plaisir à taper sur des tambours, souffler dans des pipeaux ou s'asseoir au piano pour taquiner les touches avec le Signor Cantoni.

Un duo, un trio, puis un quartet, et enfin un orchestre complet de jeunes instrumentistes vinrent agrémenter le programme des concerts de charité de Boston Hall, où les talentueux enfants des maîtres de maison jouaient un rôle de premier plan.

HARLEQUIN

Collection Les Historiques

PROCHAINS RENDEZ-VOUS LE
1er août 2008

LA CAPTIVE DES HAUTES-TERRES, ***de Ruth Langan*** **• *n°411***

Angleterre et Ecosse 1292. C'est avec méfiance que Leonora, une jeune Anglaise, assiste à l'arrivée au château paternel de Dillon Campbell, un chef de clan écossais venu avec ses frères entamer des pourparlers de paix avec deux représentants du roi. Sa chambrière ne lui affirme-t-elle pas depuis toujours que les Highlanders sont de vrais sauvages ? Contrariée de devoir accueillir pareils barbares, elle se montre peu aimable, et Dillon Campbell, dont les parents ont été tués par les Anglais, n'est pas plus amène. Mais la situation dégénère vraiment quand les sbires du roi, brisant la trêve, font prisonniers les frères de Campbell. Fou de rage, ce dernier enlève Leonora et la séquestre dans sa forteresse de Kinloch…

LA REBELLE ECOSSAISE, ***de Margaret Moore*** **• *n°412***

Ecosse, 1240. En récompense de ses loyaux services, sir Nicolas, un chevalier normand, se voit offrir par le roi un château en Ecosse. Un cadeau empoisonné car sir Nicholas, à court d'argent, n'a pas les moyens de l'entretenir. N'ayant choix pour se renflouer que de faire un riche mariage, il convie au château toutes les demoiselles nobles des environs, parmi lesquelles il fera son choix. Neuf prétendantes se présentent, dont Riona Mac Gordon, une jeune Ecossaise au tempérament volcanique…

LA DEMANDE EN MARIAGE, ***de Georgette Heyer*** **• *n°413***

Angleterre, Régence. Depuis longtemps, il a été convenu que le comte de Rule épouserait un jour l'une des trois demoiselles Winwood. Et, le moment venu, c'est tout naturellement que le comte fait sa demande à Elizabeth, la plus jolie des sœurs, Pour cette dernière, amoureuse d'un autre homme, c'est la consternation. Mais comment refuser une union qui permettrait à sa famille, criblée de dettes, d'échapper à la ruine ? C'est alors qu'Horatia, la benjamine, a une idée : elle va se rendre en cachette chez le comte et le persuader de la prendre *elle* pour épouse. Oh, bien sûr, elle n'a que dix-sept ans et n'est pas une beauté, mais qu'importe après tout puisqu'il s'agit d'un mariage de convenance ?

HARLEQUIN

Collection *Les Historiques*

LE SEIGNEUR IRLANDAIS, *d'Elizabeth Mayne* • *n°414*

Irlande, 1575. Hugh O' Neill, un chef de clan irlandais, tend une embuscade à son ennemi juré, capitaine des mousquetaires de la reine et meurtrier du chef de la rébellion irlandaise. Mais l'irruption d'une inconnue à cheval vient tout contrarier. Celle-ci, Morgana Fitzgerald, fuit à la fois les troupes anglaises – son père est recherché pour trahison – et un prétendant indésirable qui veut l'épouser afin de mettre la main sur sa fortune. Pensant toutefois que Morgana est une traîtresse à la solde des Anglais, Hugh O' Neill la capture…

LE BRIGAND DE LA NUIT, *de Jackie Summers* • *n°415*

Angleterre, 1652. En l'absence de son père, qui se bat pour le roi, Anne Lowell est placée sous la tutelle de son oncle, un fervent partisan d'Oliver Cromwell. Commence alors pour elle un véritable cauchemar car non seulement son oncle, qui la déteste, lui fait endurer les pires brimades, mais il la fiance de force à un vieil homme odieux. Révoltée, Anne décide de s'enfuir pour tenter de rejoindre son père. Habillée en homme, elle galope à travers la lande quand son chemin croise celui d'un mystérieux bandit de grands chemins…

L'ENFANT DU PRINTEMPS, *d'Elizabeth Lane* • *n°416*

1885, Colorado. Après la mort de leurs parents, Harriet a élevé seule son jeune frère Will, qui a désormais dix-huit ans et dont elle est très fière. Aussi est-elle atterrée quand, un beau jour, elle reçoit la visite de Brandon Calhoun, un riche banquier, qui, furieux, lui révèle que Will fréquente en secret Jenny, sa fille unique. Il accuse Will d'être uniquement intéressé par l'argent et affirme que jamais il n'autorisera les deux jeunes gens à se marier. La situation se complique encore quand la jeune Jenny révèle être enceinte…

Collection *Les Historiques*

- 6 titres inédits tous les 2 mois -

BestSellers

A paraître le 1er juillet

Best-Sellers n°334 • thriller

Le tueur d'anges - Erica Spindler

Il y a cinq ans, des meurtres de petites filles ont semé la panique à Rockford, Illinois. Kitt Lundgren, chargée de l'enquête, a laissé le coupable lui échapper. Sa vie en a été marquée à jamais. Et voilà que le tueur d'anges recommence à frapper. Cette fois, Kitt est décidée à le retrouver, mais l'enquête est confiée à l'inspecteur Riggio, une jeune femme ambitieuse qui ne pardonne pas à Kitt ses erreurs passées. L'affaire s'annonce difficile, mais Kitt tient une piste. Car le tueur d'anges l'a choisie pour informer la police que cette nouvelle série de crimes n'est qu'un plagiat. Et qu'il charge Kitt, et elle seule, d'arrêter son « copieur »...

Best-Sellers n°335 • thriller

Le cercle de sang - Michelle Gagnon

Kelly Jones, agent du FBI, est envoyée sur le campus de l'université de Nouvelle-Angleterre où elle-même a fait ses études, pour enquêter sur le meurtre de deux étudiantes. Leurs corps sauvagement mutilés ont été retrouvés dans un réseau de tunnels abandonnés. Dans les deux cas, le tueur a laissé un indice : un visage monstrueux dessiné au sang sur le mur. Les soupçons de Kelly, mais aussi de ses deux partenaires Roger Morrow et Jake Riley, s'orientent vers Josh, le colocataire d'une victime, aux tendances schizophrènes. Quant aux mutilations, elles semblent inspirées de rituels barbares dont les origines remontent aux anciens cultes nordiques...

Best-Sellers n°336 • suspense

Secrets - Suzanne Forster

Marnie n'a pas toujours été Alison Villard, la riche et belle héritière de l'une des familles les plus puissantes de Mirage Bay, en Californie. Orpheline au visage difforme, et recueillie par une vieille dame, Marnie rêvait de devenir un jour aussi belle, aussi riche, aussi désirable qu'Alison. Jusqu'au jour où, en se réveillant à l'hôpital, amnésique, après un tragique et terrible accident, Marnie découvre qu'une opération de chirurgie lui a donné les traits d'Alison. A son chevet, Andrew Vilard, son mari, semble la prendre pour la vraie Mme Villard…

Best-Sellers n°337 • thriller

Et tu périras par le feu - Karen Rose

De retour dans la police après une erreur qui a manqué lui coûter la vie, l'inspecteur Mia Mitchell fait équipe avec Reed Solliday, capitaine des pompiers de Chicago, pour arrêter un dangereux psychopathe qui a violé une jeune fille et l'a tuée en mettant le feu à la maison où elle se trouvait. Très marquée par un passé personnel douloureux, Mia, malgré sa méfiance à l'égard des hommes, est contrainte de faire confiance à son coéquipier – un homme meurtri par la mort de sa femme, et père d'une adolescente. Pour l'un comme pour l'autre, cette enquête va marquer un tournant décisif, dans leur vie comme dans leur carrière…

Best-Sellers n°338 • roman

La vallée des secrets - Emilie Richards

Blessée par les absences et la froideur de son mari Isaac, la journaliste Kendra Taylor s'installe dans un chalet isolé au cœur de la Shenandoah Valley, en Virginie. Une demeure héritée par Isaac d'une grand-mère qu'il n'a jamais connue. Dans ce lieu enchanteur et sauvage, elle espère se ressourcer et faire le point sur son mariage. Mais c'est une autre quête qui la passionne bientôt : celle du passé enfoui et mystérieux des ancêtres d'Isaac. Car, elle en est persuadée, ce n'est qu'en sachant enfin d'où il vient qu'il pourra construire avec elle un avenir serein…

Best-Sellers n°339 • historique

L'épée et le lys - Margaret Moore

Angleterre, 1243

Quand, au décès de son père, lady Mathilde hérite du château d'Ecclesford, elle sait qu'elle vient de se faire un ennemi mortel. En effet, son cousin Roald de Sayres, auquel la lie un inavouable secret de famille, lui conteste la légitimité de cet héritage et menace d'assiéger la citadelle. Une fois maître en la place, il forcera les villageois à lui prêter allégeance, puis fera enfermer Mathilde au couvent et déshonorera sa soeur, la fragile Giselle. Pour éviter ce sort funeste, Mathilde sait qu'elle n'a pas le choix. Vite, très vite, il lui faut trouver un homme capable de défendre Ecclesford. Et, dans toute la région, il n'existe qu'un guerrier assez redoutable pour relever pareil défi : sir Henry d'Alton, un chevalier normand sans terre que l'on dit aussi conquérant sur le champ de bataille que dans le lit des dames…

Best-Sellers n°340 • suspense

Crimes masqués - Tess Gerritsen

Dans ce livre, Tess Gerritsen explore le genre qui a fait son succès – le suspense – à travers l'histoire de deux femmes victimes chacune d'une manipulation criminelle. Ainsi le Dr Kate Chesney se retrouve-t-elle accusée d'une grave erreur médicale derrière laquelle se cache un meurtre prémédité, tandis que Léa Fontaine, une brillante scientifique, se voit prise au piège de la double vie menée par son mari…

ABONNEMENT... ABONNEMENT... ABONNEMENT...

ABONNEZ-VOUS!

2 romans gratuits*
+ 1 bijou
+ 1 cadeau surprise

Choisissez parmi les collections suivantes

AZUR : La force d'une rencontre, l'intensité de la passion.
6 romans de 160 pages par mois. 23,12 € le colis, frais de port inclus.

BLANCHE : Passions et ambitions dans l'univers médical.
3 volumes doubles de 320 pages par mois. 19,13 € le colis, frais de port inclus.

LES HISTORIQUES : Le tourbillon de l'Histoire, le souffle de la passion.
3 romans de 352 pages par mois. 19,13 € le colis, frais de port inclus.

AUDACE : Sexy, impertinent, osé.
2 romans de 224 pages par mois. 11,54 € le colis, frais de port inclus.

HORIZON : La magie du rêve et de l'amour.
4 romans en gros caractères de 224 pages par mois. 16,68 € le colis, frais de port inclus.

PRELUD' : Tout le romanesque des grandes histoires d'amour.
4 romans de 352 pages par mois. 21,40 € le colis, frais de port inclus.

PASSIONS : Jeux d'amour et de séduction.
3 volumes doubles de 480 pages par mois. 19,55 € le colis, frais de port inclus.

BLACK ROSE : Des histoires palpitantes où énigme, mystère et amour s'entremêlent.
3 romans de 384 et 512 pages par mois. 18,60 € le colis, frais de port inclus.

BEST-SELLERS : Des romans à grand succès, riches en action, émotion et suspense.
3 romans de plus de 350 pages par mois. 21,71 € le colis, frais de port inclus.

MIRA : Une sélection des meilleurs titres du suspense en grand format.
2 romans grand format de plus de 400 pages par mois. 23,40 € le colis, frais de port inclus.

JADE : Une collection féminine et élégante en grand format.
2 romans grand format de plus de 400 pages par mois. 23,40 € le colis, frais de port inclus.

Attention: certains titres Mira et Jade sont déjà parus dans la collection Best-Sellers.

VOS AVANTAGES EXCLUSIFS

1.Une totale liberté

Vous n'avez aucune obligation d'achat. Vous avez 10 jours pour consulter les livres et décider ensuite de les garder ou de nous les retourner.

2.Une économie de 5%

Vous bénéficiez d'une remise de 5% sur le prix de vente public.

3.Les livres en avant-première

Les romans que nous vous envoyons, dès le premier colis payant, sont des inédits de la collection choisie. Nous vous les expédions avant même leur sortie dans le commerce.

ABONNEMENT...ABONNEMENT...ABONNEMENT...

Oui, je désire profiter de votre offre exceptionnelle. J'ai bien noté que je recevrai d'abord gratuitement un colis de 2 romans* ainsi que 2 cadeaux. Ensuite, je recevrai un colis payant de romans inédits régulièrement.

Je choisis la collection que je souhaite recevoir :

(cochez la case de votre choix)

- ❑ **AZUR** : ZZ8F56
- ❑ **BLANCHE** : BZ8F53
- ❑ **LES HISTORIQUES** : HZ8F53
- ❑ **AUDACE** : UZ8F52
- ❑ **HORIZON** : OZ8F54
- ❑ **PRELUD'** : AZ8F54
- ❑ **PASSIONS** : RZ8F53
- ❑ **BLACK ROSE** : IZ8F53
- ❑ **BEST-SELLERS** : EZ8F53
- ❑ **MIRA** : MZ8F52
- ❑ **JADE** : JZ8F52

*sauf pour les collections Jade, Mira et Audace = 1 livre gratuit.

Renvoyez ce bon à : Service Lectrices HARLEQUIN
BP 20008 - 59718 LILLE CEDEX 9.

N° d'abonnée Harlequin (si vous en avez un) ⌊_|_|_|_|_|_|_|_|_⌋

Mme ❑ Mlle ❑ NOM ____________________

Prénom ____________________

Adresse ____________________

Code Postal ⌊_|_|_|_|_⌋ Ville ____________________

Le Service Lectrices est à votre écoute au 01.45.82.44.26
du lundi au jeudi de 9h à 17h et le vendredi de 9h à 15h.

Conformément à la loi Informatique et Libertés du 6 janvier 1978, vous disposez d'un droit d'accès et de rectification aux données personnelles vous concernant. Vos réponses sont indispensables pour mieux vous servir. Par notre intermédiaire, vous pouvez être amené à recevoir des propositions d'autres entreprises. Si vous ne le souhaitez pas, il vous suffit de nous écrire en nous indiquant vos nom, prénom, adresse et si possible votre référence client. Vous recevrez votre commande environ 20 jours après réception de ce bon. Date limite : 31 décembre 2008.

Offre réservée à la France métropolitaine, soumise à acceptation et limitée à 2 collections par foyer.

L'ASTROLOGIE EN DIRECT
TOUT AU LONG
DE L'ANNÉE.

(France métropolitaine uniquement)

Par téléphone 08.92.68.41.01

0,34 € la minute (Serveur JET MULTIMÉDIA).

Composé et édité par les
éditions Harlequin
Achevé d'imprimer en mai 2008

BUSSIÈRE
GROUPE CPI

à Saint-Amand-Montrond (Cher)
Dépôt légal : juin 2008
N° d'imprimeur : 80566 — N° d'éditeur : 13548

Imprimé en France

Chère lectrice,

Farouche guerrier, arrogant aristocrate, gentilhomme libertin ou séduisant rancher... Bien que très différents en apparence, vos héros de ce mois ont un point commun : ce sont des machos ! Mais quand l'amour s'en mêle, tout se complique... En 841, d'abord, lord Roderick, un seigneur saxon, n'a qu'une obsession : rebâtir son château, détruit par les vikings. Et pour que ses hommes, isolés en pleine forêt, se sentent moins seuls, il organise l'enlèvement de jeunes femmes. Mais l'une de ses prisonnières, *La captive de Blackstone*, lui donne bien du fil à retordre... Plus tard, en 1301, Sebastian de Cleish assiège un château et, sur ordre du roi, fait sienne la maîtresse du donjon. Une affaire rondement menée, pense-t-il... jusqu'à ce que son épouse, *L'héritière des Mac Dougall*, dévoile son tempérament de feu ! En 1684, Marcus Ravensby se réjouit, lui aussi, un peu trop tôt : n'a-t-il pas gagné aux cartes la ravissante fille de son ennemi juré ? Mais il déchante quand, après leurs noces, sa *Dame de cœur* s'enfuit avec un autre... Autre époque, même scénario : sous la Régence anglaise, sir Richard s'apprête à convoler avec une demoiselle fort convenable quand le destin vient bousculer ses plans. Un destin qui prend le visage d'une certaine Penelope, une jeune effrontée qui se moque bien de causer un beau *Scandale à Londres* ! Toujours sous la Régence, lord Chase Boston pèche, lui aussi, par excès d'assurance. La belle et fière Caterina sera à lui : ainsi en a-t-il décidé ! Seulement voilà : Caterina semble prête à tout pour lui échapper... quitte à livrer un implacable *Duel au manoir*. Au Texas, en 1885, Jake Ross, un riche rancher, a fermé son cœur à l'amour depuis la mort de sa femme et de leur enfant. Emmuré dans sa peine, il se dévoue à son ranch – jusqu'à ce qu'une inconnue dépose devant sa porte *Un bébé à sauver*...

Enfin, le 1er juillet, ne manquez pas le nouveau titre de la collection Best-Sellers, *L'épée et le lys*, de Margaret Moore.

Bonne lecture et rendez-vous en août,

La responsable de collection